夏宇红◎著

散落乡间的小令

SANLUO XIANGJIAN DE
XIAOLING

江西高校出版社

图书在版编目(CIP)数据

散落乡间的小令/夏宇红著. ——南昌:江西高校出版社,2019.7(2022.2重印)

ISBN 978-7-5493-8787-8

Ⅰ.①散… Ⅱ.①夏… Ⅲ.①散文集—中国—当代 Ⅳ.①I267

中国版本图书馆 CIP 数据核字(2019)第 143338 号

出版发行	江西高校出版社
社　　址	江西省南昌市洪都北大道96号
总编室电话	(0791)88504319
销售电话	(0791)88522516
网　　址	www.juacp.com
印　　刷	天津画中画印刷有限公司
经　　销	全国新华书店
开　　本	700mm×1000mm　1/16
印　　张	16
字　　数	230 千字
版　　次	2019 年 7 月第 1 版 2022 年 2 月第 2 次印刷
书　　号	ISBN 978-7-5493-8787-8
定　　价	68.00 元

赣版权登字-07-2019-560
版权所有　侵权必究

图书若有印装问题,请随时向本社印制部(0791-88513257)退换

散落鄉間的煎茶

献给我那隐忍、贤良与无限恩慈的外婆,以及我以一个外甥女身份所客居的江南小村——鸿湾!

在文字中行走
——代序

一直以来,喜欢在文字的丛林里穿行。因而,大多数时候,我把自己定义为一个在文字中行走的女子。

这,或许缘于骨子里对文字的一种与生俱来的热爱,或许是缘于其他。

记得刚上学那会儿,放学回家后,常常一个人关上房门写作业。外婆总在我读书或写字时,轻轻推开木门,把炒花生、炒黄豆用小碟盛着放在边上,然后,笑语盈盈地说上一声"乖崽,好好读书",便缓缓地关上木门出去了。在那扇缓缓关闭的木门里,我感受到了亲切、从容的气息,连同外婆的慈爱,从一开一合的动作里缓缓释放出来。那是最初识字时,外婆对我的勉励与褒奖。

童年时光,是疯玩的时光,也是看小人书的时光。一册在手,便于放牛或打猪草的当儿拿来读。旷野的风,吹过草地与山岗,也吹动着我的书页。牛在不远处吃草,打猪草的竹篮放在一旁,而那个趴在山坡上一页一页地翻着图文并茂的书页的自己,小小的心里,该有一种怎样难得的惬意!

初中,暑假里帮小姨看店,乡间的小百货店,一天下来,也没几人光顾。实在无聊了,我便浏览舅舅从学校带回的一摞报纸、杂志。其间有《当代》,也有《十月》,正是那些厚重而有质感的文字,让我那一目十行的目光渐渐慢了下来。后来的大半个假期,我便埋头读报刊。那算是第一次真正意义上接触到文学作品。

也常常忆及二十几岁在省城就读的日子。晚饭后,我总是早早来到图书馆,占着一个临窗的位子,先把书本放在那里,再去校园里散一会儿步。若是春末夏初,一路上满眼新绿,初夏的风吹过发际,感觉时光是那样丰盈美好!回到图书馆,穿过一排排埋头晚自习的同学,我赶紧放轻脚步回到座位上,不一会儿,也沉入书本中去。

回想起来,仿佛就在昨天。那时,青春和活力满满;那时,常常一星期就能看完一两本厚厚的书,每个周末,总是期待着阶梯教室有一场文学或艺术之类的讲座;那时,一心向往成为一个文学青年。而文学青年,是一个曾经多么炫目的名字啊。

可,那个也曾啜饮咖啡,也曾品读荷马的时光,在后来日渐粗糙的生活里,渐行渐远。直到后来,远得只剩一个回眸。只不过,那个回眸,偶尔还能照亮一下眼前杂杂芜芜的日常。

后来,忙忙碌碌、一地鸡毛的日子,让我感觉自己离文学越来越远,仿佛成了依稀旧事。诗与远方,一同消失。

工作之余,我偶尔还会读上几行喜欢的文字。那一刻便觉得仿佛在世俗之外寻到了一叶方舟。疲惫时的阅读,常常会带给我一个超越现实之外的世界,它带着我在精神世界里飞升或降落,从而获得一种生命的安顿。

然而,生活不就是由一些点滴的欣喜、感动或者忧伤、失意构成的吗?比起现实的物质世界,有时候精神世界可能更真实,更符合一个人骨子里的东西。那些重拾起的阅读,最初,也只是一种不自觉的安放自我灵魂的方式,后来,也并没有上升到哲学和美学层面。只是一路读来,它让人回归内心,获得灵魂的适意。

后来,阅读渐渐为我打开了一个新的世界,也让我感觉到读万卷书,更要行万里路。于后来的一次次行走中,我先后去了中原与漠北,去了雪山与黄河,也去了江南小镇。在南北不同的地域与习俗里,一路上的所见所感,都会让生命丰盈起来。

这些行走,也能将内心唤醒,将文字点燃。归来后,我开始尝试着写下一点小文字。一路写来、一路发表,我先后加入市作协、省作协,后来又加入中国散文学会与中国电力作家协会。2017年春天,我终于进入鲁迅文学院首届电力作家高研班学习。

对于文字,敬畏与感恩一路相随。

相对于那些一个个作协会员的称谓,我更愿意把自己定义为一个书写者。书写的时候,我会选择一个自己的视角,更多的是记录或者呈现生活,而不是抒情与议论。

然而,真正的艺术是具有创造性的,它是一种魅力无比的东西。

有时,坐在电脑前敲出的文字,总感它的质地过弱,内涵低于表达,这个时候的我很茫然。因而,许多个日复一日的悄然无声的夜晚,我只为一个夜晚的复活而存在,那就是等待一种灵性书写的出现。但那种感觉总是迟迟不肯到来。有时,伫立在夜的窗前,窗外的路灯下能看到细如薄雾的小雨,而我,茫然四顾,心里会生出一片空白。

也常常喜欢安静地坐着,什么也不做,只是发发呆。就那么静静地坐着的时候,我偶尔会想起《月亮与六便士》来,感慨满地的六便士,有人却抬头看见了星与月。关于这本书,过些年我就会重读一遍。只是,因为心境的不同,有时好像读懂了,有时又好像没太读懂。

原来,浮华世间,文学也好、艺术也罢,都是慢慢渗透的。有时一些好的作品,永远只有少数人才能读懂。

此刻,当我写下这些文字时,夜色凝重。窗外,隐隐感觉到似有流星划过夜空。生活在时代疾速的车轮中,愿能回首便见那个扎着羊角辫,有滋有味地看小人书的小女孩,愿能偶尔放慢脚步,抬头看见星与月。

辑一：乡间散记

一个春日的掌灯时分，在一个叫作鸿湾的江南小村的一间老式厢房里，降生了一个夏姓的我。一住十五年，我以一个外孙女的身份寄居着。

从此，小村就像是我生命长句里的一个惊叹号，那般久远地安插在了我的血脉篇章里。

而那个乡村的童年，如时光轻尘里包裹着的一枚坚果，于回首的细细咀嚼中，便成了心灵对于世界的自然流淌。

目录 CONTENTS

小村印象	001
行走在乡间的手艺人	014
小茶馆里的大阿公	016
外婆的菜地	021
轻启一扇记忆之门	024
盛放在生命深处的记忆	030
童养媳	033
麦芽糖	036
儿时的小妹	037
那些年少的假日	039
乡间四则	043
上学的路上	054
夏日荷塘	056
稻之香	058
母亲、小姨及我	061
山里的年	063
那一缕炊烟里的暖意	065
心之所居	067
菊	069
初秋·莲	070

辑二：生活、感悟

生活，总在杂杂芜芜中度过。很多的时候，我却喜欢一种安静的感觉——在深夜里，静听没有任何干扰的音乐，感觉它带来的一种深沉而内敛的光华。

不记得有谁说过：这人生，长的是寂寞，短的是欢颜。那种让人展颜一笑的东西，于我而言，或许文字算是一种，音乐也算是一种。

流年	073
那一束冬日焰火	079
禅意深浓的秋	082
那个月夜的篝火晚会	085
散章	087
在流逝中静止的光阴	089
千声各为秋	090
关于散文写作的一点漫谈	091
那一种云淡风轻	094
一杯苍凉	095
让心灵轻歌曼舞——写在百年国际妇女节之际	097
在行走中寻找着中国文化的真实步履	098
我的二〇〇九	100
那一场遇见	101
感受"漫步经典"音乐会	104
柴桑月冷——超越千年具体时光遥想三国周郎	106
畅饮月色	108
红色康乃馨	110
流浪的音乐	112
心似琉璃	114
那些淡出的色彩	116
风中低语	117
空山夜雨	119
人生最好的储藏	120
静夜莲开	123
张岱的西湖	126
那一抹粉红	127
娴静时光	128
比如百合	130

辑三：行走、山水

曾几何时，总想放慢脚步，让生活的节奏慢下来，再慢下来，去静静地体会一种静水深流般的日子，去感受一种慢生活所带来的舒缓与从容。

那些行走于山水之间的时日，会有怎样的一种清风明月自在啊？它让你的脚步慢下来，灵魂跟上。

慢生活	132
瓷都印象	134
云上的日子——杭州之行	139
成都之行	142
山水屏风永不看	143
烟雨凤凰行	146
夏日花源谷	149
晨光与暮色里的鼓浪屿	152
漫步西海燕	154
丰良艺校，那一处心灵的后花园	156
春日，探访凤凰塘	159
杭州之行——西溪湿地	162
十一月的西安	164
走过乌镇	167
夏日三清山	169
水墨婺源	172
乔家大院，那一处挂着古灯笼的古宅	175
晋祠，在时光碎片中打捞的历史	178
隔着岁月的平遥	180
艾园	183
镜头下那些光与影的魅力	184
走进神雾山	187
听雨茶岛	190
涛声里的紫鹿张	192
那一种仰望	194

辑四：阅读、随想

杜拉斯是不可模仿的，这种不可模仿，不仅仅在于她的文字风格，其特立独行的生活方式亦然，因而，杜拉斯是一个从女性传统中出列的人。

更多的时候，我在想：对于杜拉斯而言，才华就是她一件美丽的衣衫，而生命只是灵魂的载体。

文学创作谈	197
不可模仿的杜拉斯	207
文字里的月朗风清	209
宋词的婉约	211
静读刘年	213
萧红笔下尘世的悲凉感	217
水韵江南	219
《蜗居》里的影子	220
视觉里的"上等情致"	222
一本书、一座城、一个人	225
樋口一叶笔下的零度描写	227
平安时代——那份繁花压枝的美丽	228
那种纤细韵味的诗意	230
那份惆怅的优雅	232
初冬，791的一场视觉盛宴	234
井冈山之行——那一片纯净而高远的天空	236
诗画入禅真	239
你照亮了我的世界——后记	242

辑一：乡间散记

小村印象

> 童年，如时光轻尘里包裹着的一枚坚果，于回首的细细咀嚼中，便成了心灵对于世界的自然流淌。
>
> ——题记

一

小村人家，当清晨的炊烟雾霭般地从屋瓦缝隙间腾起时，大人们都已下地劳作了。

一个扎着羊角辫的小女孩，睡眼惺忪地起来，堂前、灶下一瞧，四周静悄悄的，不见往日外婆举炊忙碌的身影，便趿着鞋，急急地跑上屋后的小山坡，扯开嗓子向山谷里摘菜的外婆着急而大声地喊话。

待到山谷那夹杂着外婆应答的长长回音传来，小女孩才心怀安定地蹲下小小的身子，在满是晨露的小山坡上，静待着远处那个肩挑手提着菜篮的身影，从田埂小道上一步一步、渐行渐近地向着自己走来。

那个早晨，是我童年的早晨，在一个叫作鸿湾的小村里的我的童年的早晨。

二

当太阳一寸一寸渐高了的时候,地里劳作的大人们就陆续收工回家了。一进门,方方的八仙桌上,已经摆上了菜肴和盛好了的稀饭。

乡间的一日三餐,大多以大米为主食。干饭为主,再辅之以薯丝稀饭、米汤之类。早餐也不例外。

若是家里的老人、小孩想吃馒头、包子或者油饼了,那就得走上好几里地,带上几升大米或者几斤粮票与几角钱,去小镇上换或是买一些带回来。

劳作的大人刚从地里回到家,将锄头、镰刀等农具往大门口或堂屋角落里一搁,就匆匆上桌吃饭了。

村里的男人们往往是先喝上一碗盛好的稀饭,再添一两回干饭,一碗饭大口大口地往嘴里扒拉几下,一会儿工夫就吃饱了。然后,他们喝上半碗米汤,便放下碗筷下桌了。

之后,男人们会在堂屋的大门边或者是通风的巷门口歇上一会儿,抽上一筒旱烟,接着又扛锄出门了。

只是,大人前脚刚跨出门槛,家里的大小伢儿便开始从凳子上站起来,争抢着瓜分菜钵了。

细伢崽们比赛似的,以最快速度第一时间抢定一个自己喜欢的菜钵,对那还没来得及抢定的,也赶紧用手拦着或者挡着,把它归到自己怀里,以免被他人抢去。

大家你争我夺,如此这般,不讲规矩地使出了浑身的解数,最后,终于把喜欢的菜肴倒进了各自的碗里。不一会儿,菜肴便风卷残云般一扫而光了。

关于吃饭的规矩,村里上了年纪的老人是颇为讲究的,祖祖辈辈总认为:人不管穷富,吃相总得有个讲究。

村里人常说:"吃要有个吃相,男人吃饭如虎,女人吃饭如数。"意思是男人吃饭要快速、大口地吞咽,而女人吃饭则是要细嚼慢咽,以一种慢悠悠、从容优雅的吃相为最佳。可对于细伢崽们那般滑稽可笑又没规矩的抢菜钵的举止,他们通常不去理会。

　　劳作的乡间,主妇大多数时候很少能准时上桌吃早饭。她们每每要忙到男人和细伢崽都吃饱下桌了,才就着一点剩菜吃上几口热饭,或者干脆就在灶旁就着小半碗没盛完的菜随便吃上一点。可刚扒了几口饭,不远处的猪圈里,又传来了猪饿得嗷嗷叫的声音了,她们又得赶紧去准备猪食了。

三

　　暖暖的春日,早饭时间刚过,提着篮子卖油饼、麻花的又吆喝着进村了。走村串巷的小贩,又为细伢崽们带来一番难得的好光景。

　　小贩一进村,就吆喝开了。这一吆喝不打紧,立即便有一大群细伢崽在后头凑热闹跟着了。

　　乍一看,那油饼黄澄澄的,麻花大而脆,一头露着,一头用毛巾遮住。那高一声低一声极具穿透力的叫卖声,常常惹得还没准备好要买的人家的细伢崽大哭小嚷不得消停。

　　不用说那些香而脆的零食对于尾随其后的细伢崽们,有着一种怎样的吸引了,就连那些蹒跚学步的,路还走不太稳,却也跨过门槛去,摇摇晃晃地出来看热闹了。

　　当小贩的脚步终于停下,放下箩担时,便有三四岁的孩子扯着母亲或者祖母的衣襟来买;也有五六岁的细伢崽得到屋里剁猪草的母亲的允许,拿着鸡蛋出来换的;也有母亲不同意,自己却到鸡窝里找个蛋,偷偷叫妹妹拿去换来一起分着吃的。

　　还有那么一两家,之前母亲或祖母并不打算买,细伢崽就尾随那卖油饼、麻花的边哭边跑,往往穿过了几户人家、几条小巷仍旧哭得泪眼婆婆还是不肯放弃。

最后，母亲或祖母总算是做了妥协，拿一点零花钱或一两个积攒了好些天的鸡蛋，换了一些零食回去，那哭声，才得以渐渐平息。

四

日落时的乡间格外安静。

村西头，夕阳余晖涂抹的小窗下，常常会有一位银发的老人端坐其间。

远远望去，独自坐在夕阳里的老人，无声无息地在打着盹儿，那白日的梦境仿佛是沉在了岁月深处的回忆里，又好像是到达了一个虽不能至、心却向往之的远方，给人的感觉像极了一幅静默的画，一派恬淡、安然。

此时，若是有一两个村妇，闲来无事地过来坐坐，轻轻地唤声阿婆，打着盹儿的老人，便也立即回过神来，微微地笑一笑，算作应答。

若是睡意已无，来了精神，老人便会絮絮叨叨地讲述起一些耳闻或者目睹的陈年旧事来。

那些有其身世在内的，关于童养媳、战乱、逃难等等老人生命历程中的故事和那些历经岁月的片段，在夕阳余晖的涂抹下，在老人那缓慢的讲述里，也鲜活如初了。此时，听的人心中，也顿生一种现场感。

而那时，那些故事对于还是小孩子的我们来说，都是久远得不知是什么年代的事情，与当下的生活相去甚远，也就无从去留心与在意。或许，只有讲述它的人，以及那些一同坐在岁月深处的左邻右舍的阿婆、婶婶们，才会去留意了。

那时的我们，都还是些懵懂的孩子，不太懂得长长的人生来路还要经历那么多的世事变迁与生活的颠沛流离，只是径直地顾着眼前，捕个蜻蜓或蝴蝶追逐玩乐了。

若还不到做晚饭的时间，偶尔也会有几个年轻的妇人手中纳着鞋底或织着毛线，踱着步过来，围坐着加入其中。

在那着了迷一般的倾听与对答里，语言的热浪，偶尔也会径直地灌入我们的耳膜。不过,也只是隐隐约约地听上那么一两句,也没太听明白讲的是哪朝哪代的事情了。

银发老太太,一个人独居着,也不太见有亲戚往来。起床梳洗后,她便独自在厨房举炊烧饭。

得空,她也洗衣,也种菜;闲时,也晒晒太阳、唠唠嗑。生活简朴而洁净。

有邻居到来,她也奉茶倒水。其间,她偶尔起身,挪动着一双裹过的三寸金莲,小脚颤颤巍巍又晃晃悠悠地向前挪动。不一会儿,她便在一旁火炉上的铜壶边打住了,然后,缓缓地俯下身去侧耳细听水烧开了没。

当那松树皮般干枯的"爪子",触及那小巧玲珑的铜壶壁时,会让人着实感到一种时光深处极不对称的美来。

后来,每每忆及那个场景,总觉得,在银发老人的讲述里,那些前尘往事便如同眼前那把上了年岁仍旧泛着光泽的铜壶,年深日久,也深藏着一份属于往昔岁月的闪烁记忆。

只是,在那个渐次遥远的童年里,关于夕阳下银发老人的所有回忆,仿佛就停留在了她那日渐老迈而缓慢的讲述与那侧耳细听水开的情形里。

五

小村人家,生活是琐碎的,大多自给自足过着简朴的日子。不过,日子再简省,也少不了水的润泽。

门前,那棵大柳树下的池塘,是用来洗菜、洗衣的。而村子边上,那口冬暖夏凉的泉水井,是用来挑水吃的。

也有讲究的人家,会提上一个木桶或铁皮桶去井边洗菜,或者再带上一个盆去井边洗衣服。不过,如此太过麻烦的情形,大抵并不多见。

通常,洗菜、洗衣服还是在池塘里进行。

菜在东边洗,洗衣则在西边。只是,菜洗好后,往往回家还要用缸里的井水再漂一遍，而衣服洗好后，就直接晾在屋后的竹篙上了。

夏日的清晨，小村最是热闹。

村里人起床后的头件事便是把自家的水缸挑满。

清晨挑水一开始，一天的劳作也就拉开了序幕。起床之后，下地之前，伴随着刚放出笼的公鸡那长长的打鸣声，左邻右舍的男人都挑着水桶出动了。静谧的小村，一下子就热络、忙活了起来。

来来往往挑水的人，把井边都挤满了。清晨，人头攒动的井边是忙碌的。一个水桶刚下到井里，便漾开一个圈，撇开了一些青苔，舀上一桶水来。紧接着，又一个水桶放下去了。后生们打起水来也快，三绕两绕就是一桶。如是，每户挑水人家大多要往返井边几趟，才将自家的水缸挑满。

挑着满桶回家的后生，若是在路上遇着长辈，便要十分礼让，即便是在小路上，也要停一停脚步让出个宽阔一点的道来，让长者先行。

偶尔，有附近村的人来挑上一两回水，路遇着乡邻，照例咧着嘴，笑着打招呼，或是停下来，抽上一支烟歇歇肩，再聊上几句家常，然后才各自走开。

小村里，清晨挑水那人来人往的热闹，或许更多是源于那口泉水井的传说。

这个叫作鸿湾的小村，名字大抵就源于这口冬暖夏凉的泉水井的一个关于鹭鸶歇脚的传说。或许，村里人觉得平白无故来了两只鹭鸶在井边歇脚，不如飞鸿在小村停留片刻的好，主观上也就把鹭鸶延伸为飞鸿了。所以，小村也就叫作鸿湾村了。

只不过，那个传说后来流传到了我们这一代，所剩的也就是那么一点鹭鸶歇脚的影子以留给人无限想象了。最后，也无人能完整地概括出一个总体的、印象较为深刻的故事来。

然而，不管是鹭鸶歇脚，还是什么大鹏飞过此地，村里人的生活都是照旧，日出而作，日落而息。

村里的老人常说"一日之计在于晨"，又常说"早起当三功"。意思是鞭策儿孙辈莫懒惰，天一亮就该起床，起得早，就可以好好利用这一天三分之一的时光了。

村里谁家起得早谁家起得晚,于这挑水之际,便可见一斑了。若是哪家到了早饭之际才挑着桶去井边挑水,便有懒散之嫌,是要遭人笑话的。

一大早,家家户户都习惯把水缸挑得满满的,挑水是村里男人们约定俗成的事。女人通常是不太挑水的,女人若是下地劳作,小孩就要交给掌管做饭事宜的婆母带着了。

忙着烧饭、洗菜的阿婆,有时背上背着一个几个月大的孩子,手里还要牵着一个两三岁的,这是常有的事了。上了年纪的老人,往往要来来回回往返于池塘,才将洗好的菜一样一样端回去——下锅炒了。

大姑娘们则是最爱清洁的,清早起来的第一件事,便是去池塘里洗衣服。一大家子人的衣服,往往要用一两个桶子按了又按,压紧了才装得下。

清早,姑娘们聚集在池塘边洗衣,有的蹲在池塘边的大石头上自在地笑谈着,有的则安静地挥动着圆润的手臂用力地搓洗衣服,或者用猪毛做的鞋刷子仔细地刷着鞋子。

在轻绕的晨雾里,池塘边洗衣的姑娘们,便也成了乡间生活的又一道风景。

小村里,常年也不太有什么特别的事情发生,大姑娘出嫁,小伙子娶亲,也就是按照当地习俗由迎亲的锣鼓、唢呐主导着,再由迎亲队伍热闹一番,让新郎、新娘去做一辈子一次的较为盛大的出场。

穿着大红袄的新娘和打扮一新的新郎,便是那一天最重要的人物了。他们接受每一位来客的祝福,也要接受席上每一位客人的敬酒,若是不胜酒力的,就由陪同的伴郎伴娘代替,亲朋们也不会怪罪,也不会不高兴。

大喜之日,乡间的流水席一摆就是几十桌,从早上开席,一直到晚上,酒席都没散,这也是常有的事。

可是,不管摆多少桌流水席,新郎、新娘每桌都得敬酒,而且对每一张八仙桌上坐上位的客人,礼数都要特别周到。因为,坐上位的客人不是辈分大的,就是德高望重的长者。

热闹的婚礼一过,第二天一切便又恢复平静。新娘在婆家待上两天,第三天一大早,新姑爷就要陪着媳妇回娘家。新媳妇过了三朝日,回了一趟娘家之后,再回到婆家。从此,新媳妇就是婆家的重要一员了,不说贤良淑德,至少也要相夫教子地在这个家过上一辈子了。

村民的一生,除了偶尔打起背包外出找副业,大多便是在山林间、水田与旱地里消磨时光。婆娘们一天天地张罗着一家人琐碎的生活,打发着日子,孩子们也一天天地长大。汉子们除去农耕,便是冬天狩猎、夏天打柴的这么过着。

六

端午一过,六月的太阳,就明晃晃地从早到晚照着了。

又大又热的太阳直射着大地,晒得午后的地面都快冒烟了。舅母、姨母们瞧瞧屋外,对彼此说着:今天,是一个晒霉的好日子。

于是,一个接一个的樟木箱子,便陆续被搬了出来。

一阵忙活后,坪里就一竹竿一竹竿晾晒着一些陈年古旧的物品或衣裳了。

这一晾晒,便开启了一个斑斓的世界。

一条好看的围巾、一床绣花被面、一双绒里棉鞋或是小姨上高中时用的精致小巧的算盘以及一些俄语卡片,这些平时不太见的、放置在箱底的东西,也昙花一现般,暂时为我们带来了一份不同于往日简单乡间生活的丰富与繁盛。

在这场小小的视觉盛宴里,我们那样充满好奇又毫无倦意地穿行于其间,在一次又一次的徘徊和缱绻中,仿佛欣赏着一场美展。

舅母、姨母们十二分小心地轻拿轻放,还真让人不好猜测那些打上了时光烙印的东西,写就着她们怎样的尘封记忆。

而我们这些半大的小孩,暂时负责看管这些物什,除了一份小小的好奇,什么也不曾亲历过。不曾体会也就无法感知那些衣服呀,布料呀或者物什呀,有着怎样的时间味道,只是偶尔有兴致欣赏或把玩一下。

待到太阳快要下山时,舅母、姨母们便会将它们一一收起,然后挂上一把小铜锁,让那些物什又重新置于箱底,一回到屋内,便与收藏它们的箱子一起交与岁月去留存了。

<h2 style="text-align:center">七</h2>

暑假开始的时候,蝉就在树上狠命地叫开了一个酷热的夏天。

午后,毒毒的太阳以一种让人睁不开眼的姿态亲吻着大地。炎热的午后,在地里挥汗劳作的男人们都回到屋内歇息了,主妇们也一边小声地闲话着家常,一边掠起裤腿在膝盖上把苎麻搓成一根根细小的绳子,用来纳鞋底。

夏日的午后,整个村子静悄悄的,路上也不太见行人。在知了那不知疲倦的叫声里,小村更显寂静与空旷了。

炙热的午后,小村静极了。毒辣的太阳,让大人们都不敢出门而待在家里歇歇凉。然而,小孩却是不怕热的,照样在外头不知天高地厚地疯玩着。

村东头的樟树下,一群晒得黑黑的小男孩仍旧打着赤膊挂在树杈上玩耍。在蝉声叫唤里,"嘘"的一声,他们用手势传递着彼此不要出声的信息。

偶尔捕来一只鸣蝉,他们又恶作剧似的掷在同伴的头上。一不留神,蝉做了个俯冲,忽地展开翅膀迅速飞离而去了,这些小子们对此也是毫不可惜与在意的。反正夏日里,村里的蝉多得是。

也有坏坏的小男孩,他手中的蝉留着是有大作用的——要用来吓唬吓唬那个平常不愿与其说话的邻家漂亮小女孩。

其实,那坏坏的小男孩也没带太大的恶意,只是平日里自尊心有一点点受损而心怀恨意使着性子罢了。此时,那点还没消了的气让他处于一种率性而为的性情之中。

而当那被吓哭的女孩跑回家,哭诉着尾随家长来兴师问罪时,一群小顽皮随即又在小溪边没事人似的逡巡着了。他们一会儿捡起一只小贝壳在衣服上擦一擦，一会儿又拾起一只小螺号放到嘴边吹一吹，一副逍遥自在的样子，仿佛刚才的一切都不曾发生似的。接着，他们又边走边用小刀去探究那有着坚硬花纹的小贝壳了，小脑壳里一定在猜度着那柔软的包裹下有没有潜藏着那么一小粒珍珠了。

只是照例地，他们径直把那个被欺负的小女孩与赶来的家长，一起抛在了一份热浪袭来的无奈里。

八

转眼就入秋了，初秋的荷塘，从那泛起的最微小的波纹里，送来了天地之间最初的微凉。

农家的晚饭时分是初秋最为清闲的时光。

傍晚时分，大人们陆续收工回家了。邻近几家的主妇们把桌子往坪里一摆，菜就一个接一个地端上了桌，几家人便开始热热闹闹地在坪里吃起饭来。有时，谈天说地的大人们还在吃着，小孩子已经吃饱下桌去玩了，几家大人们便把各家的菜碗整合在一起，凑成一桌继续边吃边聊。

露天的大坪里，大人们一边吃着饭，一边闲话着农活与家常：如棉花收了几担，豆子收了几斗等；或者又说到张家的媳妇刚过门肚子就大啦，李家的姑娘嫁给了外乡一个不错的后生啦；又或者邻村的王大爷久病不愈，可喜的是他家孙子却喜得了一对双胞胎啦。一切生、老、病、死以及日常生活中的消息，看来都可以在这一刻得到。

大坪里一旁开着一台便携式收音机，收听新闻的同时收听天气预报。不过，这台开着的收音机通常也只是谈天的背景，大家只当是闲来若有若无地听着，说话、聊天照旧。

不过，当天气预报开始的时候，大家便仿佛都在那一刻里集体噤了声。

这时，往往连最喜哭闹的小孩也会很知趣，不太会发出与之不和谐之音。因为，在整个村子里，天气预报是靠天吃饭的农家的头等大事。

只不过，那个年代的天气预报往往不太准。明明天气预报上说了今晚或者明天有雨，可是，第二天一早起来，仍然不见雨点下来，地皮多少天都不见打湿。村民们一天天地望着久旱无雨的天空发着呆，渐渐对气象台的天气预报心生怀疑。

然而，一到傍晚天气预报的时间，他们仍旧十分认真地收听不误。

初秋的晚饭过后，在女人们的洗碗声里，夜色也一点点地深浓了。

在深浓的夜色里，各家都陆续把饭桌、凳子往屋里搬了，然后再进屋去搬几把小椅子出来，让留在坪里的大人舒服地坐着吸上一筒烟，再闲聊一会儿天。

在众人的闲聊中，有一个老人不坐椅子也不坐凳子，通常只是静静地摇着手中的那把棕扇，坐在门槛一端，按辈分该称他为"阿太"。老人身处其间，始终沉默着不太说话，大多时候只是安静地做个听众，只有偶尔摇动一下手中的那把棕扇赶着蚊蝇，才让人感觉到他的存在。然而，那份安然的神情仿佛让人看到了过往岁月里那份久远而缓慢的旧时光。

据说，在早年的乡间，老人也算得上是一个有着许多争议的传奇人物了。

他当过兵、出过仕，走南闯北，最后在故乡尘埃落定。不过，关于这一切，都是来自旁人的传言与议论，而并非出自他的嘴。从他的嘴里得来的，大多是对那些过往的缄默。

那些村民们闲谈的秋夜里，他算得上是小村里唯一沉默着端坐在时光深处的一个寡言的智者。

当日子再往后推的时候，当秋风乍起，时序也就到了黄菊枝头生晓寒的秋了，晚饭也由坪里移到了堂屋的煤油灯下。

掌灯时分的一家人共进晚餐，取代了坪里几家菜碗合在一块儿的那份集体的大热闹，也有了一份其乐融融的温馨。

黑黑的煤油灯挂在墙壁上，昏黄的灯影下，一家人于粗茶淡饭里，也品出了一种地地道道的、简单而淳厚的农家味儿。

再后来,在外婆那一声声关照我添衣的叮嘱里,秋更深了。

九

气温一天天冷下去,接着,便雪落农家了。

休耕的农田此时也歇下了,放眼望去,田野、村庄都着了一身白色的衣衫。

飘雪的世界里,漫天的惊喜降落人间、降落村野。一路踏雪走去,蜿蜒的田埂上已留下了一串串深深浅浅的脚印,那是人们踏着积雪去拔萝卜与白菜。那白茫茫一片的雪地里,也有小鸟觅食的印痕,很像是大自然画在雪地里的、清瘦了许多的竹叶。看着那一行行印痕,人们在想象的空间里能感觉到一种未尽的诗意。

雪,一连几天地下着。

厚厚的积雪往往堵得整个木窗都推不开。大雪封门的日子,大人们坐在家里围着火炉烤火,预测着来年的收成,也忧心着当下地里的蔬菜是不是会被冻坏。瑞雪兆丰年,可久雪未晴,对农家来说却是喜忧参半的。

大雪漫天飘着,下得乱花渐欲迷人眼,却也不见收场的意思。即便雪下得再大,最不怕冷的还要数小孩子了。

他们刚刚被大人叫进屋里烤了一小会儿火,就又跑到雪地中去捕麻雀了,那一双双冻得红红的小手,先是把金黄的稻谷撒在雪地里,再去找来家中的网兜或簸箕,然后,便在雪地里静候着了。

雪天里,无处觅食的麻雀是最莽撞的,危险在即,而它们却察觉不到。

大概是许多天来的饥饿,让它们对身边的危险失去了最起码的判断力,不知不觉中就成了孩子们手中的猎物。

捕到了麻雀,小孩子便蜂拥着赶紧进屋,几个人围观着小小的麻雀,赶紧找来细绳,把其一只脚绑住,然后像放风筝似的让它试着在堂屋或野外漫飞着。看着这情景,一群小孩子便要乐呵着兴奋好半天了。

窗外的雪花如絮般大朵大朵飘着的那些日子,我和妹妹坐在一个终日生着炭火的远房舅妈家里烤火取暖。

舅妈待客殷勤,总是给围着火炉的我们花生吃,完了又送来红枣,如此厚待、宠爱,让我们小小的心里很是享受。因而,我们总盼着这场雪能多下一些天,好多来烤烤火。

哪怕是起身回家时,一出门,屋外的寒风就会让人把脖子一再缩紧,可心里还是愿这场雪再多下些时日。

待到雪天一过,转眼间,日子就来到了岁末。

这时,大门边,外公戴上了那副用来看书读字的老花眼镜,就着室外的光线,仔细地一页页翻着手头那本卷着边儿的日历。或许,他又是受村里办喜事的人家所托,在查一个黄道吉日吧,而我们几个在一旁玩耍的半大小孩,也不时把小脑袋凑上去看一看,关心的却是小年——农历十二月二十四还有几天要到了。

因为只要小年一过,我们便可肆无忌惮地疯玩了,一直到正月十五都不会因为种种顽皮和不懂事而挨揍。

其间,外婆正忙着晒鱼腌腊肉,舅母、姨母们做好了豆腐又做年糕,哪有工夫照看我们?大伙嬉闹玩耍时,偶尔打碎一块豆腐或撞落一条年糕也是常有的事。虽说大人们偶尔也会佯装生气大声嚷嚷着让我们走开,但是在那份新年就要到来的欣喜与好奇里,一群小淘气走远了那么一小会儿,又碍手碍脚地穿行在了大人置办年货的忙碌身影中。只是不知道,那些年糕与豆腐里,有没有洒下我们那些毫无顾忌的欢声笑语所带来的那份喜乐。

十

一个春日的掌灯时分,在那个叫作鸿湾的江南小村的一间老式厢房里,降生了一个夏姓的我。一住十五年,我以一个外孙女的身份寄居着。从此,小村就像是我生命长句里的一个惊叹号,那般久远地安插在了我的血脉篇章里。

行走在乡间的手艺人

年少的时光里,长天厚土间,那些行走在乡间的手艺人,是我对于外界憧憬与怀想的最初所在。

那些走村串巷的手艺人,大多是以个体的形式出现:一个上门做衣服的裁缝,或者是后面跟着一个小徒儿的剃头匠,抑或一个补碗匠。若说前两个是纯粹的手艺人,那么后者便可以理解为一个身怀绝技的巧匠了。

乡间一日三餐使用的粗瓷大碗,抑或是用来侍奉客人喝茶的瓷器茶壶与杯子,不小心打破了一角,或者刚好碎成两半,便可以捡着放置起来。等走村串巷挑着担子的补碗师傅来了,整个村子里便奔走相告:"补碗匠来啦,补碗啦!"那时在我心里,仿佛只要补碗匠一来,往日里这些碎瓷器便有望获得一次重生。

补碗的日子,是一场乡间视觉的盛宴:晴天里,大伙儿便一同集中到村东头的那棵大树下;雨天呢,大家就聚到一个较为宽敞的人家的堂屋里。场面都一样热闹:温和敦厚的补碗师傅在一堆缺损的瓷器中逐一补缀着,活儿做得很细致,沉默着不说话,不停地变换着手中细绳与粘胶。片刻间,刚刚还堆放在地上的那些碎瓷器便很出彩地活过来了。而围观着的一群拖儿带女、闲话家常的婆娘,嘴唇不停地转承起合,语言的热浪径直贯入别人的耳膜。偶尔也会有几个扛锄肩担的大男人过来瞧瞧,只是不大一会儿便会很识相地扛着农具从那些妇人堆中走开。

初次瞧见这种情景的时候,我大概是六七岁的样子。身着蓝土布衣服的补匠手中握着瓷器,专注的神态中总是带着几分神奇与亲切。我蹲下小小的身子,细细地打量着眼前的一切:一只只祖传或家用的碗,一把把珍藏了好久却又因哪一次的不小心而碰碎了的茶壶,只要不是碎得太厉害,总能在补碗匠的手中恢复出大致的原样来。我打心眼儿里喜欢着这种补缀的技艺,觉得补碗是最具匠心的活儿了。细细地端详着那些透着乡间手艺人精细技艺的铜钉,我每每也能生出另一种历经生活沧桑的美感来,总觉得这些打了铜钉的瓷器,有一种与普通逻辑有着本质区别的艺术之美潜藏其中。那种打破了常规的美,令我思绪飞扬地联想到超越它本身的一种又一种形态与意象,粗糙的乡间生活顿时便细腻了起来。于是,我一次次地沉醉于那些破碎的碗与壶重新缝合的过程中,而后,在心里惊叹着:技艺大概就是一个人的生命罢!

之后的日子里,我更是喜欢抢着用家里补过的碗来盛饭。端着那只补过的碗,细嚼慢咽中,也觉得粗茶淡饭的岁月,因之而更有味道起来。目光触及那种粗粗的像蜈蚣般爬满了碗壁的补痕时,乡间劳作生活里的那份厚重便隐约可见了。

那时的乡间,劳作的生活同样也少不了裁缝。村里的人很少买成衣,通常是买好布送到裁缝铺去,或者事先约好时间把裁缝请到家里来做衣服。村里人一般一年也难得动一次做衣裳的念头,若是裁缝请进门了,便要做上几天几夜。往往是一家人需要添置的单衣、夹衣和冬衣加起来一起做,而因为要在当下做提前或之后一季的衣裳,对于尺寸的把握,就得靠裁缝的眼力与手艺了。技艺甚佳的裁缝大多带着尺子却不太用,他们张开大拇指与食指,在打样的衣服上一路量下去,然后,在心里缩小或放宽些尺寸,就能做出一身合体的衣裳来。这种适合乡间劳作与行走的宽松式样,不仅穿的人体面,日后更是让裁缝有了一种被各村争相请去的资本。

然而,在那时的裁缝眼里,小孩子的衣服却是不甚讲究的,每每是几块余下的碎花布拼凑着,通常就缝成了一件小孩子的衬衣或背心。夹衣、冬衣的里子也大多是拼凑而成,面子大概会用纯色的布料,这样里外一瞧,却也有一种不乏错落有致的美,我们也一样欢天喜地地穿着。外婆每每会拍拍我们身上的新衣说:我的心肝宝贝,穿上新衣日长夜大,顺顺利利。

渐渐地,我们像外婆所企盼的那样,一群她手心里的小宝贝的确是一天天长大了。而那些曾经庇佑我们健康成长的衣物也小得不能再穿了,它们被洗得干干净净的置于衣柜里,只是偶尔心血来潮,翻出来看一看。然而,就在那随意的一翻一看间,流逝的岁月又回到了我们的眼前,外婆满怀的爱意和着那些裁缝的技艺一同在我们的生命里延续。

乡间岁月,那些走村串巷的手艺人,就是这样于潜意识里构成了我生命中一种重要的美学元素,即便它小如一只经过补缺的碗,一件曾庇佑我儿时健康成长的粗布衣裳。

如今,每每穿行于文字中的我,总觉得自己也像一个从乡间走出来的手艺人,操着文字的技艺,在生活素材的取舍里,学着对材料的把握与对剪刀的运用,学着对不甚完美的生活进行艺术的补缺,然后,于散文写作的真实表达与小说创作的细节把握中,行走于文字的江湖。渐渐地,我是那样期盼着自己能像那些年少时仰慕过的手艺人般,心思细密地去完成一件件自己心中较为精美的作品。

小茶馆里的大阿公

初夏时节,路边的桃树、李树都结了满树的青果,学校放学得早,离晚饭还有很长的一段时间。

放学的路上,经过的桃树与李树,一棵又一棵结满了半大的果实。走着走着,偶尔,那些调皮一点的孩子闲不住了,便把书包朝同伴一扔,赤脚上树去摘几个果子来尝尝。

孩子摘下青青的果子,只是轻咬了一小口,就向树下张望的小伙伴们直吐舌头;若是摘到还没成熟的果子,入口就满嘴涩涩的,他们又急忙溜下树来,跑到路边小茶馆去找水喝了。

乡村的公路旁,偶尔有那么一两家小餐馆兼茶馆。饭点时,客人们来此吃饭;饭后,则来此喝茶、聊天。我年少时,寄居在外婆家,每日与村里的小伙伴们一同上学、放学,都要路经此地。

小茶馆里,用来喝茶的八仙桌摆放在厅堂的一角,桌上放着一把青花瓷的大茶壶,几只茶碗围着茶壶四周倒扣着。这是一种既简单又极具乡土味道的陈设,路过的人远远就能瞧见。

通常时日,那些茶具大多也只是在茶馆大婶每日一遍的擦拭下,静静地候在那里。若是偶尔有客人进店来,茶馆大婶就要及时烧水、泡茶忙活开来。主客间一开始也彼此寒暄几句,待到主人又去忙别的了,客人便安静、自在地开始喝茶。

若要见着大伙儿都纷纷去茶馆,相聚一处地高声大气喝茶、谈天的情形,则要等到秋后或是农闲的冬日里。平日里,最常见到的则是我那年迈的大阿公闲来无事独自端坐着喝茶的身影。

远远望去,老人总是用他那布满青筋的手颤颤巍巍地端起一只粗瓷大碗,慢慢地一口一口呷着茶,迟缓又悠闲地打发着时光。偶尔,老人也出神望着远方,久久陷入沉思。

那种情形下的大阿公是有点让人捉摸不透的。也不知当下那一刻,时光是否逆流到他的童年或是少年,抑或是盛年时期也未可知。

那种情形,总会让人感觉到光阴的巨手仿佛就在某个过往的深处按了一下暂停键,一任眼前的这个形单影只的老人,在时光隧道的回溯中,独自深深地沉溺了一回。

而此时,马路的对面则是一派忙碌的景象。村里的青壮年劳力都紧赶慢赶地在田间地头杵着棍子耘禾或是掀起锄头锄草。大伯、大婶们间或也扯起脖子上的手巾抹抹额头的汗水,大姑娘们也一边比赛似的耘着禾,一边自在地谈笑着。

大生产队里,那种人头攒动的集体出工场面、热火朝天的劳动氛围,与小茶馆里那份悠闲、静谧,形成了一种强烈又鲜明的对比。

而形单影只的大阿公那静品清茶的寥落神情,以我年幼未经世事的有限的理解力很难理解——眼前的老人为何总喜欢坐在小茶馆里打发着时光?

或许,终日劳作的乡间,也唯有这样一处能盛放得下那份闲散而缓慢时光的小茶馆的存在,才得以让一生坎坷的大阿公有了一个释怀的所在。

我那命途多舛的大阿公,生于清朝,历经民国、共和国,在时代的更迭中一再沉浮着。一生毛躁的他,或许是因乡间小茶馆里那份纯粹与宁静,生命的最后时光在静品清茶间才变得略略从容与清雅了起来。

如是,我总感觉自己每每在小茶馆里看到的大阿公,是另一个大阿公。

间或有客人进店来喝茶聊天,一番闲话家常地谈天说地后,大阿公也喜欢讲起一些古代书生、绣楼小姐之类的故事以及民国的趣事。

这让旁边的人听着听着就心生纳闷了,平常粗枝大叶的老人,骨子里咋还有着一份如此精致的情怀呢?眼下这个不显山不露水的老头儿,心里咋就装着一个与小村生活迥然不同的大世界呢?然而,当村里人的种种猜测都不得其解时,到了最后,就只能理解为:一个人生命中越是不可或缺的东西,也就越向往与在意吧。

然而,在我看来,我那一向叛逆的大阿公,骨子里就有一种超越庸常生活本身的闲情逸致。这从他老年时风雪夜里也不错过一场期待已久的乡间大戏,闲暇时即便是下着雨也要进一进电影院,还有那一连几日像招待上宾似的请老书生到家来讲古书、谈天中可见一斑。潜意识里,即便是生活在乡间,大阿公身上仍旧有着一种雅致的情怀。

闲闲的冬日,太阳将落未落之际,我们走在放学的路上,有时老远就听见小茶馆内高声大气的聊天声。

待到再走近一些,语言的热浪就送进了我们的耳膜。一群上学伢儿便倚着小茶馆门边站上片刻,或是在屋内的小凳上坐一会儿,闲闲地听着大人们讲古似的讲着日本鬼子进村时的"躲反"(意即躲避灾难)、国内革命战争、土地改革运动等往事。

而那些往事,经大阿公绘声绘色地讲出来,是那样生动而具有现场感,让听的人很是入迷,总让我们迈不开离去的脚步。那些俯拾即是的往事,也是大阿公随时想起来杂杂芜芜地讲给我们听的。

更有甚者,大阿公讲到的民国那些事儿,我们闻所未闻,村里也鲜有人了解。因此,这让民国在我们年幼的心里又增加了一种新鲜、神秘的色彩。

夕阳西下时,老人像是陷入了一段回忆般地讲述着,又因为他曾亲历其间,而更具有现场感,更加血肉丰满起来。或许,那个民国时代,曾经一度存放了大阿公一生里最美好的时光与记忆也未可知。

那些带着极度个人色彩的讲述,即便只是听上只言片语和其间的一些生活的小片段,也会让人生出一种"虽不能至,然心向往之"的情愫。

然而,概括起大阿公的人生,却是让人叹息的。

终其一生,以俗世的眼光来看,大阿公也算得上是率性无为的人了。

大阿公出生在乡间一个有着几间瓦屋、几亩薄地的人家,有幸上过几年私塾。年轻时,他也曾有过一段"父母之命,媒妁之言"的婚姻。

后来,也许是这种旧时的包办婚姻有着种种不尽如人意或者其他,没多久他就随国民党部队当兵去了。其间,大概又因为吃不了苦,他半路又逃了回来。当了逃兵的他,也不着家,也不务农,之后便东奔西跑地不务正业,家庭幸福也就无从谈起了。

一生当中唯一的一次婚姻,因为没有子嗣,彼此也就没有了牵挂。加之大阿公常常不着家,最后,对方虽为人妇,却终究忍受不了那无边无际的孤寂,便跟着邻村一个拖着三个孩子的鳏夫跑了。

这番折腾让我那以严厉而远近闻名的太祖母颜面大损。其间,太祖母也每每扬言要将大阿公赶出家门,最后,大阿公因为惧怕老母亲的威慑而真的不敢着家了。于是,他便整日在外漂流浪荡地闲散度日。日渐往吃、喝、玩、乐的路上走。

每每与亲朋谈起这么一个大儿子,太祖母都要重重地叹上一口气,大抵是哀其不幸,怒其不争了。又因为他成天不着家,一家人便也不太管他了。从此,江湖上多了一个浪荡子。

之后,土改开始了,大阿公因东奔西跑不好好务农,又在国民党军队当过兵,被扣上了一顶"四类分子"的帽子。批斗会上,那些为权力而疯狂的人失去人性般对他进行批斗。如此一来,全村上下,不管大人、小孩,只要不高兴，便都可以趁机欺负一下他了。

以我有限的想象力，怎么也想象不出个性倔强的大阿公，是如何走过那些充满屈辱与劫难日子的。

听大人讲，大阿公曾在深夜里躺在猪圈边自杀过，后来，被起夜的乡邻发现才救了过来。可见，当时的大阿公多么孤独，对生活多么绝望。

之后的岁月里，夏天一到，大阿公脖子上因自杀留下的伤痕以及青筋暴露的腿上那些因批斗而留下的伤疤，都分外醒目。看一眼，心头就会涌起一股彻骨的凉意。

在生命将要走到尽头时，乡间忽然多出了那么一处小茶馆，从此，老人可以在轻松的环境下，于静品清茶间，渐渐忘却那些岁月带来的伤害，渐渐释怀。

其时，对于大阿公来说，茶的优劣以及品茶的器具、形式都不重要。重要的是能够有一个去处，能让暮年的他偶尔走出那个清冷的家，去打发垂垂老矣的时光。而恰好，小茶馆正是这样一个去处。因而，小茶馆里的那一碗粗茶，在那份细品与慢饮里，被大阿公喝成了工夫茶。

我甚至不能想象，在劳作的乡间，如若没有这样一个小茶馆的存在，又如何能盛得下那个与我血脉相连的老人的那份深藏于心的孤寂。

若是到了晚饭时分，大阿公总是会起身先催促着别人回家，然后自己才慢慢地踱着步，独自离去。

那老迈的催促声里，每每总透着晚景凄凉的老人那种身世慨叹与顾影自怜，听着听着，就让人无端感伤。

上小学时，我的数学成绩一度不好，低年级时，总是在三四十分徘徊着，不及格是常态，考试及格反而出人意料。

后来三四年级时，我偏偏在应用题的接受能力上，超乎寻常地好转起来。因而，有那么一段时间，几乎每天下午，我都能很快地做好老师布置的习题，交完作业，就可以提前回家。

如是，放学早了，每每在太阳将要落山的那个时间段里，总能远远地望见大阿公端坐在小茶馆的八仙桌旁，悠闲而孤寂地喝着茶。

走在路上的我,偶尔被他瞧见了,便被高声大气地喊进去。大阿公是上过几年私塾的人,一有机会便总是念叨着一些古训对后生进行说教。那些古训,我向来是不喜欢的,也听不太懂,因此心里还是不乐意被他喊进去。

大阿公可不去管这些,他喜欢讲三国故事,因而,总是念叨着"大梦谁先觉?平生我自知。草堂春睡足,窗外日迟迟"或者什么之乎者也之类的东西,自说自话式地讲了一通之后,再看看壁上的挂钟,时间也不早了,便起身与我一同回家。

走在路上的我,总在想:或许大阿公是因为太孤寂了吧,才故意高声大气地把我叫去说教一通。因此,心里虽不乐意,也只好硬着头皮听。

不过,小时候有一种情形让我们这帮小孩子还是很喜欢大阿公的。那就是当我们因不听话挨揍或是因考试没考好而挨训时,大阿公便要出来求个情或说个好话。

他先是很生气地夺下大人手中的棍子,紧接着,就是念叨着挂在嘴边的那句话了,"儿孙自有儿孙福,莫把儿孙当马牛"。因此,彼时说着这句话的大阿公,还是很受我们爱戴的。

然而,待我们长大后,大阿公早已作古。年岁渐长后,我终于越来越理解存活于乡间、生命里充满苦难与变数的大阿公了。

之后的每一个清明时节,于那份庄重纪念之中,我依稀又瞧见小茶馆里那独自端坐着细品清茶的大阿公。

外婆的菜地

小时候的乡间,外婆的菜地是构成那时贫瘠生活之外的想象之所在。

某个春日的清晨,我们姐弟几个与外婆一同下到菜地,栽下几棵黄瓜秧,又栽下几棵香瓜秧,然后再栽下几棵西红柿秧。待外婆直起腰来,心满意足地看着满园刚栽下的秧苗时，大家便忙着扛锄、提桶，准备一起回家了。

路经自家的甘蔗地里，秧苗们已长成了一片青葱的模样，那是去年冬天就栽下的。如今的一片青葱，也就意味着夏天便能吃上清甜的甘蔗了。大家欣喜万分，边走边回头看了又看。

稍过些时日，待到秧苗们都长出些细细的藤蔓了，外婆便寻来一根根竹竿插在菜地里，让秧苗们顺势往上攀爬。之后，我们便开始想象着这些春天里开花、夏天里结果的菜地，会带来一番怎样的口福与光景了。

眨眼间，没几天工夫，待惦记着那些藤蔓的我们再去到菜地时，那竹竿上就布满了一排排葱绿的叶子。

夏天一到，地里就结满各种瓜果了。黄瓜啦，香瓜啦，还有西红柿和甘蔗，这些长满红红绿绿的果蔬的菜地，便是我们的乐园了。

暑假农忙时，小孩子们会帮着大人干点农活，偶尔也在大人的催促下写写暑假作业，其余的时日则是无聊而单调地过着。幸好，还有外婆那种满果蔬的菜地，不时带给我们一点小惊喜。

夏日的清晨，外婆早早起床，去地里摘菜，顺便会摘些黄瓜或香瓜给我们吃。黄瓜有时也用来炒菜吃。

新鲜的菜蔬摘回来，用清水洗一洗便下锅。刚摘来的菜蔬一下锅，小孩子们就踮着脚围着锅台看着，心里对这一顿早饭便充满了期待。

若是快到做晚饭时，外婆到鸡窝一看，已经有一个或者几个鸡蛋了，便会下地去摘几个西红柿来，给我们打西红柿鸡蛋汤。

晚饭一开始，家里四五个小孩，就着那个味儿有点酸酸的、飘着蛋花的西红柿汤，从头到尾都很开心也很开胃地吃着饭。这一顿饭，多吃个小半碗，也是常有的事。

炙热的午后，大人们都在歇息，村子里静悄悄的。小孩子是不休息的，也闲不住。无事可做之际，便想到去剁甘蔗吃了。

甘蔗剁下来，叶子一经刮去，大家就开始等着如何在地头分着吃了。可吃过甘蔗之后，大家彼此又会觉得刚刚你一截我一截这么分太过匆忙，难免会长短粗细不均。于是,大家又商讨着如何再剁下一些来分了。不过,待到第二次剁下一些甘蔗来细分时,彼此间却又少了先前的热情,最后,还是估算个大概,各自你一截我一截捎着回家了。也有留着一两截上好的甘蔗不分的,因为,那是专门带给外婆的。不过,外婆通常也不太吃,总是在她那放一下,后来又给了我们。

自我记事时起,外婆就是忙碌的,终日在举炊浆洗间耗掉了她的大半时光。而幼时,在我们看来,外婆的那种忙碌,也是一种不用紧赶慢赶地去抢时间的闲散之中的忙碌,不像外公的田间劳作是必须合农时,与季节赛跑似的种出几担谷、几升豆子、几袋棉花才能养家糊口的那种扎扎实实的农活。

就连外婆菜地里的果蔬,也不是必须用作餐桌上的主菜,仿佛只是为了给我们小孩子开一开胃、增添一点开心与乐趣,给我们一份超出农村生活的点缀而已。

然而,它却是那样符合我们小孩子的喜好与外婆恬淡、从容的个性。

或许,在乡间单调与粗糙的那种生活中,外婆的菜地所带给我们的那份温馨的乐趣,原本就潜藏着一份很深的缘由。它原本就与外婆的天性与成长经历有着太大的关联。

记忆里,昔日曾做过大户人家童养媳的外婆,每每说起那个抱养她的人家,总是心怀感激。而那个每天早上去肉铺里提肉,梳着好看的麻花辫,唱着小曲儿,轻快地走在堤坝上的小姑娘,便是她整个童年的缩影了。

那个轻快地走在堤坝上的小小童养媳,那一份温婉细腻却不张扬的个性里,一样有着身为一个女孩简简单单的纯真与可爱,也足以让那个抱养的人家宝贝似的喜欢着了。

后来,每每在剁猪草时,外婆说起她的往昔,那些关于自己童养媳的经历,往往就在她做小姑娘的时候便轻巧地打住了。接下来,便是时局的动荡与时代的变迁。那个抱养的人家被划成富农,接着就是一番批斗。余下的,外婆再未过多言说。

外婆略去了那个抱养的人家在后来漫长岁月里的苦难,缄默中,心情有一种说不出的沉重。然而,之后的时日,外婆与那个家里的每一个成员的走往,都有着一种特别的亲情与暖意在其中,那是对过往岁月的感恩。

而后,那个半大的小姑娘长大后的画面该是怎样的呢?在我有限的想象里,总忆及那时刚刚学过的《诗经》中的名句"昔我往矣,杨柳依依""所谓伊人,在水一方"来,也不知道一个后来在长天厚土下长大的村野女子,能不能符合我那执意而美好的想象。

不过,在外婆还是小姑娘时,梳着好看的麻花辫,唱着小曲儿,轻快地走在堤坝上那种空灵的美感,在我的心里,却一直都是那样执意地愿它存在着。

共和国成立后,十七八岁的她嫁到了外公家。这个从大户人家走出来的女子,每每于待人接物、举手投足间,甚至表情中都有一种有教养的得体与节制。

这样的一个女子,几十年生活在劳作的乡间,任凭后来的生活怎样起起落落,一生都贤良、淑德,堪称我们家族女性的典范。如此的秉性,任由怎样的时代和命运变迁,外婆也不曾让它遗落过。

轻启一扇记忆之门

轻启一扇记忆之门,每每以时间逆流的方式回溯。时光的尽头,隐约间,总是定格在了六岁时的那个春天。

一

或许是六岁那年春天一过,在接下来的另一个季节的尾声就要背着书包开始上学的缘故,我对于那个春天的记忆,总是特别一些。

因为,在此之后,那些每日里可以放任自己在长天厚土间疯玩的随心所欲时光便不再了。

也因为,那个春天一过,那些与小伙伴们一同在田埂上采着野花,继而又辗转着去邻家看那窝刚出生的小狗的美妙的时光,便由一个沉沉的上学书包来取代了。

之后的每一个春天,都要背着书包上学去了。虽然,上学也有上学的乐趣,也不是不快乐。

上学后,有时,小脑袋也会被算术题折磨得千斤重,也想偶尔迟到一次,旷一旷课,去乡野红的花绿的果间,放松放松一下。可有时,我又会觉得跟着老师口型的变化,学着 b、p、m、f 的发音也怪有趣的。

然而,就在那许许多多个春意盎然的日子流逝后,六岁时的那个春天,依旧清晰如昨。

二

当村里的李花与桃花相继开过,杜鹃花和油菜花又紧接着以占据着整个山村和田野的态势蔓延开来。走村串巷补锅、锢碗的手艺人前脚刚走,胸前挂着一个厚厚方盒子的照相师傅后脚便进了村。

由于照相师傅的到来,那张六岁时花丛中的照片,便为那个学前的春天留下了一个永恒的怀念。

三

照相师傅一进村,往日里静悄悄的村子,一下子便热闹了起来。在照相师傅的吆喝声中,大人小孩一齐走出家门奔走相告起来。即便是还在吃着饭的人们,也要端着碗出来看一番热闹。

这一看可不打紧,那端着碗的小孩,飞快地折回屋,迅速放下碗筷,拉着奶奶一路小跑奔向了赶集似的人群。

老奶奶也被小孩子这么一拖一拉,一闹腾,一煽动,连碗筷也来不及收拾,便来到了热闹的外头。

先谈好价的开始照相了,接下来便有好些人家紧跟在后头忙着换衣服、梳头发做照相前的准备。

偶尔,村里的男人们,也扛锄掮担地站在人堆外,往里瞧一瞧照相师傅手里那新奇的玩意儿,随即,又快步走开了。

也许在村里,作为男人,养家糊口以及地里的活计都比眼前的玩意儿重要得多。不过,若是赶上年节,偶尔留下来与家人一起照张全家福,也未尝不可。只是他们平日里不参与,没有那些一个劲地想照相的妇人和小孩的热情罢了。

开始照相了,摄影师喊"一、二、三,看镜头",妇人和小孩往往僵硬地靠在一块黑幕做的背景前站着,眼睛眨都不眨,直直地看着镜头。这时,旁边的妇女们七嘴八舌,或是花枝乱颤地逗他们笑,可他们还是表情僵直地不笑或是不自然地笑着。

照相师傅为了多做些生意,往往也会换一下场景。

而换到下一个场景,也不过是几个小孩子站成一堆,手中握着一个小玩具或其他的道具,拘谨地面对着镜头,妇人则很母性地将身子微微侧向孩子们。村子里的那种照相姿态,仿佛只要是往相机前一站,便是约定俗成、一成不变了似的。

那时的我,不太喜欢照相,但偶尔也会被小姨喊去。小姨对照相背景是有点挑剔的,通常,我们不喜欢在黑幕拉开的背景下照相,我们的摄影背景往往被小姨移置到一个春暖花开的野外。小姨将我拉到小山坡上的杜鹃花旁,蹲着或者站着,照相师傅打着手势喊着"一、二、三",我还在努力地调整着自己的姿态,快门就按下了。那一刻,小小的心里一样有着同龄孩子的紧张。等到过些日子照相师傅把相片送到村子后,一瞧,自己脸上的表情总是有些机械和局促,即便笑着亦如此,长大后才知道,其实摆拍对一个小孩来说是一件很拘束也很为难的事情,不如抓拍来得自然、真切。

四

在乡间,当季节还是春夏之交时,人们的衣着便已走在了季节的前头,单薄了起来。

如若恰逢农时,外出耕作往往要汗湿一身,因而,衣服也换得勤。

不论哪家的堂前,都会放一个浸泡着许多衣服的大盆子,而且是内衣和外衣浸在一起。有时,头一天的衣服往往来不及洗,一放就放到第二天,浸得都有点气味了。大人偶尔有空就在散发着气味的盆里洗几下衣服,我们则在一旁玩耍,每每一靠近洗衣盆,就感觉有股浓浓的味儿扑鼻而来,闻着就让人很不舒服。

那时节,好像家家都有大量待洗的衣服,而大人不是忙于耕作就是忙于烧茶煮饭,至于衣服,似乎只有得空才会去洗一下。

我六岁时,姨母、舅母们洗衣的时候,常蹲在盆边看,也不管混浊的肥皂水有没有从盆里溅出来弄到自己的脸上。然而,也就在那么一蹲一看里,我从此便想把衣服拣出来自己单独清洗了,不过那得在日渐长大后才得以实现。稍大些的时候,门前池塘边的柳树下便多了一个细小单薄的身影,那是我提着篮子,独自洗着自己和弟弟妹妹小衣服的身影。

夏日的黄昏,我会早早地帮弟弟妹妹洗好澡,把竹床抬出来让他们乘凉,然后去池塘边把衣服搓好,清了水,再晾在竹竿上。接着,一个清爽的傍晚就来到了。

日暮的乡间,竹床是夏日一个清凉的所在。

新竹制品有着一股好闻的清香,而陈年的竹床,那泛着沉沉的红的颜色里,往往会带着一种上了岁月的清凉味道。

田间劳作的大人们还没有收工,家里的小孩子们便把竹床抬到大坪里,或坐或躺。不过,那时因为蚊子的光顾或热浪的残存,扇子总是不离手的。那时的乡间,用的大多是棕扇,小孩子抢着用新买的,而上了年纪的大人往往喜欢用那些上了年岁、磨得油光锃亮的扇子。因为照老辈人的说法是:新的棕扇是刚从棕树上割下来的棕做的,风重。因而,有邻居或是亲戚来,大多还是找出一两把陈年的棕扇。

待到大人们从田间陆续归来的时候,竹床上便坐满了小孩或是一两个邻家的妇人。那些刚刚满岁的小孩子洗完了澡,脖子上与腋窝里搽满了白白的痱子粉,可依然遮不住一身的红红的痱子,看着就有一份燥热感。有的小孩也经常不由得欢喜哭闹着,如是,越哭热气便越是往上冒,红红的痱子便越是涨得人浑身燥热难受,即便是擦了再多痱子粉也不太管用了。

晚饭过后,夜渐渐安静下来。

我静静地躺在竹床上,仰望星空。满天的星斗,让我的心里充满了无限的遐想。那一刻,是一天乡间生活中,留给我难得的静谧与享受的时光。

五

秋天的乡间,天空看起来是高远的。

那些秋日的午后,若是在小山坡上远远望见长天厚土间外婆肩扛手提的身影,小小的心里便生出无限的欣喜来。仿佛,就连那些外婆耕耘的棉田和菜地,也变得亲切了许多。

因为,那些菜地里生长着我们喜欢的黄瓜和梨瓜,而棉田里摘下来的绿绿的棉桃下一道像雪一样白的绒絮好看极了,这些都是我们喜欢的。

远远地看见外婆归来了,我们一路飞奔着去接担子,不过,外婆让我们刚刚上肩试试,便生怕压坏了我们的嫩肩膀,赶紧又扛了回去。最后,只是让我们提着轻一点的盛在篮子里的棉花或者果蔬而已。而一路经过的几口水塘边,那些筑巢的鸟儿偶尔的惊飞,往往带给我们欣喜,又超出了那些黄瓜与棉桃。

六

冬天的清晨,窗外积了厚厚一层雪,可这一年,我上一年级,老师担心新生会厌学,往往学习抓得紧一些,家访也勤一些。因此,再大的雪我也不能赖床,也得上学去。

而在这之前,每一个冬天下雪的日子,我都可以赖被子里睡懒觉。虽然早早就被窗外那片白茫茫的景象刺醒,但仍旧怕冷似的缩进被子里,不肯起来。尽管外婆一再说"好大的雪啊,赶紧起来看吧""下雪不冷,化雪冷啊",但我还是赖着不肯起。那时,没到上学年龄的孩子哪怕是起得再晚些,也是没多大关系的。而上学了,则不同,大人们总要三番五次地催促着去上学了。

下雪的日子里,村里的小孩就在那一声声催促中,很不情愿地抬起头来看看白亮的天,然后起床胡乱洗把脸而不刷牙。继而,各家小孩相邀着,一人提着一个用旧洋瓷碗做成的小火钵,深一脚浅一脚地走在上学的路上了。

天寒地冻里,小手靠近火钵,红红的炭火,偶尔会让人觉得温暖可亲,只是有时不小心会被烫起一个泡来。下雪的时候,小孩子们不习惯打伞,总是让雪花斜斜地飘落在衣服上。雪花飘进脖子里,也只是凉凉的让人整个儿都想往围巾里缩缩而已。小孩子大多是顽皮的,哪怕再冷的天,也一路言笑着、打闹着上学去了。

说笑打闹间,一步步地离学校近了。直到上课铃声灌进耳朵,大伙才发现什么不对劲,飞也似的向学校跑去。

进了教室,人坐在课堂里,可视线却总是落在了窗外,想着一些较之课本更有趣的别的事情。为了不让老师看出来上课开小差,黑板当然是要时不时看一下的,但更多的时候,视线和心思却是整个投向窗外的那个世界去了:积雪难行的车辆,轮子在原地不停地打着滑转着;电线杆上不时有大坨积雪在抖落;还有,那些小心缓步慢走的行人偶尔失去平衡,四脚朝天滑倒在雪地里。这一切都是沉寂的冬天里最为新鲜有趣的,我们小小的心里总觉得,课堂外那个飘着雪的世界,比起枯燥的课本更让人受用。因而,那个六岁里要早起上学的冬天以及那些最初的时光,变得有趣而难忘。

盛放在生命深处的记忆

在那段由雨帘子串起来的湿湿的日子,在三月的轻寒里,我休掉了本可以用来好好旅行的年假,选择独自待在家中看有些年头的电影,以保持能让精彩的对白、独白与旁白叩击着我日渐厌倦与冷漠的心弦。

当第 N 次关上电脑的那一刻,才感知:原来,电影艺术中有关永恒的梦想和回忆的主题仍是孩子和老人。

与我血脉相连的老人,父祖辈的阿太、祖辈的外婆皆算得上是盛放在我生命深处的一抹暖色调的回忆。

然而,当茫然地感觉到一直呵护着我整个生命历程的外婆,最终长久地消失在某个深秋的旷野时,那些日子里,连窗台上难得一见的落日,仿佛都有一颗漂泊的寒心,让人见了有一种无着无落感。

那些最深的夜,无眠之中,遍寻记忆,唯有外婆那笑意温婉的话语,才是唯一能让我安静下来的东西。回忆里,也因浸润着外婆的那种穿透人生、看遍事理的平和,才得以让心境渐渐平复。

在乡间,外婆不是难得一见的美人,却有着善良而执着的本性。垂暮之年,那种日久弥深、因心慈而貌美的形态,便也得以日渐显露。

我自幼丧母,因而,外婆便用她整个身心筑建起一个小小的城堡,让我居于其中。我便是那城堡里的小小公主,是容不得姨和舅的半点轻慢与责骂的,就连外婆自己背着我去几十里路外的阿太家,也不忍稍稍变换一下姿势,怕会惊醒她背上的小女孩。

年岁渐长的时候,暑假里,我总是喜欢让自己置身于安静的时间与空间里。外面小孩子疯天疯地地玩耍着,而我则喜欢带上房门,躺在床上看小人书,间或也看糊在墙上发黄的报纸。一张张地看过去,便感觉到小村以外的世界真是大得漫无边际,单是那一张发黄的报纸,便挤满了铺天盖地的大事小事,它以外的世界又能带给人多少遐想呢。有时累了,我就静静地趴在床上,看着屋外的阳光一柱柱地透过那古意尚存的木格子窗投射进来,然后再细细感觉微尘如何在阳光下一点点地向上腾跃着。每当大人们相继从田间地头回来时,就听见外婆轻叩房门喊我吃饭的声音。只觉那时的乡间岁月,有着一种让人回味的温厚绵长与静好。

夏日的傍晚,劳作了一天的大人们都集中到一个大坪里纳凉。每每在同族的男子间那一通高声大气的东拉西扯后,就有人开始认真地收听新闻联播和天气预报了,其他的声音也就渐渐自觉地低了下去小了下去。而那偶尔调台时,间或传来的那一点背景音乐,仿佛天籁般,让如我一般大的小孩们陶醉于一个与当下生活迥然不同的世界里。又好像只有那个世界,能远离俗物,带着自己于空灵处自在翔舞,竟连小妹从竹床的另一端摔了下去,也浑然不觉。

随着一个又一个夏季的过去,我照看的小妹,也渐渐长成了我的玩伴。寄养在外婆家的我,闲来无事时,常常与舅舅的女儿一起轻摇着那把用红墨水染成的羽扇,学着古代绣楼上的小姐轻罗小扇扑流萤的优雅,学着学着便让人心中顿生一种好古博雅之感。而每每外婆的脚步从宁静的时间里穿行而至,驻足片刻,随即,又笑盈盈地走开了。那时,外婆大概也过了半百,可是衣着洁净,头也梳得一点都不潦草,仅那端庄的背影、从容的步态,也有着一种村妇少见的雅致。

到了我上初中,一些玩伴们也收了心,用功读起书来。每每奖状捧回来,外婆笑呵呵地给我煮鸡蛋吃,我吃着鸡蛋的同时便有这样的一种感觉:做自己喜欢的事,让灵魂在浮华世间独立其上,是一件多么快乐的事情。只是当时还找不到这样的一种文字表达。

夏秋之间的午后,乡间的日子是长的。外婆在秋收的喜悦里用米筛拣着豆子,安然中,满是一个村妇知足常乐的质朴。有时,我则和妹妹带上外婆量好的米,一同去镇上换馒头。

渐渐地,生活一日比一日好起来,世道一直在变,人心也在变,但外婆骨子里那隐忍而自律的生活理念一辈子都未曾改变过。也许是承袭了外婆的秉性,长大后的我们,同样觉得做女子不可以有那么多的企图,生活自在而随意,也没有太多过于直接的目的,但求过得称心而已。

然而,关于外婆,此生让我最遗憾的一件事情,就是在那些一张又一张的照片中,竟然找不到自己单独依偎着外婆的合影。幸而,在那些全家福中,外婆的身边总是站着一个我,而且努力地笑着,大多是笑给外婆看的。有时,我总在想:关于情感的表达,对我而言,是人生中最难以做好的功课,直到为我带来恒久慰藉与温暖的外婆消失在某个深秋的乡野,才猛然发现自己的那份表达永远不够。

在这个已崇尚钻石的时代,我宝贝似的把多年前出嫁时外婆给我的那块银圆请最好的银匠打制成一只古典雕花的手镯,并以从未有过的耐心见证了它由一枚银币蜕变为一只手镯的过程。而工匠为之雕刻上周身花纹的一瞬,感觉它仿佛就是岁月犁过人生的沟壑。回到家后的好长一段时日,我每个昼夜都戴着它,仿佛唯有如此,才能重温那些生活在外婆身边的安静时光。我发现从不热衷首饰的自己,是如此喜欢这种银饰。或许,我对它心生喜爱的更重要的一个原因,还在于:它自民国以来,一直陪伴着外婆走过漫长的岁月旅程,而且,那么珍贵地成为外婆压箱底的典藏。

我曾担心着:外婆不在的那个乡间,会因某种情意的缺失而日渐变得遥远陌生起来。然而,在一个接一个清明节——这个纪念亲人的特殊节日里,我一回到那个与我血脉相连的乡间,便发现自己内心的情感依旧,从未疏离过。

得空,我还是喜欢回到那个乡间,享受那种乡村情怀、那种慢节奏的生活,仿佛疲惫的心,也因天地万物的祥和而日渐充满了温情与暖意。

童养媳

当六十多年前的月光朦胧地照在一个江南小村的夏夜的时候,那个我从未见过面的太奶奶,便急匆匆地踮着小脚,穿过巷子、穿过弄堂,质问我那正在洗碗盏的外婆:"平秀呀,你为啥把我的孙女送人了?送到哪户人家啦?"

面对这一连的两个问题,当外婆颤声回答送给邻村谁谁家的时候,太奶奶说:"那是个细伢儿生一个死一个的人家啊!我的老天爷呀,那样的人家你也敢送。可怜了我的小孙女啊。"

太奶奶接着又絮絮叨叨地不停说着:"难怪我一整个下午都没听到细捞仔的哭声呢,原来是把细捞仔送人了。才八个月大呢,也亏你舍得哟,马上去给我抱回来。"

那个傍晚,外婆裹着小脚从堂前走到灶下,又从灶下走到堂前,心神不宁地来回走着。

因病卧床好几个月的外公,听到太奶奶的话,在那靠仅有几片明瓦来增强光线的厢房里,独自抹眼泪。一想到这些日子,外婆一个人早出晚归挑起这个风雨飘摇的家,实在太艰难了。白天,一个妇人一大早就要到大集体去干活;晚上,她还要在煤油灯下纺纱、纳鞋底,家里一个病人加上三个细伢崽,仅靠一个妇人柔弱的身子,真的快要撑不住了。外婆头一胎是个捞仔,可那是长女,第二胎又是个男孩,这不,想来想去,只好忍痛把二捞仔送人了。

当太奶奶前来责问她的那一刻,同样是在别人家做过童养媳的外婆,只是一个劲地在内心叨念着二捞仔,希望能像她自个儿一样幸运,落脚在一个疼爱自己的人家。

说起外婆的童养媳生涯,那叫一个少见的幸运。生于民国十二年(1923年)的外婆,一两岁就到别人家去做童养媳,后来,不仅没有嫁给那个抱养人家的儿子,而且那家人待她像亲闺女一样。方圆几里都看到的那个每天早上去肉铺里提肉,梳着好看的麻花辫,唱着小曲儿轻快地走在堤坝上的小姑娘,便是外婆整个童年的缩影了。长大成人后,抱养她的东家因为"成分"问题,又因十二分疼爱、不想拖累她,就让其自个儿出嫁了。

然而,过了若干年后,在当下这个夏日的晚上,太奶奶的一番话,还是让外婆整个人都有点恍惚,站也站不稳了。那种经人点破后心头隐隐的后怕,让她好长一段时间睡觉都睡不安稳。

以至于,后来她渐渐便有了一种幻听。有时,哪怕是在堂屋里扫地,哪怕是在灶下烧饭或是在田里干活,她总是觉得有小孩的哭声不断在耳边萦绕。那段时间,外婆因为心里惦念着二捞仔,深夜剁完猪草,还要走上几里夜路去抱养人家的村里。她先是隔着几间屋听听有没有二捞仔的哭声,若是老远听到了细伢崽的哭声,心里就乱得不行,便一步步靠近墙角,去听是不是二捞仔的。待到真真切切地听到是二捞仔的哭声,她便心怀忐忑地要等到哭声渐渐停歇才起身回去。若是没听见哭声,她依旧不放心,便耳朵贴着抱养人家的墙壁再去听一听,听了许久,直到一再确定没有哭声后才悄然离去。

那些日子,若是听到哪家的小孩夭夭了,外婆仍免不了要心惊肉跳一回。此时,整日失魂落魄的外婆,心头尽是悔意,一心只想把大姨抱回来。无奈,当她把这个想法说与外公,外公硬是不同意。外公说做人不能出尔反尔。再说了,"大跃进"时,集体出工吃食堂,大人都常常饿得发晕,家里又有他这么一个病号,抱回来怎么养活。这些都是后来外婆在她渐渐走向暮年时一再说起的。

大姨抱给人家做童养媳,这里暂且不表。在我有限的记忆里,家族最早的童养媳要追溯到太外婆——也就是外婆的母亲了,再下来是外婆、姨婆。

据说舅婆也是太外婆抱来的童养媳。虽然在后来的日常生活中,舅婆和太外婆之间偶尔也有点小摩擦,但太外婆常挂在嘴边的一句话就是:"夕子,你是我三岁头上抱大的哦,我可是巴掌心都没挨过你的啦。"只要这句话一落地,再要强的舅婆,也顿时没了脾气。

　　说这句话的太外婆,自己也同样曾作为童养媳。只是,太外婆这个童养媳,小小年纪就要背着小她几岁的丈夫打猪草,而且每天天刚亮就要起床烧火做饭。那些夏天一身大汗割稻子、冬天敲开冰凌在溪里洗衣裳的乡间童养媳要做的事,更是一件都不能少。长大后,她嫁给了小她几岁的丈夫,依旧在婆婆的家长淫威下做着可怜的小媳妇。

　　听外婆讲,姨婆原先也是太外婆一岁就抱来当童养媳的,可那个许配给她的丈夫(太外婆的儿子)过早夭折了。迷信的太外婆从此就把姨婆送走了,送给了另一家。

　　外婆的那一代童养媳中,姨婆的命运最惨了。虽说最后嫁到外村,一辈子丈夫对她也不错,但因不能生育,抱养了一个女儿,招了一个外地打铁的女婿。而那铁匠,整日里操着河南口音说是要带着妻儿回老家。老人每每听到此言便要情绪低落好久,而且,那抱养的女儿也不甚孝顺,总是对老人恶言相加。最后,在姨公离世后,据说年迈不能再劳作的姨婆拿着一个碗去灶下盛饭都得看他们的眼色。在她的身上,人们感到人世要多凉薄就有多凉薄。无儿无女的姨婆,在七十几岁时便上吊自尽了。

　　记忆里,姨公是性情温和的。我读小学时,桃子成熟的时候,他常常挑着箩筐来学校卖桃,总是拣最大的给我们吃。姨婆因不能生育,人也特别敏感,来我们家做客的那几日,外婆总是处处让着她,盛饭让她先,洗脸也让她先,总怕一不小心怠慢了,姨婆会不高兴。不过,姨婆到我家做客的那些日子,我们小孩便像是过节般高兴,因为不仅姨婆会带好吃的给我们,而且家里也会倾尽所有用腊鱼、腊肉来招待她。

　　到了母亲这一代,就只有外婆的二捞仔——我的大姨是童养媳了。幸好,后来大姨不仅给那家人招来一个又一个的儿子,而且,所生的孩子个个都顺顺利利长大成人。抱养的人家,便心肝宝贝似的很是疼爱大姨,并且还让大姨上了"共大"(共产主义劳动大学的简称)。或许是出于对大姨的爱惜,抱养的人家也没让那个小她三、弱不禁风的儿子成为她的丈夫,而是让大姨自己选择了婆家。从此,有情有义的大姨,对于抱养的人家的大事小事仍旧尽到一个做女儿应尽的责任。

然而,性情温婉的大姨,不能在自己父母身边长大,内心同样有遗憾。她也曾抱怨过亲生父母不该把她送人,也曾说得外婆在长久的沉默后长长地叹一口气。可谁知,那一声长叹里,有多少无奈与不舍。也难怪,外公临终的时候,仍旧没有放下对大姨的愧疚。

外公是在1999年秋天走的,大姨身为一个女儿,却如一个顶天立地的男子一般,和舅舅、小姨一起把外公的丧事办得十里八村少有的体面,让读了一点古书又历经了民国、共和国成立、改革开放的外公,历经人世的风雨后,最后一程,走得风风光光的。

一代又一代走来的童养媳,终于消失了。让人欣慰的是,我们家族的最后一个童养媳——大姨,最终选择了感恩与释怀。

麦 芽 糖

一直以来,留存在记忆里的甜的滋味,最初、最直接的是源于麦芽糖。

幼时对麦芽糖独有的软糯香甜的那份沉溺,以至于之后很多年里,都足以让我忽略掉后来吃过的种种糖的滋味。

幼时的乡间,秋收刚过的农闲时间,四邻八舍便开始用刚刚收进仓的新米来熬制麦芽糖了。

每逢我家熬麦芽糖的日子,早上刚起床的我们,便看到外婆在家里那口平时闲置不用的大锅里煮上满满一锅糖粥。那糖粥看起来和平常的粥也没有什么不同,只是白色的粥里有一些麦粒中吐出的嫩绿的小芽儿。味道与平常的粥也没什么不同,只是因为有了一颗颗的麦芽,我们便觉得新鲜,然后盛上一大碗吃着,心满意足地去上学。

等到中午放学回家,那一锅粥就十分黏稠了,就见外婆在用一个纱布袋子沥糖糟。糖糟通常是用来喂猪的,而那一锅糖油就由稀至浓慢慢地熬着。

起初，我们耐心地等，但随着一阵又一阵的睡意袭来，在一连串的哈欠中，我们渐渐抵挡不住了，就这样歪在椅子上或者高一脚低一脚地上床睡去了。

乡村自中秋到年关的这段时间里，每家大多储有麦芽糖，通常是放在一个稍大一点的坛子里，用满满一坛子炒米养着。临睡前脱衣上床，我们这些小孩子并不立即躺下，通常拥被而坐，等着外婆上楼给我们拿麦芽糖吃。那时总要吃得心满意足方才睡去，直吃得满口蛀牙，一口白白的牙齿变成了黄黑色，以至于后来走在路上被邻班淘气的小男生唤作"黑牙齿"……即便如此，我们也没有半点悔意。

长大后，我去省城读书，下自习后总是趿着拖鞋急匆匆地跑下四楼去买夜宵，其时总不忘去附近的小店买上一小袋子附近老乡自制的麦芽糖。吃完夜宵后，我细细地嚼着麦芽糖，那软糯香甜的口感里仿佛有着小时候的那份渴念。

儿时的小妹

翻阅着儿时的照片，一如解读着过往的童年。拾起那些珍藏在记忆深处的时光碎片，昔日与弟弟妹妹们一同嬉戏的情景，一次又一次地浮现在眼前。经历的世事，大多已经在心中远去，在岁月的淘洗后，幼小时便根植于心的兄弟姐妹间的深厚情谊，却越来越清晰。

小妹是舅舅的女儿，确切地说是我的表妹。我幼时在舅舅家长大，表妹便如同手足情深的亲妹妹了。细细想来，与我一同走过岁月的知己，也唯有小妹了。

小妹小我六岁。儿时的小妹，算得上是一个乖巧的可人儿了。记忆中，小妹像是牵着我的衣襟一路小跑长大的。那年月，乡下的孩子是不敢奢望买玩具的,大人劳作之余摘一片树叶卷起来吹响儿或是砍一截竹管儿做哨子,就算是玩具了。小妹便吵着要给她做一个。于是,弟弟领路,小妹牵着我的衣襟一路向后山的竹林飞奔而去。手巧的弟弟不一会儿便做出与大人一样好的哨子来,小妹的那份高兴劲便可延续好几天,一有小朋友来玩,她便拿出来吹给别人听。

小妹在家是老幺,加之聪明伶俐,便在弟弟妹妹中最得宠了。从小学到初中,我和弟弟们放学回家都要去打猪草或放牛,唯有小妹例外。

最令人羡慕的是小妹可以经常去县城,而那时我与弟弟从未去过,不知现实中的县城与想象中的是否相差很远。因此,每当舅舅带着小妹,拎着好多我们不曾见过的花花绿绿的零食从县城回来的那一刻,我就盼望着啥时候能跟大人去一趟县城!小妹把带回家的那些好吃的全分给我们,也不为她自个儿留点。于是,我和弟弟好几天都尽可能让小妹开心,让她多讲一些城里的"故事",让我们美一回。听着妹妹讲县城幼儿园里见到的那些滑梯啦,秋千啦,还有好多好多的玩具,我们的好奇心就又增加了一分,也就更加向往那从未能去过的县城了。后来直到上初中,我才圆了这个梦,不过那时的县城与我梦中那个小妹描述下的县城就相去甚远了。

阳春三月的时候,我放学回来书包还没放下,小妹便吵着要我带她去玩了。这时,大人便会偶尔特许我可不帮家里干活。于是,我便带着小妹痛快玩一回。池塘边、田野里、山岗上成了我们嬉戏玩耍的乐园。

要下雨的午后,池塘边聚满了蜻蜓,我们一起拿着竹扫帚去池塘边捕红蜻蜓和花蝴蝶。一会儿,蜻蜓来了,蝴蝶却飞走了,害得我们满头大汗跑来跑去,好不容易捕到一只,小妹便用胖嘟嘟的小手十二分小心地捏着蜻蜓的翅膀,高兴地沿池塘跑起圈子来,我便跟着一起乐个不停……

黄昏时,听到外婆喊吃饭了,小妹便急着把它们都给放了,说是蜻蜓和蝴蝶也要回家了。吃饭的时候,她硬把好菜让给我和弟弟,一家人便在稚气的小妹的劝菜声中开开心心地享用着那顿并不丰盛的晚餐。

小妹就在这浓浓爱意中渐渐长大了,稚气的小妹带给我们无限的快乐。艰难岁月里,童年的生活因小妹而变得丰富起来,欣喜或落寞之际,想起小妹,那种亲情的温暖便在心中弥漫开来。

那些年少的假日

那些年少时的假日,大抵是由寒暑假、小秋收、农忙假组成的。寒假是欢娱而短暂的,而暑假却漫长得像是过了一个世纪。小秋收、农忙假则是一个学期中间的小插曲。

寒假一开始,村里人就赶着置办年货了。冬日的暖阳下,大大的晒坪里,村里的大娘、大婶们上午便开始忙着用木桶打豆腐,用禾秆灰做碱水粑,待到下午或是晚上,我们就可以吃上打豆腐的人家送来尝鲜的豆腐子了。刚起锅的豆腐子,往往吃得我们满嘴是油仍然意犹未尽。若还想吃,就得期待下一家打豆腐子时再尝几个了。

于是,在每家每户置办年货的乐呵氛围里,孩子们便不分白天黑夜地玩疯了。

小年一过,孩子们便像是上了双保险,可着劲儿疯玩。因为,按习俗,腊月二十四小年一过,再顽皮的小孩也不用担心会挨揍了。这大抵是因为年节将近,大人要忙的事情多着呢,没空去管孩子们。另一个重要的原因就是:新年的脚步越来越近了,村里是不作兴长了牙的孩子哭哭啼啼的。谁家若是有小孩挨揍的哭声,旁人就会觉得这家人不讲忌讳、不懂规矩,就连邻里也要来求个情。因此,不打小孩,也是为来年图个吉利。

小孩天高地远地还没玩够,没几天工夫,新年就到了。

新年一到,各家又忙着欢天喜地过大年,迎新纳福。过大年的情形就更加喜庆了。

新年里,龙灯、狮子灯一路喧腾而热闹地进村了。舞灯的一进村,村里便有主事的人出来放鞭炮迎接了。因为早在还没进村之前,灯队便派一个报信的人手提红纸贴着的灯笼早早送来帖子了。

舞龙灯、舞狮子灯在一阵喧腾的锣鼓声中开场了,村里大人小孩的目光就聚集于此。在一番极具传统方式的表演后,灯队便又在一路的鸣鼓声中收场离去。龙灯、狮子灯一散去,村里人便开始评论那个扮龙头的人技艺如何,那个舞狮子的人舞得怎样。灯队越走越远了,村里人却意犹未尽,要评价上好几天。

新年里,偶尔也会有表演莲花落的异乡人来门前拜年,这种来自异域的自说、自唱、自伴奏的曲艺,不仅让大人们看着新鲜,而且很讨我们小孩子喜欢。

不过,最让我们小孩子欢喜的还是跑马灯。跑马灯队伍一进村,小孩子的热情就十二分高涨起来。

因为那些上场表演的小演员通常和我们这般大,骑上纸扎的小马驹,挥动鞭子佯装骑马的样子十分神气、可爱。有时,跑马灯队伍散场走了,小孩子们还要尾随其后跟上老远一段路。因此,每当看到跑马灯队伍进村,小孩子们都好生羡慕,总在心里纳闷儿,为何咱们村里好些年都不组织一群小孩来唱一个跑马灯呢?

春节里,小孩子们能吃到平时难得一见的糖果、糕点,并且只要想吃,就能随时坐上八仙桌,同拜年的客人一起享用大鱼大肉的流水席,感受那份人来客往的热闹。不知不觉间,寒假就已接近尾声。年还没过完,在新春残留的喜庆余温里,孩子们又得去上学了,想想便生出一点小小的懊恼来。

暑假则是漫长的,那是一段最为难熬的时光了。

因为,在这个没有节日穿插其间、没有别的大庆祝与小惊喜的暑假,除去农活,就是暑假作业在等着我们。所以,那份炙热而漫长的时光,也就变得分外难挨起来。

往往,一个暑假过完,让人感觉漫长得仿佛过了一个世纪。

盛夏里,山区的太阳纯净而热烈地在头顶高悬着。双抢时节,在家过暑假的我们这群七八岁的半大小孩,每人手里提着一个小杌子,赤着脚、戴着草帽,随着大人去水田里拔秧。

一开始,我们还觉得新鲜有趣。当接受了大人们分配的任务后,大家便开始了你追我赶的劳作比赛。一会儿,汗水就从额头上流下来,眼睛都刺得睁不开了。一不小心,蚂蟥又吸附在了小腿上。起初那份脱离书本去到大自然的欣喜,顷刻间便荡然无存了,取而代之的只有惊恐万状与无奈了。

而另一项拖草活计,更让人心怀恐惧。

为了让耕牛过上一个有干草吃的冬天,夏季双抢时,就要把收割了的稻草束好,然后一把把地置于田埂上晾晒,再拖到屋后用梯子堆成一个大草垛以备过冬用。

而拖草的活计,大人们往往就指派给小孩了。

太阳快要下山的时候,在田里拖草的我,正拖着束好的一把把稻草从田埂走向屋后,并小心地一字排好,心里还美滋滋地等着大人们的表扬呢。然而不知何时,黄蜂已在一旁的干草堆上安了家。危险在即,而我却全然未察,仍旧拖着干草垛向前走。

猛然间,也许是黄蜂因为感觉要受到侵犯了,便轰然四起朝我发起攻击。此刻的条件反射让我撒腿就跑,但仍旧不及黄蜂飞行的速度,没跑几步就被围追而来的群蜂蜇中。

剧毒的螫针,让我的头上、手臂上瞬间就起了一个个大疙瘩。疼痛难忍的我,在旷野上茫然无助,只得慢慢蹲下身子,抱着红肿的双臂,在依旧炙热的太阳下独自哭泣,直到外婆闻讯赶来。

那种痛楚与无助,让之后的整个暑假,每每想起都不甚开心。从此,这项适合小孩的农事,便成了我心头的硬伤,再也不敢触碰。

接下来的小秋收,则是令人欣喜的。

小秋收到了,一群上了三四年级的小孩,便忙着把单肩的布书包里的书一一倒腾出来,然后就背着书包一齐穿山越岭向挂满了果实的山野出发。

约莫过了一星期,待采来的橡子、黄栀子晒干了,我们就把它们都卖到药店里去,然后,踮起脚从药店那高高的柜台下接过换得的几角钱,赶紧跑到学校交给老师。小秋收的任务这就算完成了。

因此,小秋收在我们的眼里大多也就成了形式大于内容的一种上学中途的放松了。

小秋收的日子里,采摘多少橡子、黄栀子是没有人去管的。满山的野果同样会带给我们小小的惊喜。嘴里吃着野果,前路又有所期待,心间自然就有一种要溢出来的快乐。

有时,大家抑制不住内心的高兴之情,便边走边自在地唱起歌来。

起初,大家还是你一句我一句的,大多唱的是山歌。唱到最后,便连在学校里刚学会的流行歌曲也拿来唱了。大家一路走着,前边起了个头,后边便也跟着一起唱和了。好久不曾如此这般在大自然中尽情地释放着自己,心情是那样怡然快乐。

太阳西斜了,小伙伴们正估摸着是否要下山回家的当儿,偶尔又听见对面的山上传来笛声。循声望去,吹笛的少年专注其中,无拘束也无时间观念,顿时让人忘记地域的局限,同时也忘记时间。不过,那时高我们几届的大同学还在小秋收呢,我们便径自下山了。

结伴而行的小姐妹也不怎么爱说话,大多时候,常常沉默不语地在一起。玩耍、嬉戏与行走间,年少的友情平淡温暖,就像一件很平常的衣服,简洁干净却让人觉得平稳妥帖。

只是后来,随着年岁渐长,那些情谊不知不觉地遗失在一季又一季的风里,连同那些年少的假日一起。

乡间四则

早 春

渐暖的春日,季候已在桃之夭夭中退去了轻寒。姑娘们便一个比一个急切又紧迫地融入这一年的春景中。

桃树枝头,才初显出那么一抹粉色。梨树,也才在它那枝繁叶茂的新绿里点缀了些许白色的小蓓蕾。村子里的姑娘,便赶紧脱掉厚厚的冬衣,换上了春装。

春装一上身,仿佛挣脱了漫长一冬的桎梏。姑娘们着春衣,连跑带跳地在乡间雀跃。大伙儿着春装、赏春景,在春寒料峭的大地上放飞禁锢一冬的心情,唯独把大人们的叮嘱,遗忘在了早春的风里。

姑娘们从东家到西家,一路来一场春天的邀约与拜访。那笑意盈盈的脸,让路人也能感觉到一种要溢出来的欣喜。

日渐单薄起来的衣着,是那般轻松与惬意。即便因此偶遇风寒,流了鼻涕、打了喷嚏,也是不打紧的。

日暮的乡间,春分一过,日子就长了起来。

此时,春耕还没有开始,农事也还没提上日程。清闲的时日,家家户户都早早吃过了晚饭。男人们开始享受那份饭后一支烟的悠闲,而主妇则已收拾碗筷进了厨房。姑娘们便闲来无事相邀一同去村东头赏花与看柳了。

此时,村东头的桃树大多也只是些花骨朵儿,间或也有些许半开的花儿。姑娘们匆匆地领略了那么一回"花看半开",接着,便又一同折向河边看柳去了。

其时,若是恰逢满地柳絮飘零,那就得把先前看桃花的那份叽叽喳喳的心情稍稍收一收,再去看柳了。若此时的柳絮已零落而不失优雅地散在了风里,大抵不免也要让人小小感怀一番。

常言道:二八月,小阳春。

春节过后,在小有几日的渐暖里,寒气依旧未从大地上散尽。时冷时热的天,衣服添添减减,料峭的春寒,一直要到三月才算退得干净。此时的乡间大地,才日渐绿意葱茏起来。

而真正意义上的踏青,则要待到三月里才好。

三月一到,油菜花就以独占整个乡间的态势,开得田野里黄灿灿一片。而那满山红的、紫的杜鹃花,也一日日次第开了起来。春意葱茏的乡野,仿佛一齐向人们发出了春的邀约,不免要好好远足一番。

踏青的日子,小姐妹们一路越过田野与山岗。每年三月间,那满山的映山红,就像是一颗颗按捺不住的春心,总让人忍不住要停下脚步来好好采一把带回家。回到家后,我们将映山红每日换好清水养在玻璃瓶里,直到花儿谢了,惹了好些飞虫光顾,直到渐渐找不到一点儿生机了,才万分不舍地将那些干枯的枝叶拿开。

在踏青赏春的时候,大伙儿偶尔也会饶有兴致地去采些茼蒿来,回头好让大娘、婶婶们和着米粉一起做成蒿粑来尝尝鲜。

蒿粑通常有两种馅儿,一种是用芝麻加糖做成的甜馅儿,另一种是用腊肉加酸菜做成的咸馅儿。那热气腾腾的蒿粑一出锅,就送来一股软糯香甜的气息,很诱惑人的味蕾。蒿粑一入口,瞬间便带给舌尖一种难得的味觉享受。清淡的食物,也正好适合洗洗胃里因正月一直以来大鱼大肉带来的油腻了。

踏青归来,安静地坐下,细细地品尝这种来自山野的绿色食品,唇齿留香。你会觉得,春天里,万物是那样的美好。

春光是美好的,可春光也是短促的。

当时序涉过了三月的阳光与五月的风,日子便水一般地流过,季候也在春的闹腾里收住了尾声。紧接着,夏便悄然而至了。

然而,在季节的更替里,那幅渐行渐远的老农春耕图,却成了人们心中另一个绝版的春天,并且由此派生出一份对乡间事物永恒的渴念。

仲　夏

　　热了许久的天,终因一场雨的到来而让人稍微感到了凉爽。

　　只是,盼了许久的雨,来是来了,可一来,就一连半月不走了。在那将近半个月的时间里,每每一到晌午便雷声大作,全家人就得赶忙去晒场上抢收了。

　　夏日的午后,劳作的大人刚放下碗筷,还没来得及在巷子的通风处好好坐上片刻、歇一歇凉,轰隆隆的雷声就把人惊出了屋。

　　出屋一看,天空果然黑云压顶了。一道闪电划过,就感觉到小雨点了,全家老少便赶忙一齐出动上晒场了。

　　不用说,那些快要晒干的谷子,第一时间就得赶紧收起来。就连那晒出去还不到小半天的刚从田里割来的谷子,水分都还未干,也得收起来。

　　家家的晒场上都是大人小孩齐上阵,使扫把的使扫把,用簸箕的用簸箕。一番忙碌后,大人便招呼小孩先进屋去歇息了,而后,自个儿箩筐、扁担一齐上阵,忙着把谷子往屋里挑了。

　　一场夏日的雨,往往说来就来。若是雨来得太猛、太快了,那些来不及收的谷子,就得赶紧找来尼龙薄膜先盖上再说。

　　可找来的薄膜又不够大,那就得用上小几张,斜叠着才得以勉强盖住。其间,偶尔也有三四岁大的小孩来帮忙,送来个小斗笠,送来把破雨伞,样子十分滑稽可爱地帮着加盖其上,连衣服都被打湿了也浑然不知,又匆匆离去了。只是,这种形式大于内容的东西,往往无济于事,只是逗大人们开怀一笑罢了。

　　那些被雨淋得胀透了的谷子,匆忙地收在一起,晚间便会暖烘烘地发热起来。而后,谷子上就会长出些许小绿芽了。这样的谷子,也就只能给婶婶、阿婆们日后时不时抓一把来喂鸡了。

　　而雨中的抢收,有一种情形更让人懊恼:你刚冲上晒场,豆大的雨点不停地下着,晒场也打湿了,身上的衣服也淋湿了。一阵忙碌后,谷子收到一半，雨又停了，太阳又出来了。这时，收还是不收，还真是一个让人纠结的问题。

也有的时候，夏日滚滚的雷声响彻云霄，可看天色，又不像马上要下雨的样子。大人们便你对着我，我对着你说：雨没这么快吧。心里还是愿那些没干的谷子多晒上一会儿。可就在这一迟疑一侥幸间，一场骤雨又不期而至了。紧接着，全家老小又得一齐上阵好一番忙碌了。

如此天气持续半个月，还真要把人折腾得没脾气了。

不过，这晒谷、收谷若是搁在从前生产队的时候，可算得上轻松的活儿了。

这些活儿往往要安排给那些定好了婆家、眼看就要出嫁的大姑娘们。

农历六月的太阳底下，要出嫁的姑娘们穿着婆家送过来的新衣裳，半小时一遍地用白白的双脚来回轻轻翻晒着谷子，然后再用力跺掉那白嫩的双脚上黏着的谷子，便赶紧躲进大仓库里纳嫁鞋去了。

此种情形下，即便是往日一脸严肃的队长正汗流浃背地挑着满满一担的谷子来，见晒场上有鸡群或鸟儿放肆地在啄食谷子而不见一个人时，也不生气、不发火。

队长的脚步声渐近，晒场上响起了赶鸡声，姑娘们也闻声赶忙跑出来了。这时，队长一边放下担子，一边笑呵呵地与她们打着招呼。或许是眼看着这些姑娘们就要出嫁了，队长得把往日的暴脾气收一收。或许，他正在心里对自己说：她们在娘家做闺女的日子不多了，就提前把她们当客人吧。又或许，队长是眼看又要有喜酒吃、有喜烟抽了，心情大好起来也未可知。总之，平日里一副严肃相的队长，此时也不一直板着脸了。

炙热的夏，对于我们小孩子来说，是最漫长而难熬的。

好在，其间还有一个六月六可以过。不过，这个六月节，得去邻村的亲戚那儿过。

通常，在我们村里，端午节过后，便只能眼巴巴地盼望中秋了。舅妈娘家的那个六月六，是可以填补我们端午以后中秋之前的节日空白的。

在乡间，方圆几十里的各处，乡风也是不同的。

在我生长的小村是不兴过六月六的。五月初五端午节,便是上半年最盛大的节日了。

而相隔不远的舅妈娘家,不怎么作兴端午节,作兴过六月六。

民俗有云:六月六,请姑姑。相传,六月六是个回娘家、晒虫虫的节日。

是日,整个村子每家每户,都在为着客人的到来而忙碌着,煮茶蛋、做小麦粑、炖猪肉汤这些活计都得一大早就开始准备。而那接亲送友的场面更是隆重,仅次于过年了。

我从小寄居在外婆家,很讲礼数的舅妈娘家人,在六月六这天便要派侄女前来迎接客人。我也算在要请的客人中,因而,也兴高采烈地与全家人一同去走亲戚。

平日里,村子各家各户都过着平常而简省的日子。可到了这一天,即便再贫寒的住户,也是颇为讲究待客之道的。三姑六姨是一定要请的,远房的表姑、表叔也不能漏掉,舅公、姑婆等年老的长辈,更是列入重要客人之列。若是这天,哪家该来的长辈没有到场,则会令主家很没面子。

这一天,整个村子都分外热闹与喜庆。

一大早,主妇们就忙活起来。开门头一件要紧的事就是烧好水、泡好茶,以待客人进门。

那时的乡间,家家户户喝的大多是茶果茶。先把茶壶里头日的茶垢洗净,再往里放上几颗茶果,用烧好的开水一泡,放在堂前的八仙桌上便是一壶待客的好茶了。乡里人是不大有工夫细品香茗的,或许骨子里就觉得品茶是一件风雅的事,农田种地的人做不来,也没那么讲究。

乡里人喝的大多是粗茶,喝茶用的碗也是粗瓷大碗,加上整天做的是力气活,易出汗,所以,茶里还得加上一点盐。

如是,一直以来,不管是用茶树上摘下来的茶果还是房前屋后栽的孜然泡的茶,喝起来都得加上一点盐了。一直以来,祖祖辈辈都沿袭这样的喝法,也觉得甚是不错。

主妇烧好了茶,偶尔便会倚门远眺,看一看客人来了没有。而一路上,不管哪家的客人到来,相熟的邻里早早瞧见了,也都会笑语盈盈地上前去打招呼。往往,一家客人的到来,沿路都会受到村民的欢迎。

而好客的人家,迎客往往要走出村子,走上小半里路,远远地迎到大马路上去。

午时,随着各家亲戚陆续到来,大家也有说有笑地相互串串门、拉拉家常,然后忙着敬茶、敬烟,好不热闹。其时,大家看的虽是热闹,比的却是场面,心里也暗暗掂量着谁的门户大,谁家的客人多,回去便说与主家。

待到客人开始上桌,村里上了一点年纪、有一点名望的老人,往往就被主家争相请去陪客了。是日,也就算这位长老吃的流水席最多。谁家的小麦粑发得又大又泡,谁家的咸鸭蛋腌得一剥就流油,自是心中有数了。待吃到下一家,长老先是按礼数把客人挨个敬一遍,客气地拱手说着恭维的话,然后便对先前刚吃过的那家的拿手菜赞不绝口。如是,人后说人好的长老,自然拥有好人缘了。

舅妈娘家的兄弟姐妹多,在大哥家还没吃完,二哥、三哥家就派小孩前来请客了。那派来的小孩,也早已在门边候着了。于是,这家还没吃完,又要匆匆赶往下一家。一天下来,流水席要吃上好多顿,吃到最后也没什么胃口了,只是挑挑拣拣地象征性地动上几筷子,便作罢。

那时的我,大概也就五六岁,做客也只顾兴头上的欢喜,上桌后就与一旁的小孩子不管不顾地吃了起来:小麦粑只吃中间的馅,茶叶蛋只吃蛋白,咸鸭蛋却又只吃蛋黄……如此挑剔着,一顿饭下来,桌上便很不像样地留下一堆"边角料"由舅妈去打理了。

舅妈也会一边打趣,一边赶紧替我收拾残局,一点也不嫌脏地吃掉那些剩下的东西。而我则很不懂事地享受着舅妈对我的宠溺,吃饱喝足后,便溜下座位与小朋友们一起到屋场各处疯玩去了。

傍晚归去,主家又会送上一大包小麦粑与咸鸭蛋让我们带着。这些东西,除了送些给左邻右舍尝尝,剩下的就自家第二天、第三天蒸了吃。

而邻家的小伙伴,不管是我们出去走亲戚,还是带回许多好吃的回来,一律都用一种很艳羡的眼神看着我们。那眼神,仿佛在说:邻村有这样一门亲戚可走,是多么开心的一件事啊。

秋　　后

　　旧历八月,是乡间最为清闲的一段时光。

　　男人忙完收割,便可以结伴去山上打打柴或是到山里挖点小药材,再或者,就是外出帮人烧炭搞点副业。而女人,则可以趁着农闲,携儿带女走走亲戚、回回娘家了。

　　那年月,乡间的妇人在家穿得再简单、再随意也是不打紧的。若要出门做客,那就得穿得讲究。乡里有一句俗话:出客,就得有个出客的样子。

　　劳作中的妇人,身上穿的衣服打了一块或者几块补丁都是稀松平常的事,可出门做客,就得体面一点才行。讲究一点的,或许还会去邻家借一件像样点的衣服穿着去。这在乡间也是断不会遭人笑话的。

　　不管在婆家的日子过得怎样寒酸,哪家媳妇一旦要回娘家了,全村人都会觉得这是件该讲究的事情。本村的妇人,在人前是否体面,仿佛关系到全村人的脸面。

　　不用说,全村的妇人都愿意拼拼凑凑地拿出自己最好的衣物,将那要回娘家的媳妇好好打扮一番。至少,出客的衣服应该是看起来完好又还不算太旧才行。

　　秋后,满秀婶就要回娘家了。

　　平常不管什么天气,不管是在河边洗衣还是出门打猪草,满秀婶总是戴着她那大大的斗笠。眼下要在雨季回娘家了,好歹也得到邻家借把雨伞撑着去,而那一身做粗活穿的衣服也该换下。若是在箱底找了好半天也没找到一件像样点的褂子,那就得到邻家去借一件。至于裤子嘛,就穿压在箱子底下的那条前年做的吧。如是,一身上下也落得整洁、协调了。

　　于是,她撑起洋布伞,穿上做客的衣裳,蛮像回事地走在回娘家的路上。

而那借来的伞,伞骨的确有点锈了,伞面也有了一两个小补丁,不过,总算还能撑出去。好歹,胜过戴个斗笠回娘家吧。一个妇人若是戴个斗笠回娘家,则会让自己和娘家人很没面子。那种灰头土脸的感觉,就连自己也会觉得太不体面。

那时,家境好的人家,最多也就备一两把伞,而且,大多也是油纸伞,平常也不太舍得用,干粗活往往就戴个斗笠。满秀婶能有一把布伞撑着回娘家已经很不错了,破旧一点又有什么关系呢。

于是,这把借来的伞,满秀婶就给自己和背上那个两岁大的女儿用。至于手上牵着的儿子,那就让他戴个小斗笠吧。四五岁的小男孩,若打个伞,一阵风刮来,大概也是撑不住的,戴个小斗笠或许更好些。再说,小孩子戴个小斗笠回外婆家有什么打紧的,不像大人,要面子。

那戴着小斗笠的小外孙刚进村,离外婆家还有小半里路呢,就开始扯着喉咙喊外婆了。做外婆的,平日里没事也会向村口望望。这不,她在大门口远远瞧见女儿带着外孙、外孙女回来了,便赶紧上前一边接下背上的外孙女,一边牵着小外孙的手,好一顿"乖崽""心肝宝贝"地唤着,便进了屋。

外婆的家,因为小客人的到来,立刻热闹了起来,左邻右舍也来看孩子了。

在乡下,邻家的客人也就仿佛是大家的客人。东家大舅妈从衣兜里摸出几个鸡蛋,说是煎荷包蛋给小孩吃;西家未出嫁的小姨,从菜篮里取出几个刚摘下的毛桃和李子也送来给小客人尝尝;而这家的外婆,更是堂前灶下忙得团团转,为小外孙、外孙女弄吃的。

乡里人待客总是殷勤的。不管是否过了正餐的时间,只要客人进了门,就要先煮碗面或者端些别的什么吃的上来。用乡下的俗话说:跨过门槛就是客,何况走了这许多里路呢。

做客的日子,小兄妹天天都欢天喜地,乐得合不拢嘴。那些日子,不仅能吃到平日里吃不到的好吃的,连只有在过年唱戏时才看得见的高跷,在他们外婆的村子里也是稀松平常的了。下雨天,村子里稍大一点的孩子,雨鞋都不用穿,直接踩着高跷就去串门了,屁股后面还跟着一群看热闹的小伙伴。做客的小兄妹也乐呵呵地尾随其后,那个热闹劲儿,甭提有多开心了。

满秀婶则刚好可以腾出时间,她一边帮娘缝补衣服,一边陪着娘拉拉家常。做娘的问起婆家姑子怎样,妯娌间是否还和气,满秀婶也一律只说蛮好、蛮好。即便有些许不如意,当着娘的面也都一一点头说好,为的是让娘放心。

如是,满秀婶在娘家心满意足地住了好些天,便带着娘的叮嘱,携儿带女回来了。

做客回来,去邻家还伞的时候,满秀婶会带一把花生或是几颗糖果给这家的小孩作为谢礼,主家也顺便问问娘家那边当下的收成如何,光景怎样。如是聊了一会儿,满秀婶又匆忙干活去了,日子便又回归到洗衣、做饭的常态中。

乡里人家,四季在劳作中不知不觉过得飞快。当季候走过了春的闹腾、夏的喧嚣后,转眼便入秋了。

遇上年成好的时候,我们就能过上一个有着芝麻月饼、麦芽糖和炒花生的中秋节了。

晴好的日子,中秋晚上赏月也是乡间颇具仪式感的大事。

是夜,一家大小忙着把炒好的花生、做好的麦芽糖、炒米、芝麻饼一并端出来,放在一张小桌子上。然后,大家虔诚地等待着月亮出来,以祭拜月亮。

当时,我们一心惦记着祭拜月亮后就可以吃月饼了,关于中秋节的风俗、来历、传说也没太在意。只记得如果云遮月的时候我们指着天空,大人们就会严肃地说:"月亮出来的时候,小孩千万不能用手去指。不然,月亮便会丢把小刀下来割掉耳朵。"至于天上的月亮为什么会生气到要割我们小孩的耳朵,我们就不得而知了。

有时明明是明朗的夜空,吃过晚饭,我们就早早地在堂前的小桌旁或坐或站地候着了,静待月光洒向大地。可一直等,一直等,直等得人渐渐犯了困,瞌睡一阵阵袭来,月亮还是没有出来。此时,我们只好带着困意,高一脚低一脚地先回房去睡了。

不过,无论当晚有没有月亮,小孩子每人一个月饼,家里是早早就准备好了的。若是月亮整晚都没出来,第二天外婆照样会把月饼分给我们。

有时候,月亮像是故意和我们捉迷藏,待到小孩子们回房去睡了,它才又慢腾腾地出来。供完月亮后,外婆便轻轻地在每个小孩的枕边放上一个月饼,然后,满是爱怜地把我们耷拉在床边的小手或露在外边的小脚放回秋被里,再转身去忙别的。

而枕边的那个月饼,即便我们半夜醒来时看一眼,半睡半醒中也倍觉安心。

第二天上学时,我们把月饼带在身上,要在路上与小朋友们比较一番才开始吃。那时,大多数人家吃的是走村串户的小贩卖的芝麻月饼,每次也就买那么一两。城里有亲戚的人家,或许就能吃到亲戚送的猪油做的月饼了。那种浸满了油、由薄薄的纸包着的、馅儿丰富的月饼,在乡村可是稀罕货。看着同伴剥着那厚厚的猪油浸过的一层层饼皮,还真叫我们这些没吃过的人艳羡。

不过,艳羡只是在心里,还是赶紧把视线移开,一小口一小口地吃自己带的芝麻饼吧。我们吃得极慢,生怕一下子吃完就没了,对月饼有着一种那个年月独有的惜物之情。

冷　冬

雪,多年不落南方。寒冷的冬日,便少了这一季候特有的韵味。

这样的日子,会让人想起小时候那个奇冷无比的冬。那时,我大概七八岁,要下雪的头天晚上,天气冷得出奇。

是夜,虽然外婆早早地在铺盖上下了一番工夫:在棉絮下面加上一层晒好的新稻草,也换上那床冬日里才用的十二斤重的厚棉絮,可上床睡下后,我还是把身上的棉袄、夹袄一一加盖在了被子上面。那一层层加盖其上的物什,夜间让人感觉是如此沉重,连稍稍翻一下身都显得困难。

然而,寒冷还是不断地逼近,露在被子外面的头和脸依旧觉得冷飕飕的,索性把头也缩到被子里去,可一会儿又焐出了一身汗来。这时,我也只好用脚抻一抻被子,抖一点冷空气进来,也顺便把头伸出被子透一透气。

睡到半夜,披衣起来小解,不免还是冷得瑟瑟发抖,便赶紧趿着鞋,小跑着上床钻进被子接着再睡。

第二天醒来,一看天色还早,我依然怕冷似的又把头缩进被子里去。直到好容易挨到早饭熟了,在外婆的三请四催下,我才起了床。

然而,端着盆去打洗脸水,一瞧,水缸都冻裂了,屋外也结了一层厚厚的冰。屋檐下早早就吊着一排规格不一的小冰凌了。

此时,池塘边却分外热闹。我怀着十二分小心,沿着结冰的地儿,挪着小步,去池塘边凑热闹。一群早起的孩子,正一个个地用力甩起小石子在结了冰的池塘上"打水漂"呢,石子伴着小孩子的笑声一路跳跃着。冷冽的清晨,孩子们张开小嘴,乐呵一笑,便呵出一团团长长的雾气来,那样的早晨让人又新奇又开心。

那时的我,已到了上学的年龄。吃过早饭,我便与村里的小伙伴们一起相邀着上学去。大人怕冬日里上学的孩子冷,都早早地备好了小火钵。这小火钵通常用铁丝穿着一只旧陶瓷茶缸或是旧洋瓷碗做成,底下放些木炭,上面放上煮饭时灶里剩下的热火灰,一路在风里燃起来,那小火苗便也足以暖和我们裸露在风中的小手了。一群上学伢,人手提着个暖手的小火钵,前前后后地走在去往学校的马路上,边走边左右手轮换着暖手,渐行渐远里,便成了一小片一小片向前挪动着的独特风景。

下午放学归来,家里早早煮好了饭,只是菜还没炒,每每要等到我们放学回来炒,怕一出锅就冷掉。我们一回来,只需稍等上几分钟,菜一出锅就开饭了。

有时,放学归来,小姨偶尔会让我们去门口的池塘里洗青菜或萝卜。用小姨的话说,就是越冷越要锻炼一下小朋友的意志啦。而外婆,是执意不让我们洗的。即便她自己手上提着菜、背上背着舅舅的小女儿,艰难地弯下腰去池塘洗菜,也不让我们去洗。外婆说:"小手冻得红红的,再下冷水,隔天手背上就会长出一个个冻疮。那种奇痒难耐、抓也不是挠也不是的感觉,叫孩儿啷个(怎么)读书。"

如是,也记不清最后我一共洗了几回菜,总之,次数不多啦。只是,那个奇冷的冬,以及那个冬日里的一些片段,总是让人记忆深刻又清晰。

上学的路上

早春的乡间,空气依然湿冷,寒假过后,上学伢们背着书包三五成群、说说笑笑地走在了上学的路上。

书包都是由母亲们裁剪衣料剩下的碎花布角缝制而成,偶尔也拼上一两块纯色布角,看起来倒也不错。因为不管是花的还是纯色的布角,到了最后都会裁成一小块一小块好看的三角形拼上去,拼成一个一个好看的米字格。

细伢崽们喜气洋洋地背着它上学,简陋的单肩书包,一律从右肩向左腋斜挎着。也有顽皮的孩子干脆把它随意地往脖子上一挂,矮小的个头加上一副吊儿郎当的模样,走一步,书包就要在肚皮上撞一下,甚是滑稽可笑。

我们上学的时候,小镇的马路还没有铺上水泥,更别提柏油了。晴天,车辆过后,飞扬的尘土立即在眼前形成了一道雾障。路上的行人条件反射地捂紧鼻子,眼睛快速地眯成一条缝儿,可还是挡不住无孔不入的灰尘侵袭。若是下雨天,汽车一驶过,就要溅起一地湿泥。往往,大伙儿还来不及避开或者躲远,那飞溅起来的泥浆,便深深浅浅地在衣裳上"点缀"出了一身的黄泥小花。

通往学校的路,也就两三里。可一下过雨,脚下湿湿的黄泥便粘得满鞋面都是。一路上,鞋底越粘越厚,双脚也沉重起来,心也沉重起来,觉得上学的路是那样遥远。

向着校门口悬挂着的铁钟远远望去,心里便害怕瞧见那个敲钟的大爷的身影。因为,若是那身影出现在了那口大铁钟下而我们还没有赶到,就意味着迟到了。学校有个不成文的规定,迟到了,便要罚站或者罚扫地。

此时,心中已十分焦急了,可是脚下那粘满了黄泥的鞋子,却又是那样不懂我们心事似的越发沉重起来。最后,我们也管不了那么多,只得硬着头皮加快步伐,挪动着双脚,向着学校方向奋力迈进了。

待到好不容易挪到了教室门口,在廊沿下停住的大伙儿,便三五成群地把走廊站成一道道错落有致的风景。

大家先是三三两两地在廊沿边上使劲蹭掉鞋底的泥,继而又赶紧从书包里找出过期的卷子或是撕下已写完的作业本,来擦鞋边上的泥巴。然而,那些缺少柔韧度的纸张,却怎么也擦不掉已糊上鞋帮的黄泥,往往要弄得整个鞋子到处是黄泥划过的痕迹。

而此时,校门口的大铁钟,却已敲得分外响了。大家只得急急跑向各自的教室,也顾不上衣服上的黄泥小花和鞋带系好了没有。

最后,人虽坐在教室,心里却少不了要生出小小的懊恼来。如是,直到开始上课好几分钟后,在老师的讲课声里,我们才好不容易调整好自己的情绪,渐渐进入一种课堂状态。

湿冷的春季,上学伢们每日穿行于学校与家中。课本上的内容掌握了多少是不太去在意的,倒是一路上的风景及小伙伴间的嬉笑玩闹让人更加享受些。一路上,玩心重的我们,就连回家晚了要受大人的责备甚至挨揍,也觉得那是不打紧的。

下午放学以后、回家之前的这段时光,是上学伢最为自由自在、惬意的时光。

下课铃声一响,早已收拾好书包等着放学的上学伢们便蜂拥出了教室。一出教室,同一个村的往往就聚拢成一伙结伴同行。然后,大家一同抄小路回家。因为马路上车多,雨天一身泥,晴天一身灰,大伙儿不喜欢。也因为抄小路沿途经过的村庄会有野荸荠、水鸟什么的,一路上能带给我们枯燥书本以外的欣喜。

大伙儿抄小路回家,沿途一个村庄又一个村庄穿行而过。

早春的暮色里,村子里的梨树、桃树都相继在时序里开了花,密密匝匝地缀满了枝头。

而头顶那轮又大又红的落日西斜着,带着一种乡间气息里特有的恬淡之美。

远处,间或传来一两声狗吠或者牛哞的声音,顿时便让整个村子显得格外安静起来。

走走停停的大伙儿,又比赛似的向着远处那一家又一家袅袅升起炊烟的村子奋力奔跑着、追逐着。跑累了,满头大汗的大伙儿又停下来,相互打闹嬉戏着。

稍微出了点汗的小姑娘们,也气喘吁吁地放慢了脚步,然后摘下书包,仰着头去静静观赏落日了。

只是,不知道落日缓缓西沉的那种大气与静美,那时,小小的心里有没有感受到。

夏日荷塘

夏日的荷塘,绿荷青盖亭亭地于水面上簇拥着,一池的红莲如红焰。

莲历来以出淤泥而不染的形象,成为无数文学作品中高洁品性的意象。莲于我,只是一种单纯的潜意识里的喜好而已。尤其是雨中的红莲,虽说不若那素瓣琼蕊、凌波独立的白莲般暗香凝露、楚楚动人,仅那烈焰,便与这一季候再相宜不过了。

早春的时候,清新的晨风吹醒了初春的荷塘,小荷便由嫩绿到新绿,然后是荷叶田田,继而满池的荷花便次第开了。炎炎夏日,风来了,莲叶随风翻转。一时间,朝同一个方向看去,煞是壮观。若是那午后稀疏的雨点落在了荷塘,一粒粒水珠洒在如盖的叶子上,珠玑满盘般摇曳漾起来,而雨中的莲则徐徐绽露着,整个荷塘悠然而生动。

夏日的午后,暑假也来了。三五成群的孩子,下到荷塘扯下大把的荷叶,摘下大朵的荷花,运气好的时候偶尔还能够着让人口舌生津的莲蓬,一张张童稚的脸上写满了简单的快乐。上岸后,女孩将手里的荷叶高高举过头顶,算是遮阳蔽日。男孩则把它做成菱形的帽子,然后轻巧地扣在头上,蹦着跳着便放牛去了。若逢下起雨来,一群叽叽喳喳的孩子便会再摘一些荷叶当作伞,其实不过是形式大于工用罢了。后来,孩子们干脆把荷叶一扔,尽情地享受着在雨中奔跑的那份惬意。

记得幼时,每逢旱年,水田裂出了许多口子,旱地干得要冒烟,好些水塘也干得见了底,家乡的那口荷塘却不知何故,仍旧能见"莲动下渔舟",仍旧会有"鱼戏莲叶间"。大旱的日子里,荷塘带给村民无尽的希冀与安慰:莲藕几乎成了家家饭桌上的主菜;莲子做成难得喝到的莲子汤,为烈日下劳作的人们解暑;荷塘里的鱼,便成了大人小孩难得的佳肴。

每逢丰年,村里人都会匀出一些粮食来酿酒,酿酒的坛口一准是用大大的荷叶给盖上,再封上湿泥。辛苦劳作的庄稼人在傍晚时总要喝上几盅带着荷叶清香的谷烧,照例谈些谷物、种子、收成之类的农家要事。村里人做米酒通常也不用盖子,只摘上一片荷叶把它盖在酿酒的坛里,然后在坛口压上石块便行了。过几天,舀出一点来尝尝,酒中那带着荷叶清香的味儿,单是闻着就让人沉醉。

那年月,庄稼人没几个通文墨的,也不见得读过周敦颐的《爱莲说》,更未必知晓莲以出淤泥而不染成为高洁拔俗精神的象征,但他们为女娃子起的名字却多与荷有关,也许潜意识里,早就对莲有一种单纯的喜好了。因此,村里的女子,名字唤作晓莲、荷花的比比皆是。

而今,村里的池塘和水田都遍植了莲藕,满眼的青翠中,莲藕已不再是难得的佳肴,莲子也大多用来入药或成为都市餐桌上的羹汤,荷塘也成了村民勤劳致富的一种象征。岁月的流沙将许多的记忆荡涤尽,幼时的荷塘渐渐幻化成一种记忆根植于心里。之后的日子,莲化作了一种心灵的寄托,昔日的荷塘便成了一份悬挂于生命枝头的绿意。

转眼又到了涉江采芙蓉的季节了。如今,若是采莲,那荷叶罗裙、芙蓉向脸,该是江南水乡的另一番情趣了。

稻 之 香

农历五月一到,扬花的日子便近了。微风轻漾着稻穗,散发出微甜的稻花香味来。

一群小玩伴,肆意而又散漫地行走在田埂上,我夹杂其中。一路上,大伙儿淘气又顽皮地打闹嬉戏着,偶尔又到田埂地头漫寻着野草莓与小刺果。那些扬花的日子,我们就这样在有着泥土气息的稻花香里穿行,漫无边际又毫无顾忌地疯玩着,直到听见大人们高声大气的喊话,才满脸汗珠一身青草味地各自朝着家的方向跑去。

扬花刚过,紧接着初夏就要来了。一些只适合种一季稻的水田闲置着,每每三五成丘连成一片。这些闲置的稻田蓄水清浅,刚刚漫过脚背的样子,长满了杂草的同时也稀稀拉拉地生长着野荸荠。间或也有水鸟或斑鸠落户其中。当我们挽起裤脚下到田间,仔细地区分杂草与野荸荠时,不经意间,总会蹿出一两只惊飞的水鸟。当大家赶忙在那"嘎"的一声悠长的鸣叫里循声而望时,水鸟却已掠过头顶,飞远了,只有一行辽远而清脆的和鸣在田野上空回荡。这时,调皮的小孩便急忙连跨带跑地溅起一路水花去找雏鸟或鸟蛋,往往也总是一身泥空手而归,却正好又成了小伙伴们逗笑的话题,不免也心生小小的懊恼。然而,逗笑过后,大家很快便打住了,继续分头找野荸荠去了。

日子再往后推一些的时候,稻子便开始灌浆成熟了,然后由青变黄。

这时,双抢的日子也到了。若是头一天听见大人拿了两粒谷子放在嘴上用牙咬咬说"可以开镰了",次日我们便会早早地提着篮子对家里人说:"拾谷穗去了。"一群小孩或站或蹲地候在收割的田埂上,等着割稻子的队伍比赛似的列阵前行,打谷机紧随其后跟进,然后,我们开始下到田里拾谷穗。打谷的大人们偶尔有意无意地掉落一两颗谷穗,惹得几个调皮的小男孩小跑着上前去捡,而女孩子则是难为情的,大多远远地去拾禾茬里或者散落在各处的小谷穗。

接下来,一片收割了的田野,就成了小孩夏季玩耍的乐园。这时,一群既没有上过幼儿园又不到上学年龄的小孩,便开始了另一种不管不顾的疯玩了。男孩子往往在帮家里拖好稻草之后,去玩翻筋斗、打仗之类的游戏。女孩子把打猪草的篮子放在草垛旁,只是安静地坐着,或是神情专注地用微青的稻秆编着一顶小太阳帽或一两只小动物什么的。有时,大伙儿也会一同玩起躲猫猫或丢手绢之类的游戏。夏日的傍晚,太阳迟迟不肯落山。晒得黑黑的我们,这时倒是想回家了。这时,在地里劳作的男人们还没有收工,家里的饭已煮好了,菜也在案板上放着,这些大多是姐姐们或母亲们做好的。回到家里,屋子却空空的,也许她们也下地帮忙去了。玩累了的我们饿极了,添上一碗满满的米饭,便端去坪里大口大口地嚼着,却也能嚼出一种不同于往日的香甜来,眼前仿佛远远地飘来另一种稻之香。

秋天时,按照村里的习俗,家家都要准备一些谷烧酒。那些散糟的日子里,堂屋里会散发出粮食经过酝酿的酒香味儿,让整个村子都氤氲着一股香醇的气息。那时的我,总喜欢在铺满了酒糟的堂屋里走来走去。小小的心里有好奇也有对粮食酝酿过程心生的敬畏。我总是轻巧地迈着脚步绕行,生怕踩着了边沿的酒糟,每每小心地走近一步,心里都觉得是一件蛮神圣的事儿,仿佛这股酒香味儿,一下子就能把深秋的寒意给吹散了似的。

一些农闲的秋日,舅妈会去镇里碾些新米,好用来早上煮粥或是做成米粑。我总喜欢跟着去,仿佛秋阳照在脸上,一路上都能感受到我那雀跃的心情。远远地看见卖甘蔗的来了,舅妈放下担子歇歇肩,等待着卖甘蔗的经过,买甘蔗给我;卖气球的小贩来了,舅妈又赶忙放下担子买气球给我。那时,连我自己都觉得快要被舅妈宠坏了。光是追逐那腾空而起的小气球,一路上就把我累得够呛。握在手中的绳子刚放开,气球便腾空而起,不一会儿,便飞到我再也够不着的上空了,全然不顾我企盼的目光。我一路小跑地跟着,觉得自己好像是在追逐一个五彩的梦,心中却焦急万分,因为找不到一种落到实处的安稳。我在前面小跑,舅妈在后面挑着担子紧跟,也不知道挑那么重的担子走那么急的路,舅妈累坏了没有。每每这一路上,舅妈都不太作声,只是,偶尔传来的一两声叮嘱,让我心中有一种溢出的温暖。

　　米碾好了,舅妈买好日用品放在箩筐中带回家,有时,也会买下一个小小的万花筒让我带回家与表弟表妹们一起玩。一路上,我边走边痴迷于那三棱镜与彩碎纸构成的无穷变幻的奥妙中。这时,也许是由于挑得太满、太沉了,也许是箩筐太过陈旧了,绳子突然间就断了,白花花的米散落了一地,让舅妈心疼了好久好久。而后,她赶紧向附近人家借来扫帚,把一地的白米扫将起来。还扫帚时,舅妈往往把底下混有沙子的米送给人家做鸡食作为答谢。那时的我,还注意不到这些自珍与答谢的道理,只是一个劲地沉迷于万花筒带给我的五彩缤纷的视觉之中。即便是后来,吃着那刚出笼的香甜的米粑,也只顾及眼下的味觉享受,而全然想不到那些辛劳与收获之类的道理。尽管如此,年幼时那种单纯的快乐却让我小小的心里无比受用。

　　乡村的童年,就以这样一种经由泥土润泽出来的温厚情愫,滋养并构建着一部关于我个人的成长与心灵的历史。稻花的香气,后来就固执而恒久地温润着我关于整个乡土岁月的情感视线。

母亲、小姨及我

　　母亲一词，对我来说，几乎是空白而陌生的。

　　后来，对母亲印象的点滴还原，也大多源自小姨的回忆，而"月子里的病""土郎中的药方""一岁零四个月"这几个关键词，便构成了母亲在我生命里缺席的要素。

　　随着年岁渐长，我才隐约知道，这些关键词带出这样一个事件：在我出生时，母亲因为没有奶水，吃了土郎中开的药方和雄鸡发奶，因此引发了月子病。然后，在我一岁零四个月的时候，母亲因为一次突发的心脏病加上身体虚弱，年轻的生命在二十四岁便戛然而止，永远定格成了老家方桌上的那一张青春韶华里的照片。

　　小时候，我很纳闷为什么亲戚们看到外婆身边的我时，总是要提及那个让外婆落泪也让我忧伤的母亲。

　　或许，在乡村，整天忙于生计，闲时又要管别人家长里短的妇人们，是不会去在意一个小女孩敏感而纤细的内心的。她们只管快意地高谈阔论，不会懂得当那些看似关切的话语，滚落进外婆身边那个小小的我的耳际时，会在一个小女孩心中掀起一场怎样的情感风暴。

　　那些毫不避讳的话语，无意间提醒着我一个母亲缺席的童年。而作为一个她们言说对象的小女孩，又是多么无助、忧伤。

　　外婆每每会在泪水涟涟的一番诉说终结之时，低叹一声："唉！一个大的换了一个小的，不珍贵也珍贵了。"而后，外婆紧牵着我的小手一起走在回家的路上。

　　或许，我那温婉、贤淑的外婆，因为痛失爱女太过悲伤，所以遇见熟悉的人，便会抑制不住眼泪鼻涕地宣泄一番，却无从顾及身旁那个小小的外孙女的感受。

　　只是，之后那个曾一直跟随在外婆身后的我，不管如何用心读书，不管在亲戚朋友眼里有多乖巧,整个童年都是一曲忧伤的蓝调,怎么也快乐不起来。

那些寂静的夜里,我总是想起大人们那些言说以及母亲太过短暂的一生。

生长于风雨飘摇的原生家庭,外公长年卧病在床,外婆早出晚归地挣着一点工分,再加上小姨、舅舅上学前后放牛挣的一点零散的工分,整个家庭便以此艰难度日。身为长女的母亲于是选择了招郎入赘的婚姻,来拯救与支撑家庭。我不知道身为女子的她,内心该有怎样的一种担当与牺牲。

长大后,每每看见方桌上摆放着的那一张母亲的照片,于那种微笑的安静里,我总在想:于美而言,若是一种配方的话,母亲把外表、内心和才华一同搭配起来,顺从着自己的心意活着,又该会拥有怎样的人生呢?

在小姨后来的一次回忆里才知,十六岁参加工作的母亲,在几年后,正好遇上了那场轰轰烈烈的"文革"。在那最动荡不安的灾难性岁月,身为公社妇女主任的她,常常白天干活,晚上还得赶回公社开会,接受批斗。那些冬夜里,小姨每每惊醒后,总是隐隐约约地听到母亲的哭声。

一个富有才情的女子,被命运掠到那场残酷的斗争中,内心的痛楚与屈辱如何言说,又与谁言说?母亲那时的身影,唯有孤清。

小姨自十一二岁开始,每个寒暑假都在母亲身边度过。其间目睹的种种,对于她性格的形成,又会有一种怎样的影响?

关于小姨,我也难以找到一种确切的表达来描述,唯有一些生活的细枝末节,总在记忆里浮浮沉沉。

隐约中,五六岁时,高中即将毕业的小姨,总是带着我去她的同学家。八九岁时,暑假里,在北坪山上搞路教工作的小姨,托走亲戚的大姨带我去避暑。那个暑假,小姨一直把我带在身边。十岁,小姨去临村小学代课,每逢放假,便带我到其结识的朋友家做客。我欢天喜地地换好做客的衣服鞋袜准备出门,动身前,外公说了一句:人生一世要雁过留声。那场景,至今仍然清晰。上初中了,小姨开了一个小百货店。有一次去县城进货时,她买来两本作文书和两条漂亮的裙子给我。这两样东西,仿佛告诉我:漂亮的外表得有出众的学识才能与之匹配。

再后来,我参加工作了,舅舅给我买了一辆自行车,我胆小,不敢上路。第一天上班,小姨扶着我骑上车,一路小跑着紧随其后,给我鼓气……

起起伏伏的人生,日常生活的细枝末节里,脾气有些急躁的小姨总是以柔弱的双肩,支撑着生命里一些不能承受之重,同时,也以她的一生为我点一盏灯。

山里的年

山里人最作兴过年了。男人在田间地头劳作一年,稻米收进了仓,红薯装满了窖,也该伸腰撑腿,乐个十天半月的了;女人呢,细细盘算着一年的收成,只等把囤在猪圈内养足了膘的肥猪杀了,张罗完了年货,才在灶头烟火间露出难得的笑脸。最高兴的还要数孩子,过年不仅有新衣、新鞋帽,还有许多只有在新年里才可以吃到的东西,所以,最盼过年的还是孩子。

记得小时候,一到腊月,我就开始数着新年的脚步声。每天早上起床的第一句话就是追问外婆:"阿婆,过年还有几天?"

在声声追问中,年关一天天迫近了。

山里的新年,是从腊月二十四开始的。这一天是小年,按山里的习俗,孩子是要挨顿打的。老辈人传下来的话是:"二十四,伢崽年;挨顿打,好过年。"意思是说,小年里就要教好孩子,过大年不许哭闹犯忌。淘气的孩子,在小年里屁股上总要留下几个巴掌印,而一过了小年,便万事大吉,可以放心自在玩个痛快了。

从这天开始,过年的气氛真正浓起来了。

男人上山砍足了柴火,把田间地头的活儿过一遍,尽拣些大的蔬菜往家里运,再把屋前屋后的沟渠清理干净,最后便带上孩子一起进剃头铺去剃个过年头,期望来年的好日子从头开始,红红火火。最忙的还是女人们,打扫烟尘,拆洗被褥,擦洗家什,把屋里旮旯全都打扫得亮亮堂堂,只恨不得把烟熏火燎的百年老屋翻个个儿清洗一遍。接下来就是忙年货。山里人不太作兴到山外去采那些红红绿绿的糖果糕点,年货都是自己动手制作的。石磨吱吱呀呀,石杵噼噼啪啪,雪白粉嫩的豆腐、洁白瓷实的拳头粑,在一双双巧手的忙碌之中做出来了。这个时候,不管你走进哪家哪户,厨房灶间总是热气腾腾的。做好的豆腐要用油炸,年糕、拳头粑要用蒸笼蒸。特别是油炸的豆腐子,油亮亮、香喷喷,用绳子串成一串儿,挂在屋檐下,香气袅袅,氤氲着整个山村。

转眼就到了二十八、二十九,家家户户又忙着杀年猪了。养足了膘的大肥猪很不情愿地被男人们从猪圈里拖出来,嗷嗷地叫着,吓得狗呀猫呀四散奔逃。女人这个时候是最光彩的,看着为自己和自家男人挣够了脸面的大肥猪,眉眼间的笑意就像池塘里解冻了的春水,一圈圈漾开来。猪杀好了,女人就差孩子给各家各户送"汤"去。所谓的"汤",就是一块两三斤重的肉和一些猪内脏。然后,杀猪的人家会邀各家的男人一起大吃一顿。这么一送一吃,年味就显得十足了。

农历大年三十的晚上,一家人围着大火炉,守岁守到五更。天刚蒙蒙亮,男人就在大门内摆好桌子,装上香,放上供品,然后打开大门,拜天地,放鞭炮。这叫"出天方",女人是不能出来的。霎时间,百十户人家鞭炮齐响,四周的山都似乎在跳跃。吃过早点,大人孩子就成群结队出门给长辈拜年,家家户户洋溢着一片欢声笑语。这一天的流水席是最多的,通常是前面的拜年客刚出门,后面的客人又进门了,主妇忙得一整天都难出厨房门。男人们大碗喝酒大块吃肉,举杯投箸间有一种和北方人相似的豪爽。

到了晚上,照例是要唱采茶戏的。选一家晒场大的人家,拆下几扇门板,搭成一个戏台,扯上电线,拉上电灯,再招呼村里村外喜欢唱戏的人。锣鼓一敲,一台采茶戏就开始唱起来了。灯影幢幢,锣鼓声声,整个山村都闹翻了。台上的小生、旦角都是平日里那些五大三粗的蛮汉演的,这会儿他们却挥着水袖,扭着腰身,踩着莲步,再吊起个嗓子,真个羡煞了台下的无数女人。最逗人喜爱的还是小丑,鼻梁上抹一坨"燕屎",走到台上故意"啪"地摔个脆响,惹得台下笑声一片。

这样热热闹闹的场景一直延续到正月十五闹元宵,直到灯火阑珊,花鼓灯、龙狮灯都演完了,山村才恢复了往日的宁静。山里的汉子、婆娘们又开始新一年的忙活了。

那一缕炊烟里的暖意

三月的午后,天气提前开始热起来。我躺在沙发上小睡,蒙眬中感觉到外婆那满是老茧的手轻抚着我的额头。瞬间,感知着它带着如昨的暖意,逆流到了那个有着炊烟味道的童年。

在那个炊烟缭绕的小村里,外婆用她厚实的手掌托起我生命里最初的时光。伴着那些清晨或黄昏缭绕的炊烟,外婆那双缠过的小脚,宁静而温暖地穿行于我整个童年。想起那些稚气时光来,便如萧红笔下的阳春三月,一寸一寸的都有了意思。

村里油菜花开的时候,差不多也是地里结满蚕豆的季节了。渐暖的春日,人们脱下了厚重的冬衣换上春装,农耕便也开始了。在一片山花烂漫里,整个村子活跃起来了。偶尔的一场春雨,也像是一路赶来慰藉枯燥一冬的心情。大人们对于春雨是且喜且忧的,因而有了春雨贵如油,多了农夫愁的说法。而小孩子则完全是优哉游哉的了。一连几日春雨的灌注,一群半大的小孩,赶集似的踩着高跷穿行在雨中,不停地从村东头挪到村西头,由这家跨进那家。幼时总也耐不住那份新奇的我,不带任何雨具地尾随着这帮小淘气,欢天喜地、乐此不疲地跑来跑去,独独把外婆的喊声抛落在空空的雨地里。

暮春的乡村黄昏后,外婆在如豆的灯光下剥着蚕豆与小竹笋,舅母、姨母们则聚在旁边纳着鞋底,偶尔会有人放下手中的活儿来帮一下外婆。大家闲话着家常,扯上一些远远近近、不咸不淡的话儿,说说笑笑的,一晚时光倒也过去了一大半。昏昏欲睡的外婆,那答非所问的言语,总是让大家呵呵一笑。

到了夏夜,稻田边蛙声一片,随处可见隐隐约约的灯笼忽闪忽闪地游动,这是白天劳作了一天的大人,晚上又在用松明照泥鳅了。大人的手中握着一支由许多针并排扎成的长长的工具,一小会儿便能身手敏捷地扎上一只泥鳅或黄鳝来。那后头提篮子的小孩,便欣喜地小跑几步赶紧跟上来接着。日子再往后推的时候,大人们便改用手电筒去照青蛙了。远远的一束光射在青蛙鼓鼓的眼睛上,它便不动弹了,那惯于劳作的宽大手掌便速捷地将它按住,旋即放入准备好的袋子里。这样,第二天的早饭,便会有一盘上好的鳝段或是红辣椒炒青蛙了。

初中时,傍晚放学早,太阳还没下山,大人们还在田间劳作。远远地看见我回来了,外婆便赶紧放下手中的活儿,抱着柴火去为我做饭。湿湿的柴薪刚燃时,火总是难起焰,呛着一股浓浓的黑烟,熏得外婆的眼睛直流泪。待外婆特意为我做的辣椒炒腊肉片出锅后,我便细细地嚼着,总想品出那腊肉里烟熏的味道来,渐渐便觉得那独特的香醇里,有一种让人沉溺的味儿。然而,外婆总是在我还没放下碗时,便叮嘱着要好好读书之类的话了。那时,我的心思全然没放在书本上。若是单说起腊肉的味觉享受来,一定是惬意的。可是要以沉重的书本为代价,心底便有着无尽的懊恼了。我总觉得捉迷藏、踢毽子或者挎着篮子与伙伴一起去打猪草,也比书本更具吸引力。年少的时光里,有着太多太多书本以外的诱惑,况且它们又来得那么简单、直接而快乐。然而外婆说完这一句话,便轻轻地带上侧门又下地劳作去了,那缓缓移动的木质门,仿佛透出一股温和而从容的气息来,外婆的话虽没有任何强制,却总觉得它是那样不容抗拒。我只好硬着头皮把自己拉进书本,此时,心里说不上喜欢,但别无选择。唯有如此,才能不负外婆那份温柔相待里的疼爱。

双休日,我仍旧喜欢躺在沙发上小憩,静听我那年少的儿子与我年迈的外婆一边是稚气一边是慈爱的对话。外婆坐在沙发的另一端,儿子坐在旁边的小椅子上,一老一少,一问一答,有一搭没一搭地轻语着。这份午后的温馨,让我心里无比享受。亲情的温暖,就这样浸透在亲密无间的血缘关系中,就这样寄寓着我一生的情怀。在外婆那满足的笑意里,我仿佛重回小村,那道暖暖的炊烟再度从心湖中袅袅升起。

心之所居

案头上旧的年历还没来得及更换,转眼又是新的一年。有时,觉得时间的意义真是太过重大了,而人,一旦走出了家乡、走过了年少的时光,就容易变得怀旧起来。每一次回乡,途经老宅旧基,我的心头或多或少会生出一丝感怀来。

说起昔日的老宅——我的生身之所,如今已被一畦菜地取代。现实中,老宅的确难以再寻影踪,只是存留在心中的记忆无法再度抹去,因为它不仅残存着我儿时的味道,而且其中有着血脉相连的历史,故而生身之所便也成了终其一生的心之居所了。

老宅始建于阿太的盛年时期,大概也就是民国初期吧。而在我出生时,见到的已不是它的原貌了。几经波折后,老宅于风雨飘摇中所剩的只是乡下常说的两幢"连三间"了。然而,坎坷的老宅,仍旧那般固执地于一种古旧的情怀中,于昔日烟熏火燎里,有如一个时间老人,见证着阿太的倔强、外公的谦和、父辈的辛劳,同时也承载了我们年少纯真时的欢乐。

在外公还健朗的每个清明节里,全家老少都会提着一篮备好了的酒菜,带上镰刀锄头去扫墓。一年一度的清明节有着一种血脉相连中特有的庄重和温暖。这温暖不单是祖上的,也是给无后的太阿公和四阿公的。而当时每每听外公讲起严厉的阿太,都会让那时还是小孩的我们惊诧许久。

　　据外公讲,民国时乡村道教极盛,每逢村里摆白喜事,总少不了要请道士。阿太是十里八乡少见的会唱道文的人,不仅道文唱得好,而且能写得一手好字,在方圆几十里也算小有名气了,因此他特讲尊严与脸面。那时候,四阿公在阿太眼里是最得宠的男孩,每当阿太被丧户请上道场,定会带着四阿公去长见识。一次在观看阿太做道文时,四阿公偷偷瞟了一眼围观人群里的漂亮姑娘,被阿太顺手拿起道尺击中了头部,回家后大病不起,最后便这样死了。阿太在深深的自责与懊悔中用全部的积蓄,建了乡间难得一见的宅院。他不再对其他子女过于严苛,而是顺其天性自然发展。他想让子孙们在他建起的宅院里生息着,在有生之年好好共享天伦。可是后来,日本鬼子进村了,一把火焚烧了阿太亲手打造的辉煌。盛年不再的阿太,再也经不起人生的打击了,最后郁郁而终。这样,还在青年时期的外公们便扛起了生活的重担。

　　首先是二阿公开始了行商的生涯,肩挑手提地过着走贩的营生。后来每逢村里婚丧嫁娶,一阵忙乎之后,二阿公就会给我们讲起邻县的风俗,这才知道二阿公的双脚所踏地域之广了。日复一日地为大家庭的生计而奔走劳作,二阿公的腰终于挺不起来了。然而,二阿公是风趣开朗的,乐观与豁达的秉性使生活的重负也不曾在他身上过多地留下痕迹。

　　大阿公的性情则迥然不同。虽为长子,但在我的记忆里,大阿公似乎并未能让他的那些弟弟妹妹们有一种长兄如父的感觉。后来在村里人的闲谈中得知,大阿公年轻时爱好甚广,打牌交友、闲逛游玩几乎无所不精,却独独对家庭亲情不在意。加之后来历经了时代更迭的命运,生活也就那么起起落落地过着。又因早年妻子跑了,没子嗣,他也不想过继别人的儿女,最后便孤老而终。然而,没有生下一儿半女的大阿公,却很懂得对儿孙的教育。那些纳凉的夏夜里,大阿公总是悠闲地摇着蒲扇给我们讲许多的故事。而最要紧的是,每当我们因顽皮而挨打受罚时,大阿公总会及时出现。他常挂在嘴边的一句话是:儿孙自有儿孙福,莫把儿孙当马牛。与外公几近严苛的教育相比,他更主张无为而治。这是我们小孩所喜欢的,因而我们也喜欢着大阿公。

祖辈中,唯有外公读了几年私塾。其实细细想来,外公的严厉中也不乏一种知书达礼的谦和。外公经历了几代政权的更替,又遭受了过多的病痛磨难,也曾一度被抓为壮丁,因身体不适而中途得以脱逃,最后终于选择了以耕读为生。这一点对晚辈来说是尤为欣幸的。如若不然,我们就难有那些冬夜里的围炉畅谈了。

老宅就这样在时间的蝉蜕与往事的遗骸里构成了自己特有的历史。那份大气而纯朴的乡土味道里,延续着古老而独特的民风习俗,它浓缩着我整个童年时代的记忆。那房前的金桂、屋后的菊花,那些桂花糖与菊花茶的香甜里,一样有着我年幼无知时懵懂纯真的快乐。

每次回乡,途经老宅的旧基时,我会放慢自己的脚步,像是与一个多年的老朋友携手相拥,做无言之倾诉。

菊

我喜欢菊花,黄色的那种。

喜欢那份开在"黄菊枝头生晓寒"的季节里不入流俗的美,也惊诧它那千瓣向心的花蕊中舒展于风霜的恬淡容颜。

小时候的记忆里,菊仿佛就是一个乡村女子,悠然生长于陶潜的南山里。即便是后来误入了城市,也依旧有一种东篱般的乡愁。那一株株山菊,乍看与小草别无二致。它隐没于杂草丛中,一直要等到草木凋零的深秋,人们才于那小小的蓓蕾中察觉出它的不同来。菊在秋意渐浓的枝头傲然绽放着,每一个姿态都是那样自在、随意,而且绝不矫情。每每于我那有着乡土味道的童年中,秋的廊沿上,家家户户都用簸箕晾满了菊花,远远望去恰似一张放大了的山菊特写。而这时秋的村野,又是一处充满生趣的所在。一群群山里的大姑娘、小媳妇坐在秋日午后的阳光里,一边细细地捏着刚采摘的菊花,一边谈笑着。那手边捏好了的碎碎的花瓣儿,转眼工夫便堆成了小山的形状。偶尔也有浪漫的小媳妇,用那露出一截莲藕般圆润的手臂,掬一捧细碎的花瓣向上轻扬着,而后静观那飘然而坠的落英缤纷,写就一份陶然自乐。这时,若是有大人喊累了,凑热闹的小女孩便会蹦蹦跳跳地端来一碗菊花茶,沿途的妇人小呷一口,便也唇齿留香。

稍大些的时候,每逢秋夜,我便喜欢从自家后院的窗台上去望那在寒凉的月光里盛开的一簇簇山菊。那淡雅的花丛,恍若漂浮在水中一般迷蒙。深秋的小村里,夜静极了,唯有山菊。这秋夜若是再来点薄寒袭人的秋雨,菊,便是时令中升华着秋韵的安琪儿了。无数个秋夜,梦境中总是重现儿时的菊花枕,那淡淡的香味儿、那喊喊喳喳的声响,盘旋在我整个青葱岁月的记忆里。那种源自山野的质朴与清新,连同外婆那张布满皱纹的笑脸,菊花般开在了心房,顿觉爱意与温暖满怀。

岁月,总是让我们在成长的过程中错过很多,而且无法重获。但外婆的爱怜还在,赏菊的心情也还在。这种可感可握的亲情,恒久地温润着我的一生。喧嚣的尘世中,这份从容与淡定,让人内心很受用。

深秋里,我将那株陈年的山菊移置窗台。就这样,让那份优雅舒展成一秋的点缀,也让秋意在心头恣意地绽放一瓣心香。然后,于这份萧瑟中,我静静地品读一种淡泊如菊的心境。

初秋·莲

初秋的荷塘,从那一滴最为微小的波纹里送来了天地间最初的微凉。

在这样一个月夜听秋声,虽说少了一份山遥水远的怀想,却多了一份置身其中的喟叹。秋之荷塘,通常不若人们眼中的夏日莲荷之美:满池风荷、莲花初绽、莲叶田田的一派蔚然。那种繁盛的美,仿佛一池清香逼人的莲,都以伸展开来的姿态拥抱着整个炎炎的夏日。

年少时,我也常流连于乡间的夏日荷塘,然而,随着年岁的渐增,骨子里对于太过繁盛的东西,渐渐就有了一种索然,而心头,对那种婉约内敛的景致,却日渐生出一种别样的情愫来。

眼下,秋之荷塘的韵致,很符合我此时的心境。高远的秋,一城山色半城湖中,迷蒙的水雾罩住了整个荷塘。荷花已难觅踪影,荷叶也不再碧绿,只有莲蓬生长在荷塘的深处。秋之荷塘是让人略感萧瑟的。然而,这秋的萧瑟较之残冬的景致,也让世人有着些许安慰。若是日子再往后推些,时序滑进了季节的更深处,便只留得残荷听雨声了。

可是,在我看来,冬日的残荷,更适合用来入诗入画。私下里总认为,残荷入画,有一种上品出寒门的意韵相通。

看过许多画荷之作,尤喜八大山人笔下扫出的墨荷。那瘦而硬的荷梗撑起一种高贵而孤傲的大气,的确有着一种独抒性灵的境界之美。那是从三百年前的深山古寺中走出的、穿越时空的空灵之作。今日细细端详,便觉禅味深浓。那样一幅墨荷,可以视作身世命运叵测的八大山人在书画这一笔墨天地里,安顿自己灵魂的精神出口。

究其实,莲,不管在西方还是东方的精神领域里,同样有着特殊的寓意。

就西方印象派画家莫奈笔下的组画作品《睡莲》来说,那小小的圆叶,贴浮在水面上,花也贴水盛开。那种卧水而生的出尘之美,初见之,心间便有了一种久违的欣喜,渐而也就不难让人理解,睡莲,这种神圣之花,在西方历代的王朝加冕仪式里,抑或在民间的雕刻艺术与壁画中,均作为供品或装饰品的重要意义了。

在东方,莲荷又有着怎样的寓意呢?传说释迦牟尼佛出生时就会走路,而且步步生莲花。因而,莲花在佛教中象征着神圣与不灭。同样,在我国,佛家也以莲花为象征物,盖因莲荷由藕生,藕空心而生莲,人空心而生佛,所以莲与佛法的心空符合。

也常常看到禅语里所说的:如莲的喜悦。那种喜悦大概也就生在平常心与自然心里吧。说到如莲的喜悦,我想起了有一年庐山脚下莲花洞的笔会。五月的天空下,目光初接触到两朵通体洁白的莲花。它们悄然躲在叶子之间,空灵地开在水中央的那一刻,让人觉得其生命如此具有灵性,真切地带给人一种出尘的味道。

接下来的一段日子,我很投入地听着许巍的《蓝莲花》,循环往复地播放,一遍又一遍,忘我地沉在其中,以致后来,梦境里也回旋着它熟悉的曲调。迷迷蒙蒙的梦里,感觉自己在很努力地搜集着音乐之外的种种想象,可是怎么也难见"清如蓝莲"是怎样动人的一种出世状态,只好一任蓝莲花——这种传说中自由生长的没有拘束的灵性花朵,一次次地开满了梦的心房。

尘世的凉薄中,好久不曾触摸琴弦了。平庸的日子渐渐让人冷却了那份"欲取鸣琴弹"的心境。幸而,因了梦境,靠近了琴弦,缥缥缈缈中,诸种形态的莲,让我想起了许多年前读过的一首小诗:

众荷喧哗

而你是离我最近

最静,最最温婉的一朵

…………

你是喧哗的河池中

一朵最最安静的夕阳

蝉鸣依旧

依旧如你独立众荷中时的寂寂

辑二：生活、感悟

流 年

> 不记得有谁说过：这人生，长的是寂寞，短的是欢颜。那种让人展颜一笑的东西，于我而言，或许文字算是一种，音乐也算是一种。
>
> ——题记

秋已深了，夜晚窗外飘来了桂花的气息。

这样的夜晚，酒是不需要的，怕杯中那个浮动的月影，会清瘦了你的梦。泡上一杯茶，然后于茶叶的翻腾中，品出一丝淡淡的清苦，还有那隐约中似有若无的微甜，正如人生。

第一眼见到她时，让人想到了那开在山野里的菊花，淡雅地远离着烦琐与艳丽，有一种不入流俗的美。

定定地看着她身边的小男孩，那酷似着她的模样，让人一眼便觉察到她是他的母亲。

母亲一词很容易让人想到一日三餐、精打细算以及那些三姑六婆般的世故与闲谈。然而她却不想只做一个被捆在柴米油盐中的妇人，那样必然没有机缘去读诗，去野外看花，而这些东西恰巧可以使生命美丽许多。

她是一个懂得欣赏的母亲。疾飞的鸟，流动的云，冬日的暖阳，含露的梨花，每一样都带给她生命的愉悦。较之汹涌澎湃的波涛，她更喜欢看涓涓的细流,像极了一种简洁的爱,没有过分的情和载不动的愁,有着一份从容的喜悦与宁静,她喜欢。

童年于她是温暖的,一种有着缺憾的温暖,不曾有过被亏待、被委屈的记忆。母亲的早逝,让她只好寄居在外婆家里。幸而这是一个和睦的家庭,外公读了几年私塾,谦和且知书达礼,外婆是典型的旧式女子,温婉贤淑。记忆中,不多言语的外婆,总是用一双缠过的小脚温暖而宁静地穿行于她的整个童年里。后来想起那些日子,便如萧红笔下的阳春三月,一寸一寸的都有了意思。

乡村的童年,原本有着太多的童趣,蜻蜓、蝴蝶、萤火虫以及要好的玩伴,那里有着一个自在的天地。只是,外婆偶尔与人说起母亲时那红红的眼睛,无形中总在提醒着这份缺憾,那是一个让人怎样努力都无法快乐起来的童年。那种记忆太深刻了,以至于她在有了孩子后,哪怕忍受再大的委屈都要极力去维护一个家的完整。这种隐忍中包含了太多需要稳定的因素。

我终于有些明白了她为什么一直看起来那么骄傲,那是她在保护自己。那么年轻就结婚,婚姻肯定不成熟,而现实不安稳的因素随时都有可能存在着。对于家,她不期望太多,只希望这个屋檐是一个让人心安的地方,能让白天紧张的情绪消失,平和而安静,没有太多的争吵,仅此而已。

工作对她来说只是一种谋生的需要,这种职业不会让她喜欢。日复一日地机械重复中,她见到的是庸俗而势利的眼神,彼此目光接触的那一瞬,找不到一点灵性的光芒。虽然脸上依旧挂着一种习惯的笑容,但无关内心的快乐。

没有过多的喜好,更不喜欢有事没事便与人扎堆,闲时只想去看看远山近水,有时看看书,或者静静地坐上一会儿。最初的阅读用以打发时光,避免一些无聊的谈话。渐渐地,阅读带给了她一种心的愉悦。而后的日子里,书越来越多地为她开启了另一个世界。

一度被单位派到外地去学习,已经定下来的专业对口的工作,却被另一同事取而代之。第一次,下班后,一个人静静地呆坐在办公室里,看似不动声色地流泪。而后,表面上的坦然却一直无法抹去内心的伤痕。如果说放弃也算是一种智慧的话,就只能交给时间作答。一切都不过如此。

冷静地看着那柳絮般的人儿,想到了现世的一种现象,像极了北方春天里的一种飞絮,见物就沾,见缝就钻,沾得到处都是。据说古人因柳絮这种特性创造了一个词叫作水性杨花,以水流的不定和杨花的随处依附来形容女子的用情不专。那也大都牵扯到了一个情字,而在过于物质的时代,情字也被一并省略了,用一种最快捷的方式直奔主题,以一种欲望换得另一种欲望。

沉沉的暮色里,回到家中,放上一曲狂热的歌,来宣泄心头那份郁闷与烦躁。不喜欢那种"独坐亦含颦"式的幽怨,她做不来也不喜欢。"没有任何生存危机的时候,值得用尊严去换取这些吗?"她在心里对自己说,"人无尊严便什么都不是了。"对她而言,充其量只允许自己在迂回舒缓的方式里,在良好的人际交往中不经意间获得别人刻意寻找而未能得到的机会而已。

有一段日子,心情不好不坏、时光不紧不慢地打发着。生活像一只机械地按在琴键上的手,毫无激情地来回起落着,没有任何新意地进行惯常操作。四月里读着安妮宝贝的《彼岸花》,喜欢那些充满灵性的文字诉说对生命的体验。喜欢安妮宝贝笔下那个有品位的女子,不仅因为她的美丽,如果仅是这样,美丽便成了一具没有内容的躯壳,丝毫经不起岁月的磨蚀。对于那样一个女子,她却常常像老朋友一样想起,尽管那只是源于一部小说的故事。

很长时间都提不起一点儿精神,游离于一种生活的边缘状态。其时的写作成了一种疗伤的方式。其实谈不上创作,只是随意地写些文字、机械地看一些书,脑子里充斥着别人的思想,容不下一点思考的空间。有时只是静静地坐着,渐渐地陷入一种遐思。

案头上那一张泛黄的照片,留着她少女时略显稚气的美丽。寂寞的十七岁,简单的三点一线的高中生活,在那个流行琼瑶小说的时代里,熄灯铃响过后,同学们仍旧秉烛夜读言情小说。唯独她喜欢的是王维的诗。

在她看来,王维称得上是一个纯粹的诗人,他的壮游方式、他的闲适,更重要的是他懂得对权力进行回避。

窗台上,偶尔有从远处飘来的音乐,混合了泥土的气息,就像那些空灵而美丽的日子,那是生命中一种极致的享受。而琐碎的生活中,那种有着看晚霞与夕阳心情的日子不多。生命里的景致一点点地少去,渐渐地,喜欢读一种意识流派的小诗。因为那里有让人呼吸、品味和遐思的留白,就像一篇绝妙的文章,能让人读到文字背后的东西。也如书画界的写竹画兰,于留白的艺术中感受兰柔中带刚的线条和竹叶片片向上的精神气质,此谓之境界。物质时代的写作也该有一种思考的张力,文学才能显出它的底气。

细想起来,人能抓得住的东西实在太少了,只有当下的开心与快乐是自己的。何不换一种心情去打理那些微尘叠加、滴水穿石的时光呢?一切过于功利与游戏的东西都会使人变轻,那不是她想要的生活。她压根儿不喜欢那种"炙手可热心可寒"。何况她是那样的不愿意与自己不喜欢的人打交道,交往中也只是喜欢那些健康明净的笑容,不想变成一只半寄生的虫子,她需要一种向上的生活。

在那些深夜的静读中,偶尔侧过身,看见镜子里的自己。那个仍旧清丽而脱俗的模样里有着生活历练所赋予她的一种禀性,这种禀性引领着她去开拓自己想要的生活,让人警醒。

炙热的夏看样子要来了,又是一个蝉鸣的季节。在夏来临之前要经历一个长长的梅雨季节,湿湿的雨,永远不停地下着。没有太阳的时候,有一点风也是好的,可是连风也好久不见影子。衣橱里的毛巾和衣服都长了霉,六月的天气,刚换上身的衣服就有一股怪不好闻的气味。这样的天气倒令人有一种用文字表达情感的欲望,草草落笔彰显不出太多的才情,平庸的生活里很难有让人心灵为之震撼的东西,总怕自己那一刻心灵静止不再感动,那是怎样的一种麻木。无数个白天与黑夜,就这样在焦虑、困惑与等待中流逝了,每晚上床休息的那一刻,心都是空落落的。人在感觉不到充实的时候是没有快乐可言的,心头有一种无以言传的痛楚。

然而,她希望自己是一只夏日的蝉。蝉蜕变成真正意义上的蝉之前,幼虫是生活在土中的,经过漫长的三年甚至更长的时间后,它才得以展翅高飞,伏在树枝上歌唱夏日。她希望那个蜕变也能属于她。

双休日,来到一个风景绝佳处,体会那种风过林涛的美妙,然后用一种溶入心灵底色的文字来描述它。

网络刚在小城流行起来的时候,偶尔会上网聊聊天,但聪明又有个性的谈话对象又是那样可遇不可求,便去浏览一些文学网站,而后在 BBS 中试着跟跟帖,在文字中寻找一种心灵互动的感觉。

喜欢一种多元化的阅读,网络使世界变小,而阅读使视野开阔,也就是那些自由的阅读点燃了自己,最初接触的那些精神上的满汉全席,使日后写作中的文字日益丰润起来。

偶尔会有同学相约打牌、唱歌,十有八九找个理由推掉。因为不喜欢这种过分的热闹。在那种充满粗糙的柔情里,找不到让人心灵震撼的东西,而单纯的生活可以让你对它有充分的品味。其实与人交往就像看瀑布一样,远处可以看见全貌,近了就只剩下一片水花了,而水花远远没有瀑布来得精彩。有时会与她们一同逛逛街,喜欢新衣服的气息,因为它没有岁月的痕迹,只有未来。喜欢一种淡雅的装束,也许她本来是一个性情刚烈的人,如同一幅太浓的画,需要一个浅色的框来装饰它。

也许觉得她言语不多,值得信赖,有时朋友会对她讲一些心情故事,她只是静静地倾听,从不发表任何见解,然后轻声告别。生活本该如此。在内心,她理解朋友的那种孤独。在这座小城里她太个性化了,思想处于这个城市人文环境的顶峰,无人呼应,曲高和寡。

向晚的天色里,与同事一起出现在应酬中,无意中触及一个暧昧的眼神。在她心中,一个有品位的人是单纯却不简单、多元而不复杂的。她是一个懂得以何种方式婉拒的女子。对于彼此悦纳的人来说,不用太多的言语,一个默默的凝眸,便足以表达无言的温馨。或许身边的这个男人太不了解她了,其实她想对他说的是哪怕你经历了一万件风流韵事也弥补不了一次爱情的空白。她喜欢的是那些美丽的弧线,那些弧线是只有见到流星、彩虹与爱情的那一刻,心跳才有的感觉。人生必修课程之一是如何聆听内在的心声。对于那样一个暧昧的眼神,她实在不知说什么好。她只是静静地站在那里,然后掩饰地笑了笑。沉默有时恰恰展示了一种耐性和张力,反衬着对方的乖戾和浅薄。懂得什么时候不说话,是一种智慧。那一刻,她是如此真切地感到品位真是无处不在地显现的东西。

寂寞有时太深,像极了无边的夜。此刻她会想起母亲,一个如樱花般灿烂的生命,一如樱花般短暂。母亲留给她的只有照片中的美丽,以及小时候翻阅母亲留下的文字里的那份优雅、含蓄与隐忍的才情。

深夜,电话铃声响起,看了来电显示,是蓉,一个像极了闺密的朋友,在南方的一个小城做着报刊的编辑。夜深闻私语,不是心腹话也是心腹话了。人,有时候真的好奇怪,一个声音也会带给你温暖而踏实的感觉,那是一种让人安稳的东西,似有一种生生世世的缘藏在里面,让人听来那么亲切舒畅,好像炎炎夏日里穿着质地上乘的裙子,微风掠过,一种轻柔在心头。永恒的美丽其实有时就发生在一瞬间。

蓉是她须仰视的同类。记忆中的蓉总是那样高贵而充满智慧,柔美的声音、矜持稳重的容颜,化作一丝若有若无的宁静。初见她的那一刻,只觉得仿佛岁月留赠给她的都是关于气质和内涵的礼物。举手投足间,蓉有着一份诗书打底的优雅与见过世面的大气。然而,这是一个像荷一样的女子,有着荷的禀性,不争春,只是静静地滋养着一池的新绿,在林花谢了春红的日子,悄然绽放着生命中的那份卓尔不群。

蓉不是单纯意义上的美女,如今该如何定义美女呢?若只有出众的外表,却没有相应的学识与之匹配,那美女又如何?美女应该比一般人更懂得什么叫花言巧语,什么叫人生如戏,什么叫浮华哀凉和曲终人散。倘若没有这些内在的东西,徒有一张漂亮的面孔,那就太苍白了。若一个女人红颜老去时,还能让人觉出她的美,靠的必然是那种从心里流露出来的韵味,像玉的晶莹剔透,有着一种出尘的味道、一种雅致的美。生活的经历、善恶的取舍会直接影响一个人的性格,对于写作者来说,特别看重的是性格,外表与人的不同之处并不重要。蓉说,人要多久才能明白这样一个道理：做自己力所能及的事，说自己能说的话。其言谈中透出过人的聪慧与敏锐。

与之谈及一些刚刚看过的书，惊讶于蓉那极好的领悟力。当那些关于艺术的句子从那美丽的唇齿间吐出，人们往往会产生想要接住一粒粒珍珠怕它落入尘土的感觉。忆及省城就读时那些倾注了青春与热血的往事，过去美好的情感又穿过岁月的河流抵达面前，让人放松。

午夜静读时，看到这样的句子：更多的时候/我在等待/等待一场雪的悄然而至/一封迟来的羊皮信笺/是我手里仅存的温暖。喜欢那种寂寞的美，不沾染一丝灰尘。

夜，如此的平和与安静。

那一束冬日焰火

曾在2013年《诗歌周刊》年度诗人张二棍的授奖词中看到这样一句话：诗歌不是文字的华裳，而是生活的焰火，是从大地冲向天空、融进宇宙的生命之道。

今年年初，著名诗人张二棍应西海湾张总之邀来到武宁。诗人的到来，让人感觉到他仿佛就是一束冬日里的焰火，让这个寒冷沉寂的小城熠熠生辉。他随手倾倒酒杯，就饮下半个江湖的豪气，也让江南这座小城唏嘘不已。

随后的几日，在武宁小憩，人品、酒品俱佳的二棍兄弟，又以随和与谦恭赢得了当地文友的一致好评。一开始，大家还恭恭敬敬地称他老师，后来，因他那自然而率真的个性，并在他的强烈要求下，就改称"二棍兄弟"了。

在缺少诗意的当下，下榻武宁的那个雨夜，喝茶聊天中，二棍兄弟不怎么说话，也不怎么谈诗歌，只是略谈北方，谈他的家乡山西大同，却并不让人感到他是一个拘谨、无趣的人。

在喝茶聊天的空隙,他偶尔也看一下微信,也在微信群里发红包,而且群也不少,份额也大。看他衣着朴素,大家都心痛他的口袋与钱包。他却敞开自己的胸襟,幽默地说"没关系,这点钱也穷不死咱",足见诗人的豪爽性情。

只是,不谈诗歌的他,偶尔也提到了余秀华,却丝毫没提及余的残疾,只说是一位要好的诗友。网络上流传的脑瘫诗人,其沸沸扬扬的《穿越大半个中国去睡你》所引来的褒贬,在他这里,显得多么缄默,像一坛缄封多年的老酒,还未启盖,就早早地闻到了酣畅淋漓的甘醇。那一刻,你会突然感觉这位北方汉子骨子里就有一种对人如对神似的虔诚,这种品质很稀有。

喝茶后的K歌,二棍兄弟也是随和而有趣的。与美女张总的对唱,他总是唱着唱着,这一首歌词就跑到另一首歌去了,然后两首歌混搭着唱,混合着变调,也给这个2016年元旦后的山城带来节日般的喜庆,也让这个被戏称为"南北串烧"的文化酒会,在西海畔上空久久回旋。

当一群文友拥着二棍兄弟离开"我在武宁等你"茶楼时,我走在路上,回望一眼二棍兄弟,便觉这个冬日的那一束焰火,也确实璀璨了小城武宁的文学夜空。当下,见到如此负盛名又低调有趣的一个人,心中油然生出一股敬意。先前因为去接车而在风里雨里等待半个多小时的那份透骨的冷,此刻都不存在了,那些等待都是如此值得。

见到二棍兄弟之前,我不曾读过他的作品。虽然他极负盛名,虽然他的诗在业内好评如潮,而我却一无所知,席间,也蛮汗颜的。

于是,第二天,趁诗人去上汤温泉之际,我便在网上赶紧恶补了一课。对比网上的隆重介绍和他那些上品的诗歌,我感觉到了自己的闭塞。这,也与我多年不怎么读诗有关。

在这个缺少诗意的当下,他的诗总是让我一遍遍地读着。尤其是那一首《在乡下,神是朴素的》,其间,只是用简笔就描绘出一个神一般的祖母的形象来,那个具象的祖母是温暖的,博爱又神圣,即便是在贫穷的乡村,那质朴的文字里也不乏美学特质。每读一遍,我仿佛就看见了小时候乡下的外婆的身影。

曾获 2013 年《诗歌周刊》年度诗人的二棍兄弟十五年来跋山涉水,游走在荒凉与清贫的社会底层,对现实有着深刻的体验与感悟。他在获奖感言里说到自己第一次写诗的动机,是要记住一个倒在锡林郭勒草原上的老牧人,想记住他的瘦弱,记住那天的大风,记住他被动物撕咬过的模糊的脸。他说:"一个偶尔在奔波的途中写几个字的人,一个把诗歌当成止痛药或者拐杖的人,遇见诗歌已是恩典。感谢生活淘洗出那些句子,谢谢我所经历的一切诗意与非诗意。"如此的出发点和人生经历,无怪乎他笔下的每一个汉字都闪烁出刀刃的寒光或摇曳着温情的灯光。

如是,对于草根诗人来说,他是一个特别而有意义的存在。

第二天晚上,游西海湾内湖,舟行水中,两岸沿途表演着颇具地方特色的打鼓歌与武宁采茶戏,这让二棍兄弟很是兴奋,也让他对这山清水秀的武宁有了一种特别的情怀。二棍兄弟不无感叹地说:"啥时有空,咱一定要到武宁来住上一两个月,好好过滤心思,写诗。"

深夜,几个人步行到摄协主席徐老师的工作室里喝茶、聊天、看会员的摄影作品。美女张总的一组黑白摄影作品,让二棍兄弟诧异与惊喜。那有着性灵与独特视角的作品,着实让旁人也眼前一亮。也许是作品那种富有原始、朴素的美触动了他。因为,从这位草根诗人的作品里,我们不难发现,他有着最为独特的审美。

曾在西海绿林诗歌里,看到西海散人的《回家——浦东逢张二棍》:用土得掉渣的心/把那些不好都一一饶过/宽恕是一种修为/一善之念把道行拔高至无限/蒿草在这繁华季/依旧单薄着黄土气/想调苏州河的水把你浸泡来/你躲闪着说:"我明天,就回家了。"不知这首诗是否可以看作他的为人与性情的写照。

回去的当天上午,在张总的诚挚邀请下,大家又游了一趟西海外湖,并请了一位气质很好的美女导游陪诗人饱览西海外湖的风光。回来后,那美女说:终于遇见了志同道合的人。可见,在当下这个物质时代,精神的引领也是那么不可或缺。

我因工作繁忙,没有时间陪二棍兄弟一起游外湖。从微信群里的图片看来,冬日的西海,豪华游轮上的二棍兄弟深情地仰望西海蓝天,猎猎的旗帜映照着他清秀的脸庞。诗人显得更加青春焕发,他快乐地与粉丝们合影留念。傍晚时分,在江西诗人徐国亮老师的微信里得知,他们已离开武宁,到达丰城,遂发了个信息祝他们此行一路顺风,二棍兄弟很客气地抱拳回复。

关于二棍兄弟此行,就此先打住吧。

关于他的诗歌,总是很喜欢地一读再读,深感这些诗带给人们沉重的社会思考的同时,在形式上更是唯美。诗人用气息与节奏去构筑诗歌的灵魂,置身于金碧辉煌的精神宫殿内。

最后,借用网上的一句评论来概括他的诗歌:让人体会疼痛的诗歌。在我们所处的时代,一首这样的诗歌,胜过一百曲风花雪月。

禅意深浓的秋

去山寺时适逢雨天,山下还是初秋的天气,一入山寺,仿佛一下子就进入了深秋。

接到"信愿行"作家禅修营的通知,内心第一时间便有一种讶异,凡俗如我辈写写小文字的竟然会有这样一次如此独特的生命体验,真是太难得了。

一直以来,我都觉得禅修是一种很神秘的事情。那是寺院僧人才有的修行生活,大多与凡俗中的你我无缘。

在世人的眼中,禅是很高的境界,可望而不可即,很玄妙。

平日里,忙于杂杂芜芜的生活,不停地在快节奏的喧嚣尘世中折腾,内心的疲惫感与倦怠感渐生,去过过山寺缓慢的生活,也是一种很好的调节。在禅修时,静静地去感受释迦牟尼佛祖的智慧,享用那些甘露法雨,也是一种不错的体验。因而,对周末两天的禅修,我怀着一份感恩与期待。

出发前,我用微信与朋友聊天:"近来倍觉人生苦难深重,明天去山寺禅修两天。"朋友大惑不解。或许,他不太能领会我这样一个佛缘尚浅之人,怎么突然就要去山寺禅修呢?林语堂曾说:一个人彻悟的程度,恰等于他所受痛苦的深度。

上一次去弥陀寺还是十年前的事了。然而,山寺里的晨钟暮鼓,十年后仍在。那种红花覆碧水、明月醉清风的如水般清凉的感觉,十年后仍在。

这个秋天,于山寺夜雨的滴答声里,静听自然万物的声音,与十年前那个有着月光的晚上没有多大的区别。仿佛天地间所有的一切,都一样有一种深浓的禅意。唯有寺院内那棵桂花树散发出的阵阵幽香以及深夜里的寒意,提醒着季节与时令的变化。

此次禅修,一进寺院,手机就交由寺院统一保管。在山寺里,安静地过着远离了电梯、电脑、电视、手机,远离了尘嚣的生活。禅修营营长翁还童先生说:"也唯其如此,才能安静地禅修。"

入住的佛堂,走廊上都贴有"止语"的标语。同行的人说,保持止语,是为了让自己和他人保持内心安止的状态,恢复生命的从容。这两天,就静静地和自己一起,好好安顿一下灵魂,过滤心里的喧嚣吧。

也曾看过一点禅宗美学,禅意为静虑,是安住一心、思维观修之意。通过冥思、静坐等方式,忘却现实中的"我"的境界,这种体验让我们一步步地从认识自己到成为自己再到超越自己。

第一天的禅修,四点起床,四点半坐禅。六点半早斋后,养息一小时后接着又坐禅。一天下来六七个小时的安排,坐得腰都酸了,背都疼了,还吃了师父几个慈悲为怀的响板。第二天我便感觉有点坚持不住了,可还是咬咬牙挺着。不过,两天斋饭、素食的生活,感觉整个人清爽了许多。每晚七点师父开示,也让人领悟了许多。

博学与睿智的寂光法师,让人感觉到做一个僧人的不易:生活太过规律与清苦不说,还要懂得儒释道,还要学习西方的哲学,确实不是凡俗如你我能为之的。

在闭营前,成员们各自谈了自己的禅修体验,来自南昌、九江和武宁本土的作家朋友们都侃侃而谈,有的从古到今谈着自己对佛的理解,有的谈此次山寺生活的真切体会。虽然各有千秋,但都一律说出了自己最为真实而独到的生命体验。

不善言谈的我,上台只是很是木讷地说着一连串的感谢,感谢山寺给了我这次禅修的机会,感谢寂光法师的开示,感谢作家翁还童组织了这次活动。此时,对于两日的禅修体验,心头除了感恩还是感恩。

禅修结束之际,成员们正在合影时,远远望去,山门来了一群僧人,师父让大家动作快一点,要去迎接远道而来的客人。那天的午饭,我们晚了半个小时吃,而且是吃面条,准点的斋饭让客人先吃,师父这种待客之道,让人不由得心生敬意。

禅修归来,回到喧嚣的尘世,我却很怀念那两天安静的禅修生活。看到微信圈里朋友写下这样一句话:"禅修营中那份宁静的美,真叫人怀念,回到聒噪的尘世中,落差未免有点大。"不是有点大,简直是大了去了。然而,我们每日还得在纷繁复杂的尘世中生活着,只不过,尽量把它过得简单一点,再简单一点。

后来又看到禅修营成员写的《听禅的生灵》,其间写道:"那些来到寺院的生灵就连睡莲上的螳螂或是台阶上的蜗牛、甲虫或是朱顶红上的蝴蝶竟然都会那样安静,静到你都无法相信它们是活的生灵,都活得那样从容、安静。"的确,那两日的禅修让我感觉深山古刹里的万物都是那样静好,都是那样充满了禅意。

禅,这样一种不执着于世俗肯定而单纯的东西,的确会让人变得从容、安静起来。

两天的禅修生活,不断地让我想起曾在一本书上看到过的这样一个故事:唐代时,一个参学禅法的僧人不远千里,来到河北柏林禅寺。早饭后,他来到赵州禅师身前,向他请教:"禅师,我刚刚开始寺院生活,请您指导我什么是禅?"赵州禅师问:"你吃粥了吗?"僧人道:"吃粥了。"禅师说:"那就洗钵去吧!"

在赵州禅师的话语中,这位僧人有所醒悟。赵州禅师说的"洗钵去",指示参禅者要用心体会禅法的奥妙之处,必须不离日常生活。日常的喝茶吃饭,与禅宗的精神没有丝毫背离。

古往今来的禅师反复强调,禅的境界就在每个人身上。一个人只要能够保持自己的本色,发挥自己的天然个性,就是禅的境界。守住自己本来面目,让自己的个性在岁月中自然流露,无论为文、为诗、为画,都是一种天然情趣,都会有生命独特的美丽。

佛教的这种顿悟,不把禅限定于静坐敛心之中,认为日常活动皆是修行。漫长的人生修行,就在日常生活的细枝末节里。

那个月夜的篝火晚会

暮春的周末,一次由新闻媒体记者与地方文化人共同参与的篝火晚会,因为月亮带来的朦胧意境而丰厚、高远起来,也让往日静静的养生山庄热闹和增色不少。

四月是叶子和花朵的时节,整个大地清香四溢,植物散发的香气中带着一股春的气息。当车子驶进七里坑养生山庄时,远远地见到一拨又一拨的媒体朋友采风归来。大家各自前往山庄那些建于二十世纪八十年代并以"李白家""杜甫家""白居易家"这些以唐朝大诗人命名的民居,便觉得较之往日游人放慢脚步来此体验慢生活似乎又多了一种现实意义上的文化氛围。只是,不知这样的农家小院与古朴的村落,能否让远道而来的媒体朋友从碌碌红尘中暂时回归远古的情怀,找回一种失落的宁静。

在养生山庄张总的热情招待下,露天的晚餐里,大家吃着绿色的生态菜肴和薯丝饭,喝着米汤,一起慢慢回味着往昔岁月中的典藏。当月亮升起的时候,旷野的音响便传来了主持人热情洋溢的致辞。一曲《远方的客人请你留下来》拉开了晚会的序幕,让全场互动了起来。

眼下,穿透乡间泥土气息的歌声仿佛从寺庙内传来,深深地藏着信仰,纯洁而高贵,将主人和来宾的距离一下子拉近了许多。宁静的山庄,因为月色,因为一场媒体篝火晚会而充满了生机与活力,大家手拉手围着篝火,"左左右右,前后前前"地随着动听的音乐舞动起来,互动地参与其中。那种单纯的快乐,仿佛回到了年少的时候,回到了青春的校园。

当一曲终了的时候,主持人便忙着上去唱上一曲或说上一段活跃现场的气氛,大家便歇息片刻,与新朋旧友闲聊着或者互赠名片。而当主持人话语终止的时候,音乐又开始了。在全场的互动里,男士们陶醉和满足于歌与舞的情怀,女子也少了平日里的矜持。也有不爱动的,静静地坐在一旁欣赏着那火焰向上的姿态,如山!其实,音乐就是这样一种东西,你不一定懂它,甚至无法用语言去解释它,但音乐有它自己的魅力,有它表达情感的方式,带给聆听的人各种感受。而美,也是各式各样的。篝火旁,有灵魂投入其中的舞姿是那样美妙动人,或许,更多的是因为大家心中那份重回学生时代的陶醉与满足。

在火的暖意和大伙儿的笑意里,轻柔芬芳的空气里裙裾飘飘,夜的轻翼在一路欢歌中悄然翔起,放眼整个山庄,是如此美好。月亮娴静地挂在山里的夜空,而单调的日子里总会有欢乐为它上色。这一刻,仿佛让人感觉到照着梦想生活,那就是身在天堂。歇息的时候,静静地望着眼前月色下的小山,不由得让人怀念起童年时和小伙伴们牵着手在山坡上奔跑的那份自在来。而那一轮悬挂于天际的月亮,是需要一个更大的审美空间来放大它的可看性的。在我国古代的意象中,水和月往往具有相同的审美属性,而眼下,这养生山庄的篝火映照在美女主持人的脸上,令她的笑容看起来很温暖,很自信,很有亲和力。那个月夜的篝火晚会,为单调的生活着色,也让人内心获得安静和能量。

散　章

闲来，翻开安妮宝贝的《素年锦时》。跳读间，视线停留在了这样一排文字：白茶，清欢，无别事。感觉那种闲散状态，与当下的心境很合拍。

其间又写道：欢日尚少，何以忘忧，弹筝酒歌。

酒与歌，对一个私下里尚无喜好的人来说，每每总觉得它只属于与场面有关的应酬范畴。而说到弹筝，对我而言，却有一段值得回味的韶光了。只是，那份欣然的兴趣，大致要追溯到五年前或者更远的时日了。那种端坐于筝前静待着琴弦轻拨的心境，在那之后的岁月便打上了一个永远的休止符。

记不清是2005年还是2006年，那一个个闲散的傍晚时分，做完一天的工作之后，于那个独立的空间与时间里静品清茶。当一曲曲清音雅韵似有若无地送到耳际，当那种轻得像要断了弦的异域乐曲在大而空的客厅里浮动缥缈时，一种穿越时空的绝响是那样宁静而遥远，让人遥想起七弦琴来。

当那种古意甚浓的感觉久驻心间，我便细细地寻觅小城的每一家琴行。一排排弦乐器看过去，当流连的脚步停在那个用彩贝装饰的古筝前的那一刻，那种邂逅的欣喜，旋即就让我决定让琴师为我调试停当，送至家中。

而后，每一个欲雨的黄昏，独自端坐筝前，琴弦轻拨间，每每一抬头调节坐姿，看着壁镜里那个轻盈端庄、气定神闲的照影，便要在心间质疑了：眼前这个娴静的女子是那个脾气急躁的我吗？那种沉浸于其中的清淡如水的欢愉，让那一刻的自己，是那样的珍重这份情怀。在那种宁静的愉悦里，仿佛平日一切纷繁之事都远去了，仿佛自己有点不食人间烟火的味道了。如此善待自己，便觉得生活是一件美好的事情。

那些时日，教古筝的老师常常在午后来我家，她一遍一遍地纠正我的坐姿与指法,用她的话说:如是规范的练习,日后登台表演才能显得专业。而我私下里却认为急于在公众面前表演或表现的东西,通常总不够优雅。我在意的是当下的那个随意弹奏带给内心的享受与一种飞扬的愉悦感而已。

说到对于筝的情怀,隐约觉得这关乎我年少时的一个梦。年少的乡间,那些寒暑假抑或是放学的路上,偶尔会出现一个背着画夹或者吉他的人,这样一道稀有的风景总是让人内心久久地生出一种"虽不能至,然心向往之"的感觉来。或许,成年以后去学一种乐器,更多是有一种了却年少时心愿的成分在其中,是对自幼以来就根植于心间的那份小情怀予以一种些微的满足。那么小半年的时光里,我以一种自足之心,投入并沉醉其中。

之后,杂杂芜芜的生活中少却了那种欲取鸣琴弹的心境。坚硬而粗糙的生活,再一次让筝随意遗落在了岁月的轻尘里。

如今,闲暇间,仍旧喜欢一遍一遍地放着古筝完美曲《出塞背景》。听着听着,仿佛可以看到那个将要去到茫茫大漠的女子,在宫廷经历了种种幻灭和痛苦之后,如何用超乎常人的定力,带着内心的破碎与美丽,涉过一条内心的暗蓝的河流,在时间里寂静如镜又妖娆动人。只是,在那白色的迷茫与黑色的忧郁的晨昏间,不知她的泪水,是否泥泞了回去的路。当历经了人世的种种后,内心宁静、拥有绝世美貌的昭君,把所有的泪水都变成了珍珠,然后穿越大漠,在异域的滚滚风沙里,散发出恒久的光芒。

回首间,那份琴弦轻拨的心境已不再。而后,我沉浸于文字,艰难地涉过五年。其间,暗淡了不算短的一段人生韶华以及那份自在清雅的人生意趣。

只是,我依旧喜欢听古筝完美曲《出塞背景》。

在流逝中静止的光阴

偶然间,再次触碰到塞壬的文字,那本名为《下落不明的生活》的集子,以南下漂泊动荡的鲜活生活为体验,用一种野性的、没有章法的、没遮拦的笔法,写尽了这个小女子那一段流逝中静止的光阴。

她是一个从事过记者、编辑、业务代表、品牌经理、市场总监等七种职业,横跨新闻、地产、家电、珠宝等五个行业,后来成为《人民文学》专栏作家的小女子。南下的最初五年,她一直在漂泊中不断地迁徙,从一个地方到另一个地方,从那一段时光过渡到这一段时光,对于后来的一段时光自己将会在哪里,她也不知道。在她这种"下落不明"的生活里,有这样几个关键词是不能忽略的,诸如:行李、名片、火车站。

行李,是一个伤感的名词,它意味着告别和离开,意味着一个事件的终结与另一种未知的开始。然而,身处异乡的塞壬又感觉到再也没有比行李更加相依为命的东西了。它是灵魂的缩影,仿佛照见了那时那世一个人薄薄的命运。

名片,那些纷繁的名片,就在她倦于梳理过往的人和事中,如今散乱在那里,一如她当时散乱的流浪生涯。她一张张看过去,像是一寸寸抚摸着过往的那些时光和生命。深圳、广州、东莞、中山的那些城区的街道、建筑,像水一样流过的车,行色匆匆的人,还有她那突然间悲伤、孤独的心情。

火车站,亦是一个伤感的名词,说起来应该相当于古代的长亭,然而,它远没有长亭那样的中国古典美。它无一例外地嘈杂、混乱,并且肮脏。各色的人掺杂在那里,散发出一种混合气味,浓烈、潮湿。一靠近它,那定格的印象就会像潮水一样涌来,心情一下子就烦乱了,就会有一种天涯孤客的飘零感。每每夜色中,一个人南下,那种孤独浸彻了多少个夜晚。

有时,她性格中的那些尖角,让她自己难受,也让别人难受。白天,写字楼里充斥着老板没完没了的吩咐、媒体策划、价格战、抢单、炒单、同事不太友善的情绪或者更多,她只好让自己的性格变得模糊不清,她对别人妥协,也对自己妥协。她想要让自己慢下来,再慢下来,要感受到光、色彩、大地与诗歌、梦想、爱或者恨,她得让自己解脱出来。然而,生活只让人一再沉默,哲学式地沉默着。

疲惫或者忧伤只能在黑夜里苏醒,一种来自夜的清醒的打量,让她骨头发疼。她看着自己娇小的身躯里强悍的意志以及所有隐秘的欢欣与悲伤,天就这样亮了。

如果不对命运妥协,就得一次次离开,那种下落不明的生活将永远继续。虽然这种生活散发着一种落魄、荒凉、单薄的气味,却有一种理直气壮的干净气质。

她说,写完此书,会再一次想起过往的纷繁、热闹,以及更多被命运苦苦追赶、逃离的种种细节,书名略显生硬也太直接了些。然而,一定是现实的某些东西把人硌痛了,才使她用肉身和灵魂去直面。那些特别刚硬的文字,以烙上塞壬印记的方式,表现出一个小女子灵魂深处独立且强硬的性格。

书中写道:时光在那里静止。过往,不再流逝。

千声各为秋

翻开一本两年前的文学刊物,其中有一篇《欣慰与期待》,是八十高龄作家李耕在获得中国散文诗终身成就奖时的感言。他在文中说道:"希望,当在年轻一代或更年轻一代。"就他而言,阅过人世,历经世情,而后才能慢慢地宽慰自己,在宁静上下功夫。

论及创作,他说:"无论是潇洒或者倦怠,无论是萧疏还是峥嵘,无论是背负蹉跎的遗憾或是追求之激奋,都将无一例外地身处在时间的列车上。"

的确,在时间的洪流中,不断涌现的一代又一代才情兼备的人中,这位德高望重的老一辈散文诗作家所关注的是那些具有才华且勤奋沉稳、能摒弃一切尘世诱惑的清醒的脚步。

纵观古今,才情是一种疼痛。如是,打造人生的光芒要由一连串的重创来完成。谁不仰慕那些义无反顾飘然独步天下的人?谁又能不艳羡那种洒脱的抱负及气概?

整日呆坐在办公室里,感觉人都要变成一部机器了。

此刻,"万影皆因月,千声各为秋"。浮华世间,安静与智慧兼得的又有几人?当下又有谁能用从容的心态去感受世界的和谐?我们大概只能在难以企及里怀想吧。

关于散文写作的一点漫谈

在文学已经很边缘化了的今天,经济大潮同时又在推动着文化的多元化。平日里,我们大多陷身于日常工作和杂务中,很难有一种仰望星空的心情。对我们而言,文学就好比夜空中的星星,只适合工作疲惫后偶尔仰望。

通常,文学既不能兑现,也不能像一块敲门砖一样,给我们带来任何职业上的功利。但在我看来,不管是阅读还是写作,至少,它能让我的整个心灵在艺术的空间里自由地舒展与飞升,能带给我一种超越现实的愉悦情怀。因而,在内心深处,我把文学看成是一种能让自己在忙碌的现实中喘息的艺术。

而说到艺术,它通常有两条路:小路娱人娱己,大路则震撼人心。我的笔端亦难见华彩乐章,因此,我的散文创作,也只不过是边读边写,娱人娱己而已。

对我来说,更多的时候,写散文只是因为,它能让我在生活中开辟一个精神的空间,来贮藏自己在现实中或欣喜或劳累或疲倦的心灵。起初的涂鸦不为发表,只为心灵而写,只是偶尔写下生活中的点滴感悟。而往往,这样的文章才有内在的东西,有自我在其中。渐渐地,一个作品因为有了作者的影子在其中,才变得更加真切、丰富和立体起来。后来,一些报刊也逐渐为我提供了发表的平台。我这样边写边发,一路走来,先后加入九江市作协、江西省作协和中国散文学会。2010年10月,游记散文《隔着岁月的平遥》获全国散文作家论坛征文大赛二等奖,并收入《2010年中国散文经典》。这也算是我几年来坚持文学梦想的一点小小收获吧。

说到在行业媒体刊发散文,是近一两年的事。2009年,武宁市电力公司为我提供了一次《华中电力报》副刊笔会的山西之行,之后才开始在行业媒体刊发系列散文。我在此深表谢意。

那次山西之行,在与编辑的近距离接触中,我才了解到,报纸的副刊大多是用来丰富文化生活、提升品位的,它大多是刊发一些关于工作、生活中的感悟的散文、诗歌。较之其他版面,也许很多人会觉得它可有可无,没有新闻稿件的实用性,没有图片的直观性。然而,没有了它,一份报纸又似乎缺少了一点什么。是一点灵性或者是一扇观察生活细节的窗口,具体我也很难说清楚。我不知道这样的比喻是否恰当:它就像我生活的那座临水之城,岸边的风景是很重要的,而树的倒影往往比房子的倒影更美。如果说房子可以看成有价值的新闻,那么诗歌和散文,就可以看成是点缀河岸的树了。岸边的树说起来可有可无,但有了它的存在,河的两岸就构成了一道宜人的风景。

创作诗歌与散文,对我而言,有时,也是在心灵的压力与世俗之间找到一种平衡,是一种内心的释放和说真话的自由。如果说小说是个体生命的一种自由的呼吸,那么散文则是率性而为之的心灵驿站,是用带着一种艺术感受力的文字来表达内心需求的一种文体。我的散文里写得较多的是关于阅读的思考、关于乡村的回忆。因为,介于小说的虚构和散文的真实性,我常常觉得"还有什么比回忆更真实的呢",况且那个赣北小村,一直都是我精神的原乡和创作的源泉。它之于我,就像玛格丽特笔下的斯佳丽之于塔拉庄园一样重要。通常我也写一些游记,或许是因为所到之处有什么触动了我,或许是一种文化的深度、一种精神的向度对我产生了影响,让旅行归来的我,内心久久不能平静,此刻唯有书写。比如,2010年秋,我因为对清初画坛四僧之一的八大山人的仰慕,被这种文化情结所牵引,而去了青云谱。参观完整个展厅,我感慨一个如此坦诚而透彻的生命那样悄然而又繁盛地走过,写下了《诗画入禅真》。2011年新年伊始,我去到千年古镇吴城,有感于那片候鸟栖息地的寂寥与辽阔,写下了《湿地之冬》。

往往,我总是担心这些写作中的语言的质地。一旦语言的质地变弱了,文学也就失去了它特有的光彩与魅力。而文学,又是语言的艺术,有一种出彩的语言,能让你感觉到生活,能摸到生活的那种质感。比如具有简洁语言风格的杜拉斯的作品,比如川端康成的《古都》和《雪国》都非常有意境,很容易把人带入作品的情境之中。我通常也喜欢用阅读来提高自己的语言欣赏水平,因为阅读是获得知识的最佳途径,同时也可以带给你一种大视野。那些别样的句式和出彩的语言,如果你觉得好,你就会多读数遍,它就会不知不觉地影响你。常言道"操千曲而后晓声,观千剑而后识器",我常常借着阅读来提高书写中语言的质感。

我的业余时光,大多是用来阅读的。这简单却温馨、休闲,常常是听着音乐,或者欣赏着远处的风景,一种书写的感觉就渐渐到来了。

最后,我借用李南的诗歌《小小炊烟》里的一句话作为结语:我在大地上活着,轻如羽毛/思想、话语和爱怨/不过是小小村庄的炊烟。

一直以来,喜欢她的诗歌,因为它体现了当代诗歌所缺少的一种谦卑与节制的力量,所以深深地喜欢着,并在此与大家共享。

那一种云淡风轻

寒夜里,站在窗口,呵气成云。此刻,我所在的江南正下着今冬的第一场雪。夜色里,山和树、路和桥都成了白茫茫的影子。

此时此刻,雪落江南,我以时光逆流的方式来回溯着上一个五年。细细想来,五年里,那些能融进记忆的似乎总是一种云淡风轻。

如若以五年为一个时间段,来回溯着过往,那么它的尽头应该是 2006 年了,而 2006 年的此刻,我又在做着什么?似乎想不起来了。时间冲淡了一切,山河岁月,留住的东西太少。

灯火阑珊的夜里,站在六楼的窗口看着匆匆的行人,那些远远近近的楼房里一盏盏亮起的灯,仿佛便是归乡了。而我的记忆,也总是与灯火有着太多的关联。

关于 2007 年的记忆,仿佛总与工作有关。彼时刚接手宣传工作,不仅要忙着与上级主管部门联系,还要经常下基层采访。2007 年年底,我一个月几次奔波于"户户通电"工程的随行采访中,当太平山脚下那个偏僻小村亮起电灯的一刹那,祖祖辈辈靠松柴和煤油灯照明的整个村子沸腾了。大山深处漫行的我,耳旁总是不断地回想起那个七旬老奶奶颤抖着表达内心兴奋的话语:"我这一辈子连做梦都没想到在有生之年还能看到咱这穷山沟也通上电啊!"

眼前的一切,带来的一种震撼与感动便久久在内心燃烧着。那一刻,觉得自己来回奔波的所有的辛劳都是那样值得、那样有意义。那种愉悦让人觉得山里的雾,都有一种湿漉漉的轻灵,就连苍穹下鹰的掠过,仿佛都带着八千里风云泊向内心的火焰。

那次大山之行后,总想到大自然中去领受山光水色的恩泽。在那种随缘放旷的自在行里,异域的一地晨光熹微,带给心头的那份清新、那份陶醉,仿佛有一种诗意跟随着眼与耳,跟随着整个心灵。

紧接着,2009年秋,我去山西境内看黄河日出,2010年则流连乌镇的小桥流水。其间所遭遇的天气、途经的风俗都已掩藏在岁月的深处,唯有遇到的一些笑容、声音总是与异域的景致一起不时浮出记忆的水面。

而娴静时光里,除了静静地回忆,我通常还会选择阅读,或者是看有些年头的电影,其间很是享受那些看书和观影的过程,仿佛能把一个小女子带进一个大世界。有时,安静地书写则是另一种形态的休闲,尽管个性书写是一捧荆棘,有时所有的刺都对着自己的肌肤。

细细想来,这五年亦是曲折、婉转而有韵味的一种人生长度。窗外,雪花飞舞,新年的脚步临近了。内心免不了喟叹着:又一年了啊。忽然想起某位哲人说过的一句话:"时代留给我们的是记忆,而我们留给时代的只是影子。"

灯下是轻柔的音乐,窗台上,那个眺望远山近水的影子,微笑着转身。

一杯苍凉

阴冷的夜,人静静地靠在沙发上,视线在文字的丛林中缓缓穿行。此刻,放下浮华世间的一切爱怨,越过尘世的藩篱,让灵魂独立其上。

然后,泡上一杯茶,看着嫩嫩的叶子,针尖般在杯中上下翻腾着。这样的雨夜,很容易想起潘向黎的名句:尘世处处是藩篱,世道艰险是,人心阴恶是,江湖名声是……想着想着,内心就没有了热度。静品清茶间,温热的液体却让人品出了一种苍凉。

有人说,才情是一种疼痛,这话我同意。

当下的阅读中,触碰着这样的句子"人生要有飞翔的空间",接着又来一句"做女人要端庄优雅"。

然而,有才情的女子总有几分山长水远的骄傲和清凉,八小时的打拼、办公室的生存法则里,只好让自己一再疲惫。谁会去在意文字的天空需要一种灵性与松散的自由,谁又能理解那种追求个性的舒展?

前些日子读安妮宝贝的文字,其间讲到女人在一定的时候就该有这样的底气:有好质料的衣服,有被时间和情感洗刷之后温润古朴的传统质地的首饰,以及自立沉着的内心,这样整个人都显得很尊贵。如是,较之书卷气,脂粉气也是女子不能忽略的一种修为。而那一句"自立沉着的内心"便久久地敲击我的心灵。因为这样的句子,一份成熟、娴静、安详之美就在脑海里不断地升华着。

然而,说到"自立沉着的内心",这是属于一个贯穿到底的精神走向的东西,这需要在长时间的内在和外在力量的双重打磨下才能达成。

只是,眼下这一刻,在这样一个阴冷的日子里,身居山城的我却是那样想去看一场画展,想去领略一份从视觉世界渐次走向内心的艺术。

这让我想起曾在羊城买的一本冯骥才的《水墨文字》,铜版纸的印刷,文字与画作并呈,有着中西贯通的纵深感的绘画技巧与含蓄深远的文学意境。在那种用线条直抒心意的绘画式的写作中,最让人在意的是他笔下那辽阔、柔情的苇花。作品所表现出来的深远、平和与宁静,亦能让读画的人心灵得到安慰。

这个从浙江宁波走出的当代散文家与画家,在他笔下那借用最自然的事物来表达内涵的文人画里,不管多么写实,也一样让人感觉掺杂着梦在其中,仿佛带给人这样一种感觉:人的内心一半活在梦境里。如是,仿佛邂逅一种久违的欣喜。

在去年一个秋意渐浓的暮色里,整理衣柜和书籍的我偶然间翻看到这样一句话:"茫茫人海中,偶遇能翻越脂粉与污秽而来的知音,我们便隔着万千书脊微笑致意。"那一刻,于满地狼藉中,抚摸着那些泛黄的书籍,所有的劳累和酸痛都被它带来的欣喜代替了,只觉得,接下来的整个夜晚都让人感到岁月是如此静好。

这个暮春的傍晚,在大雨里穿行去亲戚家,路过的音像店里传来安琥的《天使的翅膀》。那么柔情的歌,仿佛是谁把内心所有的伤痛,都隐藏在了夜的黑里。

回到家,我急忙从网上下载,然后,一遍又一遍地循环播放这首《天使的翅膀》。人世间种种过于美好的情怀,或许只适合怀想,一旦移植到坚硬的现实里,一击便碎。

俗世中种种爱怨,暂且都放下吧。尊重内心的声音,能在意当下那一刻自己内心的喜乐,就很好。

芜芜杂杂的生活中,独自静下来的时候,在这个灵魂得以低翔的时间与空间里,内心真实的喜悦对自我生命而言是如此重要。

长长的来路,心灵是需要喂养的。选择一种适合自己的方式,去安放自我的灵魂。或许有一天,在时间的深处,我们终于学会去过一种散淡普通的生活,做一点自己愿意和喜欢的事情,然后,在钟爱的文字里,继续寻找那个更深层次的自己。

让心灵轻歌曼舞——写在百年国际妇女节之际

国网公司《弦韵》约稿:"2010 年,为百年国际妇女节的到来写几句吧。不给你太多的束缚,题目自拟。"平淡的话语中,却透出几分亲切。

写字于我,是一件极其随意而松散的事情,一般不喜欢命题作文,亦不怎么喜欢约稿。然而,但凡与工作有关,就不能太去在意其他的,把它当成一个任务就行。

的确,流水一样的年华里,有时候,我们需要距离感,需要一些风尘仆仆的问候。比如此刻穿过百年时光,许多人会怀想起 1910 年丹麦哥本哈根第二届国际社会主义妇女代表会议上的克拉拉·蔡特金,比如一个远方朋友的祝福。

而眼前,街头那一派热闹的景象里,妇女们热情洋溢地投入节日赛事的剪影中,欢声笑语里也透出一种源自内心的快乐与喜庆。因为,这个节日不仅是一面争取平等解放的旗帜与推动社会进步与文明的标志,更是妇女们在解放、自由、发展的一路追求中,实现自我价值的有力体现。她们用锐意进取的风采,让时间的玫瑰在年华氤氲中绽放。

透过山河岁月,上一辈聪慧、贤淑的妇女们,大多为家庭、儿女默默地奉献了一生。而在今天的这个节日里,"新女性、新形象、新家园"却是一个永恒而值得探讨的话题。但丁说:"永恒的女性引领人类飞升。"这句话适用于任何女性,无论是东方还是西方,无论是年轻的还是年迈的女性。因为女人二十而美、三十而强、四十而贤、五十而润,每个年龄段都有不同的美。这些美都是生活赠予女人的礼物,而这需要我们以内心的诗意来体会。

诗情来自大地和生活,来自那些平常的事物和细节,是不管外在世界如何变化,自己都能有一片清净的天地。而下班后,家,就是一个放松身心的港湾,小屋不大,却装得下工作之余的温馨。

新女性们,懂得八小时之外,如何给家人一个洁净的空间,如何于一饭一蔬里体现一种亲情。在这个港湾里,拥有一颗轻松自在的心,让每个女人都得以自由地做自己的良岛。而后,用一颗爱生活的心去收获一些点滴的感动,去爱家人,爱亲友。同时,更好地用一种博爱,去爱众生。因为,只有爱,才是人生最好的相逢;因为,在许多的生活感动中,只有爱的力量愿意真心等待,陪伴我们度过所有人生的关键时刻。

在百年国际妇女节这个特殊的节日里,愿每一个女性都充满情致地平安纯洁地生活着,然后,踩着生命的旋律在日月星辰下,让心灵轻歌曼舞。

在行走中寻找着中国文化的真实步履

读余秋雨的散文,仿佛有一个遥远的声音从旷野传来,带着你在山重水复、莽莽苍苍的大地上寻找着中国文化的真实步履。

许多人都热爱他的文笔和清谈,而我的阅读是从《文化苦旅》与《山居笔记》开始的,后者写得尤为精彩。

我从二十世纪九十年代末开始接触余秋雨的散文,从《秋雨散文》到《行者无疆》再到《千年一叹》,我跟随着他那踏遍中国的足迹,一路甘苦自知地在他的文字中寻找着隐藏于山水古迹的文化意蕴。

他笔下的山水是自然的山水,更是人文的山水。正如作者所说:"我发现我特别想去的地方,总是古代文化和文人留下的较深脚印的所在。"他的一路行走,借山水风物寻求中国文化意蕴与人生真谛,探寻中国文化的巨大内涵与中国文人的人格构成。

他在《阳关雪》中写道:"文人的魔力,竟能把偌大一个世界的生僻角落,变成人人心中的故乡,他们褪色的青衫里,究竟藏着什么法术呢?"是的,正如他所说的:"在自然的山水间,大地默默无言,只要来一两个有悟性的文人一站立,它封存久远的文化内涵,也就哗的一声奔泻而出。"在这伫立间,人、历史、自然混沌地交融在一起,于是就有了写文章的冲动。这种冲动也就是为了倾吐一种文化感受。

作为一个文化人的余秋雨,他以独特的视角看中国的山水古迹,更加深刻、透彻。在《都江堰》中,他说道:"有它(都江堰),才有诸葛亮、刘备的雄才大略,才有李白、杜甫、陆游的川行华章……长城是一种僵硬的雕塑,它(都江堰)的文明是一种灵动的生活。"一路读来,他的那些吞吐古今的散文篇章,以议论为核心,又多以抒情笔法来表达,使文中的议论充满了睿智与情趣,带给人一种特有的精神享受。

前些日子,还看到他的一篇关于友情的真正意义的散文《高山流水》。在散文中,他将在一个小书摊上看到连环画《俞伯牙和钟子期》的感觉表述为:"纯粹的成人故事,却把艰深提升为单纯,能让我全然领悟。它分明是在说,不管你今后如何重要,总会有一天从热闹中逃亡,孤舟单骑,只想与高山流水对晤。走得远了,也许会遇到一个人,像樵夫、像隐士、像路人,出现在你与高山流水之间,短短几句话,使你大惊失色,引为终生莫逆。"

《高山流水》这个故事接引出万里孤独,接引出千古知音,接引出七弦琴的断弦碎片。

他说:"人们无法用其他词汇来表述它的高远和珍罕,只能留住'高山流水'四个字,成为中国文化中强烈而缥缈的共同期待。"

突然间,因为一句"总会有一天从热闹中逃亡,孤舟单骑,只想与高山流水对晤",那个行吟山水中、开创了"大散文"模式的余秋雨,便又在眼前清晰起来。

我的二〇〇九

冬日的午后,六楼的阳台上,在时光流泻的温暖序曲里,我回溯着二〇〇九。

我的二〇〇九,是一小段曲折婉转亦有着韵味的人生长度。目之所极处,修河秀逸空灵,银练般穿城而过,而我的二〇〇九则是从这条河流的春季开始的。

早春里,像候鸟一样飞回家乡的童年伙伴,在经年的地域距离感之后,享受着相互间风尘仆仆的问候。年少时清丽的脸庞和风铃一样的串串笑声,还在残存的年味里回响、荡漾着,一转身,就是一去千里的离别在即。近来的每一年,几乎都是在这样的送别中拉开序幕。

正月刚过,便是郊外的踏青日子,两岁半的外甥女在身旁一路连蹦带跳,不时地叫着姨妈和妈妈。我和妹妹在漫步,一同在稚气的话语和大自然极富韵律的声响里感受着春的气息。

就这样一路涉过了三月的阳光与初夏的风。

炎热的七月,去鲁院旁听。在某著名画家、作家那飞扬与俊逸的演讲中,我感受着那种永远属于青春的从世俗中出列的东西,感受着讲台上那一个真实的自我,及那种绘画和文字里的一种内在的、真切的表达。

接下来便是初秋。九月,参加华中电力副刊笔会,来到山西那些古老的村镇。行走在三晋大地,透过历史的烟云,感受那片曾经富足之地的厚重与艰涩。

季风吹着,把人送入了冬天。入冬了,雪落农家。我完善了农网改造工程的特别报道,山一程水一程地下到最边远的乡村随行采访。回来后,我用带有内心温度的文字报道之。当国内最高级别的报刊把它变成铅字的那一刻,我感觉到内心的快乐是昂贵的,仿佛有一种雪夜的清幽与干净。这种内心的快乐使一切平常的东西变得有意义,这才是值得为之付出辛劳与汗水的所在。

生活就在这样的杂杂芜芜中度过。只是很多的时候,喜欢一种安静的感觉,在深夜里,静听没有任何干扰的音乐,感觉它带来的一种深沉而内敛的光华。而后,在音乐的背景里,用有灵性的文字寻找自己内心的声音。

一直以来,也想做个自由职业者,不必为生计所累,不用在意那些三姑六婆式的世故与闲谈,过雅致而自由的日子。

只是不记得有谁说过:这人生,长的是寂寞,短的是欢颜。那种让人展颜一笑的东西,于我而言,或许文字算是一种,音乐也算是一种。

二〇〇九,日子平淡却也真切。而未曾到来的时光,亦藏着无数未知的谜底。愿所有的来年,我那候鸟一般飞回来的朋友们,像音乐一样温柔、快乐。

那一场遇见

初次看《一个陌生女人的来信》是在网上。深夜观看视频时,缥缈阴郁的古典音乐与电影的视听语言不时在耳旁响起,一个陌生女人寂寥地诉说着。我眼里的酸楚仿佛就要决堤,只是一直忍着,不让它溢出。看完,我起身,努力地仰着脸,可是阻挡不了一行清泪的流下。

黄昏时分,影片中的男人从他不断外出的旅程中回来,一个人吃着生日面,似乎显得有些凄凉。然而,浮华地度过半生的他,一路繁花似锦地辗转于一个又一个女人之间,表面的繁华热闹散场后,即将到来的夜,仍是那样安静。他撕开一封厚厚的来信的同时,开头一句"你,素昧平生的你"便揭开了一个爱了他一生的陌生女人执着了一生的爱的过程。而此前,对这一切,他却一无所知。

在这个自始至终关乎爱而不是爱情的故事里,一个陌生女人的情感经历了少女时的痴迷、青年时的激情以及美艳少妇的孤寂,但是她对那个男人的爱的洪流从来没有中断过。这样的观影过程,让看的人心中都感到一种伤痛。

一个女人,爱了男人一生,在她生命的最后时刻,仍激情满怀地想起每一件事,仅仅因为那一场遇见后,她的人生才真正开始。

她的童年时代是孤独的,父亲早逝,与母亲格格不入,周围没有可以倾诉的对象,没有可以值得信赖的人去指导她的生活,一个孩子的热情、好奇、冲动在遇上他之前始终是压抑着的。一天,打闹的邻居搬走后,新搬进来的是一个作家,那一车车的家具、一堆又一堆的书,给这个女孩带来一种前所未有的快乐和新鲜感,她好奇地打量着一切,仿佛感觉自己的生命有了新的内容。

的确,一个作家对于十三岁的孩子来说是个多么诱人的谜呀,仅仅只是"因为他写过书,因为他在那另一个大世界里颇有名气"。人生真可谓处处有伏笔:就在那样一个毫无征兆的早上,北京的小胡同里,两个生命方向背离的人偶然相撞,一声礼貌的"对不起"和那双温柔的脉脉含情的眼睛,于仰头的刹那间,女孩便在劫难逃地爱上了他。他那成熟男人的魅力,在她那少女眼中一再被放大,并且因魅力放大而滋生了一种漫无止境的思恋,一直伴随着她成长。从此,十三岁的她,猝不及防地一头栽进了命运设下的陷阱。

在女孩从此的漫天思恋中,电影的画面就那样一瞬间地跳过六年。

六年后,已出落得亭亭玉立的她,在一个相遇的夜晚投入了他的怀抱。从那一刻起,无情的命运,便把她抛入这股爱的洪流中,一生都无法抽身。

对于他,这样的经历只是无数艳遇中的一次,可是对于少女来说,则是她刻骨铭心的一生记忆。后来画面的一路跳跃中:起初是他的外出,再后来是陌路天涯、时局动荡,她于颠沛流离的生活中生下了他们的孩子——尽管那个男人一无所知。于那一场瞬间遗忘的遇见后,她一厢情愿地暗恋,始终克制、隐忍着。

八年过去了,他们又回到了同一个地方,甚至在一个圈子里有了共同的朋友。再次相遇,他仍然将之视为一场新鲜的奇遇,并又一次残酷地将她遗忘。面对她,他一路繁花似锦走来,让灵魂退场地游走于各种女人之间,却一再错过命途中那唯一代表爱情的白玫瑰。她,或许只能是他生命里的第 N 个过客,而他却是她一生中走不出的唯一。

这个在暗恋中过了一生的女人,于百转千回的辗转徘徊中,一直卑微地自处着。面对可以给她安稳生活的追求者,她始终保持自由之身,只是默默地等待着有一天他突然就认出了自己来。是的,从十三岁的青春萌发以来,他便成了她永恒的梦。她的整整一生,不外乎是等待。可是,她怎么会知道她的整个命运,都在他的生活之外,一次又一次的相逢换来的只是一再被他忽略。没有一个女人像她那样盲目地、忘我地爱一个人。一个孩提时代起就暗地里向往的爱情,与成年女子因欲望而起的爱情是大为不同的。这样的付出也只有在茨威格这样的灵魂狩猎者的小说里才有。

她与他之间是有爱的,却不是爱情。关于爱,只是她一个人的事,所以才有了她沉浸于他的优雅中,尽管这种优雅里有着惨淡、内敛的成分。她暗恋着一个浪子,一次次在他的视线之外被放逐,但在通向他的过程中,她从未迷失,尽管最后只换来"一个陌生女人"的身份。当看完爱了他一生的女人留给他的最后一丝气息——那封来信后,他电击般地定住了。也许,只有这一刻,女人一生的暗恋,才得到一种踏实的回应。

不记得是谁说过,起身离去与爱过之前,任何语言都是苍白的。她爱了他一生,到最后,只是在一股穿堂风吹过时,让他思念起那个看不见的女人,没有实体但充满激情,犹如远方的音乐。

感受"漫步经典"音乐会

一直以来,总认为音乐欣赏的最佳状态是:黄昏,清茶已在阳台的小藤几上备着了,此时,人已静下来,闲闲地翻着一本书,间或抬头时,风中的古筝或古琴曲飘来,让人很是享受地一小口一小口地呷着茶。或者,在微雨的夜,一个人独处,趿着拖鞋,一路脚步碎碎地由这个房间到那个房间穿行着,逐一去打开所有的灯,然后,让班得瑞的音乐轻盈地在室内的每一个角落里缭绕与飞升。

此前,如此种种关于音乐的欣赏,的确让内心颇为受用。而这个夏天的北京之行,我在聆听了一场西班牙交响乐团的音乐会后,填补了对于大雅之堂的大合奏演唱的空白。

炎热的七月,当我进入有着春季般宜人的恒温的国家大剧院,在一系列的安检、入座和全场手机屏蔽等工作有序地完成后(后来才知道,这是欣赏歌剧的规定,同时也表现出对艺术家的尊重),一场西班牙交响乐团演奏会在一位声音与身段俱佳的女报幕员身后拉开了。

在那造型与灯光艺术让视觉无比享受的半圆舞台上,来自异域的三十多位音乐家一同奏响天衣无缝的和谐之音。大剧院里仿佛吹来一股地中海式的悠然闲适之风,让旅途的劳累与日常的琐事都一同随着苍茫的夜色远去了。在明亮的大厅里静静地聆听,天籁之音成为寂静的观众席中人们的灵魂皈依。那一刻,心中唯感到当下生活体验的美好与生命状态的美好。

当威尔第的《命运之力》序曲作为第一首曲子开场时,庄严的演奏犹如一个强大的气场。然而,在大提琴、小提琴和中提琴的合奏声中,凝神静听的我竟感受不到艺术的感染力与震撼力。

也许,歌剧向来就没有列入我的音乐欣赏的范围,因而没有刻意去了解,也就不甚懂得。以前的影视剧里也不缺少歌剧的渲染,却没什么兴趣去看,总认为那些雄浑的演奏,没有听者所需的宁静与自在。然而此刻,既然已端坐于此,就容不得走动的身影与任何不相干的声音,我还能有怎样的选择?离去,显然是不合适的,不仅拂了极尽地主之谊的妹妹的好意,而且中途退场也是不礼貌的。如此一来,我只好在内心劝说自己:艺术都是慢慢领悟的,耐心看吧!渐渐地,或许是因为大环境的优雅,又或许是因为如此无人打扰的氛围,终究,我也算是勉强地欣赏了一回。

当普契尼的四幕歌剧《艺术家的生涯》之《冰凉的小手》《柳儿不要哭》和《主人,听我说》那感人悠长、具有曲线美的旋律响起,那如歌如泣的歌剧对白,让人一次次地与演唱者一同沉醉其中,我也觉着眼前的欣赏变得更加纯粹起来。

那一曲《冰凉的小手》尤甚。在指挥家吕嘉的解说下,观众更能懂得歌剧对白里的内容。这首不朽的咏叹调,讲述了贫穷诗人鲁道夫与绣花女咪咪欢笑与泪水并存的生活爱情故事。或许是因为创作者普契尼将自己青年时期的回忆植入到这一巴黎拉丁区的贫穷艺术家身上,这部青春诗篇般的歌剧是那样的具有真实感,看起来絮絮叨叨的情感宣泄,也变得具有摄人心魄的力量。普契尼无疑是善于在平凡琐碎的日常生活中,挖掘出超凡的诗意的,否则,他便难以赋予其作品一种超越时间的经典力量,难以唤起快节奏生活中的人们内心柔软的所在。这对于作为观剧者的我来说,大概就是整场歌剧的一点点收获吧。

罗西尼的《威廉·退尔》序曲,内容虽然不太了解,欣赏中也达到了让人内心宁静明澈的效果。

我不知道,有多少人像我一样,内心对于歌剧也没有太多的热情。然而,音乐与绘画作品一样,都是不分国界的、人类共同的精神财富,不需要懂得太多,就能欣赏。

谢幕时,来自异域的音乐家们在全场爆发出的热烈掌声的要求下,又加演一曲。及至终场，这些华彩乐章在再次经久不息的掌声里，才宣告结束。

听完了一场音乐会出来，室外已是雨后的天气。置身于一种想要用力吸进鼻子的清新里，再一次回望壳体结构的国家大剧院——"水上明珠"的景观便也渐行渐远地纳入心头的另一种清新了。

柴桑月冷——超越千年具体时光遥想三国周郎

曾在阅读中，看到这样一段话："纵观中国历史，三国当属最迷人的时代。乱世是血腥和残酷的，也是最迷人的，因为它是英雄的摇篮，而在人的精神生活中，英雄是一面永不飘落的旗帜。"

每每读史，总在心底认为：周瑜，何其有幸，生在了三国这个最风流瑰丽的年代。

在中国历史上，少年得志，集政治、军事才能于一身，出可为将入可为相者，又能有几人？而天地间，矗立着的那位雄姿英发的儒将周瑜，年仅14岁就名满江淮，以与其年龄极不相称的才智令人刮目相看。继而，他又一次次在乱世争雄中施展着雄才大略。人生精彩若周郎，夫复何求？

这个有着"江淮之杰"雅称的周家公子，自幼苦读，尤喜兵书。然而，年轻气盛的周瑜，也是自负的，也曾以"江山之才"自许，"古之圣贤，今之名士，几乎无人能在他眼里"。也许，正是骨子里的那股豪气，才使得野性而坚毅的周瑜未及弱冠之年便开始了游学生涯。

江山之才加上年少游学的经历，终于让生逢乱世、胸怀天下的一代儒将有了用武之地。在孙策平定江东之战中，周瑜起到了谋士和武将的双重作用，继而在辅佐孙权的一次次战争中力挽狂澜。乱世英雄们共同演绎了一段三国历史，同时，也让一个不同寻常的男子的真性情在古战场上得以淋漓尽致地挥洒与释放。

战场上的周瑜,在鼓角相闻里,身披铠甲,纵马驰骋,英气逼人。而生活中的周瑜却是那样充满情趣。一首瑶琴《长河吟》,便活脱脱可见一个英俊潇洒、精通音律的儒将周瑜了。更有时人曰:"曲有误,周郎顾。"作为盟友兼对手的刘备也由衷地称赞:"公瑾文武筹略,万人之英。"

如此傲岸的青年才俊,生命里加上了一个小乔,就更加有了温情绮丽的背景。江南名姝,乱世佳人,识豪杰于江湖,更是传为佳话。据说,公瑾初见纯净、清雅的小乔,便视为上天赐予的礼物。人世间如此经典的一见,从此,这位江南女子的梦里,便有着周郎风流倜傥的身影了。即使在周瑜身处逆境时,小乔也鼓励他说:"公瑾,你千万要挺住,不可以泄气,以你的性格和学识,必定大有作为。"小乔这个有着梅一般风骨的女子,极清秀极柔弱中的那一抹刚强,给了周瑜无限的动力。

难怪周瑜在二十四岁迎娶小乔时对孙策说:"小乔吾妻,更兼我红颜知己,有妻如此,瑜三生有幸。"娶了如此古典、端庄、秀雅,近乎完美的女人,看来,想不为其生命增添一抹亮色都不行。

然而,天妒英才。智勇双全、在赤壁之战中大败曹军的周瑜,在奠定三分天下的基础后突然病逝。正值英年的将领抛下功名与娇妻,在三十六岁便画上了生命的句号,留给后人无限伤感。

而此后的小乔,尘世的光荣与梦想、纷争与倾轧都不重要了。柴桑月冷,落絮纷纷,逝水无痕,难觅温馨。凄婉与清寂中,一切的兴衰成败在她的心中已渐行渐远,在这个她无力拒绝又无力追随的世界里,在那晚风拂动的夜,只有周瑜抚过的瑶琴、舞过的长剑、翻过的书卷留给她无尽的回忆。

超越千年具体的时光,英雄周瑜,连同他生命里的小乔和那个风流瑰丽的三国时代,仍旧静静地驻于后人的心间。

畅 饮 月 色

夜的天幕一拉开,月儿便明朗起来。

月,还是像往常一样挂在夜空中。夜的天幕里,月色算得上是一份迷人的景致了。然而,今夜的倚窗望月,那弯银月,包裹了她太多太多的心事。

是夜,静极了,她刚踱向窗边,又重回了客厅。窗外那皎洁的月色不是不想去畅饮,只是不想在月色中再一次让那些心事倾巢出动,把自己的心弄得千疮百孔、溃不成军。

于眼前这过分的静寂之中,她总想增添一点声响来分散自己的注意力。可是,这时需要的声响既不是来自电视的(因为那铺天盖地的广告让人受不了),也不是唱片里发出的那些靡靡之音(那些艳俗的煽情同样会让人心生厌恶)。而此刻的她,需要的是一种源自内心的声音——一种真切而实在的对谈,哪怕那来自对方的智慧让她感到有压力。可是,极为平常的对话中,一句看似简单的话语,如若没有深情厚谊在里面,何以会成为穿越千沟万壑直抵心灵的问候?人若是没有希望也就罢了,怕就怕由过高的期望带来的失望,那种从希望之峰一下子跌入失望之谷的落差让人受不了。于是,她拿起听筒的手又放下了。

平日里,她总是机械地奔忙于各种繁杂琐事之中,上班、下班、买菜、做饭,偶尔还有一些不得不参加又可有可无的应酬,回到家中有时感到很茫然,有时又只是感觉到一种真切的疲惫。

的确,而今的一切瞬息万变。一切似乎都在以商业化的需要而批量产出,仿佛一切都来去匆匆。甚至,连最需要以敏感和细腻的笔触去描述的情感,在一些畅销书中也只是泛着一股泡沫与分泌物的味道。在时代的大潮中,很多人一边滥情又一边孤独着,令人觉得不可理喻。在过于崇尚简单和快捷的社会里,没有过程,质地和味道也同时被忽略了。目睹着身边那一幕幕太过功利与游戏的闹剧,只能让在崇尚古典与唯美中成长起来的她感到迷茫。

月,盈盈地挂在窗边。然而此刻,还有多少人能驻足欣赏月色呢?月光的那份皎洁与美好,对于一个视觉已被声色污染的人来说,只是形同虚设罢了。

被粗糙的日子渐渐磨平了棱角,磨去了灵性,我们便觉得现实离曾经那些愿望真的是渐行渐远了。可如今,在这寂静的夜里,也唯有无边的月色可以畅饮了。

见惯了雀跃的世界里那些悲、喜、爱、恨,还是喜欢一种了无牵挂的日子,那日子里没有倾诉与倾听的需求,便没有了更多的期盼与渴望;没有外在炫目的东西,便只求内在的丰盈了。然后,于那份丰盈中,应该懂得如何去呵护自己,关照心情!私下里总认为:一个女子若是不能带给人惊鸿一瞥的慨叹,那她总该有一种叫作内秀的东西。

生活是单调的也是多元的,如若一个女子仅仅把爱情当成一生唯一的信仰与图腾,也许,这爱便成了一种悲戚的局限。爱情是一种萌发于心的圣洁而美好的人生经验,然而越是美好的东西越是脆弱异常。反之,以丰硕的生命去解读自然万物,然后让心根植于生命的沃野去珍爱血脉相连的亲情、彼此懂得与欣赏的友情,会来得更久远一些,也更简单一些。平日里,身边的生活中所展示给人的一种思考莫过于此。有时候,即便是一个看起来很成功的人,走近了才知道,那也不过是披着炫目的外衣的世俗之人罢了。爱情,或许有,但那也是一件很奢侈的事情,只有极其幸运的人才能享有。这样想着,心便释然了,然后,努努嘴对自己笑了笑,那微笑的眼睛里有一种藐视的风情。从此,只想做回一个轻松的女人。

闲来读张小娴的小说,极为认同这样一句话:爱情是一种自身的圆满。如果没有爱上谁,日子本会过得很畅快。如是,便像换了一种心情。

今夜,月色如此轻盈。

红色康乃馨

五月,红色康乃馨,伞一样地布满了街头,提示着又一个母亲节的来临。

也许是生活太过忙碌了,平日里,她总是忘记自己是一个失去了母亲的人。路旁,年轻的母亲领着调皮的小男孩,应着满眼红色的康乃馨一路风景地走来,强烈地冲击着她的视线及内心。时光的巨手就这样瞬间把她带回到那个有着邻家小男孩的从前。

年少的从前,邻家小男孩是引领着她憧憬母爱温暖的最初起源。隔壁那爱哭又喜闹的小男孩,总是整天执拗地围着他好脾气的母亲闹腾着,仿佛那份蛮不讲理的闹腾令他很享受。每每到了最后,也许是累了,也许是那小小的心里的欲求得到了满足,小男孩终于安静下来了,躺在母亲的怀里,在轻抚和呢喃声中渐渐睡去。而他的姐姐,则是又文静又乖巧听话的,有着一种女孩子与生俱来的顺从本性。每每在得到母亲的肯定与赞赏的那一刻,那双会说话的眼睛里,总能见到满是流光溢彩的欢喜。姐弟俩就这样以各自不同的方式让母亲爱怜着。邻家的这份血脉亲情里的温存与暖意,带给她的只有分外的冷寂,因为她从小就没有母亲。

在整个母亲缺席的童年,大多时候,日子也就那样相安无事地过着。最让一颗年幼之心受煎熬的便是年节了。在那散发着团聚氛围的年节里,外婆总是领着她把一碗碗添好的饭菜端到放有母亲照片的桌子上,然后转过身来对她说:"乖,叫妈吃。"就这样,在别人应和着年节气氛的欢喜雀跃里,她却要张开嘴对着那张再也无法复活的相片叫声"妈"。就这样,于外婆的那份关切与粗心里,每个年节都在无声地提醒着她心里那份无尽的缺憾。那些日子,任凭怎样努力地说服自己,她的内心都难以快乐起来,心头只有一份挥之不去的落寞与介怀。因而,在那些寄居在外婆家的年少时光里,便没有了更多的需求,也少言说。表面上的乖巧与平静的她,在内心深处涌动着一股激流。有时,她只是独自一个人呆呆地望着照片上的母亲出神:照片上的女子,端庄含蓄的容颜里透出一份似有若无的笑意,那笑意里也该有着与隔壁母亲一样的暖意吧,小时候也一定有过母亲满怀温情的拥抱来慰藉小小的心吧。遐想过后,她清楚地知道,眼前的母亲只不过是被时光定格了的一抹笑影罢了,它无法带给人一种真实的可感可触的暖意。无论怎样的期盼,母亲都无法从照片里一脸鲜活地走下来,哪怕只是瞬间轻拥一下她的双肩,带给她片刻的温存与暖意。就这样,那颗无尽期盼的小小心里,因母爱的缺席,因大片大片的独自怀想,始终空空如也。

如今已是一个香水和鲜花的时代,而在那些年幼的寂寞岁月里,她无从知晓亦不懂得鲜花也可以表达情感。乡村的童年,没有太多的花香,偶尔能叫出名来的,也不过是一些乡间的野花、小草而已。稍大一些的时候,她走出了乡间,书籍和地域拓宽了她的视野,她懂得了雏菊的纯真、满天星的博爱与康乃馨的温情。那些外出求学的五月,在异乡,于别人的温馨里,她的母爱却早已成了彼岸的花朵,盛开在不可触及的别处。

十五六岁时,总是幻想着能与母亲轻言细语,幻想着对待她这样年龄的女孩内心的疑惑,母亲能笑意盈盈地回应。那时的心事如浮云,成长中那些大大小小的烦恼,如果能得到母爱的呵护,或许就能让一颗躁动的心变得安稳而踏实吧。

想着想着,却猛然悟起母亲生活在那个动荡的年代,最浪漫的回忆,可能莫过于一方讲究点的丝巾。母亲一定不会有一份闲情去想心事,去看花,去在意内心的感动,因而也就无从知晓鲜花那充满情意的表达。这些想象就这样渴望而又矛盾地充斥着她的那些少女时光。

五月街头,弥漫着细雨的温馨里,她买下一束康乃馨,一瓣瓣地撕下。然后,于泪光盈盈中看着那残留着手指余温的花瓣在风中轻舞着,碎裂开来散去,让风儿轻捎给母亲。

流浪的音乐

在我的理念中,无论是大雅之堂的交响乐,还是山歌民谣,抑或只是街头流浪艺人的即兴演奏,都可视之为音乐,都是另一种形式的灵魂舞蹈。我也常常借着那些跳跃的音符,来帮助自己抗拒平庸岁月里的心灵静止与不再感动。

在一度的年少痴迷后,也许是天资有限,也许是悟性不够,对于音乐,始终只是停留在欣赏的层面。这对我来说,的确算得上是一件憾事。随着年岁的增长,音乐之于我,更多的则是用来聆听。大多数时候,我只是单纯地让那些舒缓的节奏或激扬的乐曲,带来一种内心情感的宣泄与共鸣。

我是偏爱古典乐曲的,从心底认定它是一种能滋养心灵的东西。我总觉得,一颗被古典音乐日渐浸润的内心,即便是在浮世中也会慢慢变得丰富而温情起来。因而,我对古筝、琵琶与洞箫一类的丝竹之音始终情有独钟,西式的萨克斯与钢琴曲次之,而现代的流行歌曲只是偶尔用来打发一下无聊的时光。那些一阵风似的,来得快也去得快的东西无法使人深刻起来,更多的时候,它属于追星一族。就这样,在那些独坐的黄昏,我静静地聆听着一小段琵琶或琴箫曲目,在那悠然不经意间,便让人进入一些历史的兴衰、朝代的更迭中去。继而又会遥想到那些流逝的岁月中,也曾有人像此刻的我一样,如此专注地去感受着乐律的高音缭绕与低音环回,仿佛有着一种灵魂深处的东西不期而遇。我也常常喜欢重复地听着一首曲子,感觉它与松散闲适的心情总是那么合拍,在一种自然而自由的心境下,就那么一遍又一遍地循环播放着。渐渐地,我感觉一些俗世的纷扰与蝇蚁之争都远了、淡了、无介于怀了。这也许就是经典的力量。它是经由时光洗礼的智慧光华,能够照彻人的心灵。

然而,喜欢待在室内听任何一种音乐的我,却被一次偶遇的流浪音乐久久地击中。那是多年前的一个八月底,洪水让旅行的人们滞留在异地火车站,我亦被困其中。暑期已近尾声,初秋的凉爽里夹着一丝微寒,而露天小吃、大排档、小卖部间人来人往,嘈杂声一片,发车时间则一再被推迟着,无尽的等待,让人的心情荒芜起来。幸而,间或有二胡、小提琴、吉他演奏者不停穿梭其间,静候的时光便稍稍有了些许安慰。一片猜拳喝酒的嘈杂声中,流浪艺人那借着大众化的生活底蕴,同时又掺和了自身的身世与情怀的吹拉弹唱以及那份心无旁骛的专注,带给了我一种久违的真切的感动。

  骤雨来时,狂风吹倒了歌谱的支架,高度近视的艺人踉跄着脚步赶紧扶起它,生怕被随之而来的雨点打湿。而身旁的小女孩,背着一把与自身长短极不相称的吉他,走一步,脚跟便被绊一下。小女孩每到一张桌前,便要逗留片刻,拿出那张发黄的歌谱让客人点歌,稚嫩的声音里透着与年龄不相称的老成。然而,当听到一个极其嚣张的、夹杂着手势的人的点歌声音时,女孩怯怯地循声望去,眼角的余光渐渐地扫过那份轻慢,而后,便不带任何表情地背着那把长长的吉他转身走向别处。我的心重重地为之一震。也许,灵魂的高贵,就在于那个从容平静的转身,就在于刹那间表现出来的婉拒。那份不动声色的尊严,让人感受到在那艰难的生活中,演唱者唱出的也绝不是一种轻薄的声音。那小小的眼眸,仿佛一豆心灵的灯光在闪烁着,为那些心情晦暗的人们引航。暴雨中,雨棚间织起了一道道的水帘子来。背着吉他的女孩与加入其中的卖花少女一同穿行于雨帘中,那一声长似一声的稚气的声音,掺杂在淅沥的雨里,分明就是那个八月里最好的交响乐曲——红尘俗世中最美的天籁!此刻,也唯有雨的喧嚣,掩住了一切烦躁、困惑与无奈。

  雨,渐渐稀疏下来,浓重的暮色里,夜的街头满是霓虹闪烁,城市的轻歌曼舞在不停地上演着,流行歌曲不知疲倦地在夜空中回荡。而我的心里,一直怀想着那个十二三岁的小女孩以及那些流浪的音符,心中生出一份过往的纯真。

心似琉璃

当黑色流动的夜,在时序中又一次袭来时,我打开台灯,让小小的光影,把一切浮华和俗世声音都关在了窗外。今夜,我住在了自己的心里,独享静谧。这一刻,唯有当下的喜欢,唯有爱悦着自己。

好久不曾这样了:安然地听着音乐,闲散地翻着几页书。而我所要读的书、所要听的音乐,是有所选择和挑剔的,只因为,阅读与欣赏是个人的事情,字字句句都要由自己的心灵去默默感应。它们至少要像我在喜爱的画幅面前,能让自己变得非常安静和从容,让内心渐渐生出一种自足与柔情。

今夜的阅读只是闲闲地看上几页而已,不似以往的苦读。往日里的读书,总觉得它不仅能使自己暂时陷入一种对无聊与困厄生活的遗忘之中,更重要的是它将带来一种希望,提供一种摆脱恶劣境遇的可能性,是一种求存的资本。而此刻的闲散只觉得生命纯粹极了,只觉得这种平和与安静很昂贵。因为纷扰的世界,许久都没能静下心来,独自沉浸在这种恒久香醇的滋味中了。我用了很大的力气,才得以让自己处在一种极度放松的状态中,觉得世间所有的纷纷扰扰都抵不过这一刻内心的宁静。

看了几页《民国女子》,自然是关于张爱玲的。里面说道:"她是陌上游春赏花,亦不落情缘的一个人……像《陌上桑》里的秦罗敷,《羽林郎》里的胡姬,不论对方怎样的动人,她亦只是好意,而不用情……连对于好的东西,爱玲亦不沾身。"看到这样的句子,忽然有一种久违的欣喜。好一个不用情的陌上游春赏花亦不落情缘的张爱玲,竟然可以如此洒脱地置任何世间空洞的情义于不顾,只是那么自然而真切地活在自己的内心世界里。我不是张迷,却很欣赏她那因为不想愧对自己而不去走进不属于自我世界的人格独立。

说到张爱玲,很自然地就想起曾痴迷许久的这样一句佛语:"愿此生得菩提,心似琉璃。"如此喜爱着一种琉璃之心,也许只缘于生命里那种琉璃一样的最为自然的本色而已。

前些天,偶遇一个多年前曾经那么热衷于情感话题的朋友,她竟然对我讲起了禅。她说:"其实呀,禅是一种自我的净化。所谓触目皆菩提,也不过在于自己的心境而已。"她还说:"如今,我做事情只出于性情,愉悦自己。如今,我已无力为谁执着,不需要别人对我谈感情。"我不知道曾经那么热衷于情感话题的一个人,究竟是遭遇了怎样痛楚的经历,才得以让热衷的一切,一步步地在心中都远了、淡了,都不再介怀了。而她心中的那个沟壑,该要用怎样的一种时间长度去填平。

曾经风风火火的那个她,现在的日子过得似乎从容有序了许多。我后来去过她的新居,让我惊讶和不解的是,那么干净的一个家,盥洗室里却常常堆放着一些要洗的衣物。她用这样一个理由打消我的疑惑:"沐浴其实也是一种等待清洁的过程,现在换下来的衣服不一定马上就要洗,洗衣服要看心情,不喜欢被催,那样会叫人心慌。"说着这样的话时,她放上了一些流行音乐。的确,在所有的艺术门类里,音乐是最不可言说的,那样的一首歌很符合她的性格与品位,因为在这种音乐里,能让她自由、舒展地追求个性。

一个人庄重一点、矜持一点,反倒觉得她的可贵。这让我想起了时间的意义。有时,时间的意义真是太过重要了,也许,禅的那种历练、休养的过程,便是宁静来自内心的过程。的确,禅是一枝花,只要开在了每个人的心头,便意绝玄机、纤尘何立了。

这也让我想起曾经在南方一个城市里的一场画展,让我想起许多年前熙熙攘攘的展厅里,那个在离人群几米的地方沉静温柔地伫立着的那个女画家。她另类、随意却又不乏时尚的衣着,也另有一番小资情调——那种高雅里有着先天的优裕,但又透着不因优裕而慵懒闲适的一种美,只看一眼,便能感觉到她内心的精细与雅致。只是,我不知道她在一场不露声色的灵魂展示之后,怎样在人群里微笑着寻找回应的表情,怎样等待着一个灵魂可以与之对答的人。那一脸的静美,仿佛朦胧的月光,有着唐诗宋词里的无限意境。在那份疏离中,清晰地写就着她懂得如何珍惜成就感。面对眼前的画幅和身边不远处那个女画家,我不禁在内心惊叹:要具有何等的才情,才能在那一瞬间捕捉到人世间最短暂而又最飘忽的神情,而眼前如此年轻的一个生命又有着一种怎样的丰饶与美丽。那一刻,感觉这个世间也只有才华可以与世俗抗衡了。

时空的变幻中,那个离人群几米的地方伫立的女画家,总是超越时间的界限,不期地走进我的思绪中,仿佛那种知性的美,只能让人用无限的想象去填充。忽然想起不知在哪里读到过的诗句:我知道/凡是美丽的/总不肯/也/不会/为谁停留……

那种浮华世间深透骨髓之美,很容易让我想到相关的词语:心似琉璃,遗世独立。

那些淡出的色彩

当一个小女子变成小妇人的时候,走在大街上的她便会留意起那些流动的或静止的风景来。当目光触及橱窗广告里那个巧笑倩兮美目盼兮的人儿时,她便会对自己说:"那是外形上中了六合彩的人。"相貌平常如我,只好退而求其次,在着装与内在的气质上找点感觉来补此遗憾了。

曾几何时,也想趁着年轻,穿尽世间百色。可是,渐渐地,我发现自己对于颜色的喜好与款式的选择在不经意间有了太多的不敢触及:颜色太深的不敢触及,样式太前卫的不敢触及。尤其对于色彩而言,年少时,绿色就在我的喜好中一步步淡出了;不知不觉间,红色也成了我衣着的大忌。可是,就在那个不远的岁月里,年少的乡间时光,红色,这种民俗里很中国很喜庆的颜色,曾经是我的最爱,它一度成为我衣着的主打色彩。

然而,不知从何时起,红色就那么悄然从我生命里彻底淡出了,而且以一种连自己都难以置信的态势。不知不觉间,内心深处就是对它有一种生硬的排斥,甚至连出嫁时的礼服,也只是启用了朱红色而已。也许,彼时的内心里已经不喜欢太过浓烈的色彩了,哪怕是再喜庆的日子,对那种张扬得耀眼的红色,也会心生拒绝,没法再度穿上它。

曾经的恋念不再,不知是自己还是岁月把它抛在了时间的荒野里,然后让人一次又一次地冷却了原先那份喜爱的心情,直到最后,竟没有了一丝感觉,甚至从此成了心中的大忌。这不能不说是人生的一种无奈了。

只是,偶尔我会在心底问自己:光阴流转中,曾经那份执着的喜欢到哪里去了呢?那可是往昔岁月里我心中的一份真实的喜欢啊!那曾经溶入我生命的一种深爱,竟让无情的岁月从心头抹去了,从此不再愿意与之共享时光了吗?

其实,那些曾经的恋念,只是当时心间的一种别样的情愫而已。后来,不知不觉间,它就被遗落在岁月里,让人痛惜,却无法重拾。

风中低语

风再起时,秋又深了一点。

暮色里,我裹紧风衣,竖起衣领,又一次把自己卷进深秋的风里。秋风掠起的一丝丝长发,仿佛在思绪的放逐中掀起一页页日历,不断地在一路的行走中以时光逆流的方式展开着。

那视野的尽头,隐约间,有谁舞动着红袖伫立着,以一种古典而辽远的深邃姿态,瞬间便给快节奏的生活摁下了暂停键。流动的街景与时间一并定住了,眼前呈现出一派古朴而悠远的韵致来。我放慢脚步,那些久违的景致便如画卷般一幅幅于眼前掠过:诸如红袖添香、秉烛夜读、围炉话雪之古典意韵,便默然从尘封的岁月与泛黄的典籍里缓步走来,让粗糙而忙碌的日子,顿感丰润起来。

兰波说"生活在别处",自有它的道理。

大多数时候,那些生活里坚硬的触角,每每以锐利之势撞击着异常脆弱的心灵。平庸生活中,过多的磕磕碰碰,不经意间就让自己变成了一个渴望远行的人。无数个静夜里也常反思:也许,那些曾经有过的失望与疲惫,缘于一种过分的坚持与执著。或许,对一切都不过于在意,才会更好地还原生活的本色,才得以轻松地不让挫败感久居其中。生活大抵都是如此。然而,一个总是在渴望远行的人,内心无论如何是快乐不起来的,至少有着对现实深深的失望在其中。

不如,在默然流逝的岁月中,渐渐地去培养对一些事物的眷恋,也许那才是更能让一颗心在浮世中得以安静下来的东西,逐渐让一些无关生命本质的叮叮当当的累赘渐渐地从视野中淡出,从而获得一种与万物优哉游哉的心境,然后,静观世态,以一颗过客的心。

也曾经,在那些落叶缤纷的秋日,去层林深处叩问上苍:人的本质中,什么才是区别开他人的地方?入世才人粲若花,我无法练就一支生花的妙笔,去写尽梅的傲骨、兰的品格、竹的气节。然而,此刻的我,忽略了一路的风景,只想去看看那些山野的菊花怎样自在放怀地开,去感受那份打小就驻于心的一份淡雅与自在。而后,我只想将曾经有过的感受唤起与激发,用溶入心灵底色的文字去书写,或者是用不着一色的水墨将之定格为永恒。

风渐起时,那些丛林中满地的落叶自在地飞舞着,阳光斑驳地洒落其中。在这个渐冷的秋日,阳光仍旧在无偿地温暖着万物,多愁善感的心头顷刻间,便柔软成了眼里的一汪湿润。万木都在以向上的态势极力生长,以期更好地争取阳光。可我,却不知道该以怎样的身姿,才能让秋阳的光芒温暖我心。

凝视着树之结痂,那些植物的生命中存留的斑斑疤痕,让我感觉到它们的坚韧与疼痛。

早年读过一句:有梦不觉人生寒。我在那些万物都沉睡的深更永夜里,沉浸于文字的丛林中,细细地品味着那些灵性的笔致与才情,而后,用心体会着一种"操千曲而后晓声,观千剑而后识器"的从容与淡定。

回望来路，那个视野尽头的古渡口让我仿佛置身于迷津。于这个日趋成熟的秋日，我茫然四顾，却不知荷载着一生梦想之舟该以怎样的姿态涉江而过。

空山夜雨

到达弥陀寺时，正值晚课时分。盛夏的太阳仍在头顶高悬着，而山里的暑气已渐退了几分。空山静寂，唯有晚课的钟声在山谷间回响。

对于一个朝山者来说，那嘹亮的梵唱、那从容有序的佛事以及钟鼓法器的繁复祥和所带来的整座大殿的虔诚，着实令人肃然起敬。在那一身青布僧衣、那份心平如镜里，凡俗的嘈杂已在心中远去。这里没有尘世中如烟一样的叹息与清愁，没有世俗里延续不止的纷争与倾轧，有的只是一种舍弃世俗名利之后，内心的大彻悟、大归隐与大宁静，抑或还有一种纯粹的、虔诚的信仰。

一个修行的道场便是一处精神的道场，清苦的僧侣生活，斋膳素食只求获得身体的给养，而精神的道场是足以喂养灵魂的。生命在静寂中流动，与青磬红鱼、青灯黄卷为伴，追求的是"出世不离世，入尘不染尘"的佛门境界，也是禅者对自我生命的最深体悟。这种体悟给人一种不同寻常的生命力，对于这种不同寻常的生命力，佛教的涅槃说该是最好的诠释了，这也是凡俗如我辈无法解读的吧。

香火缭绕中，那些善男信女如此虔诚地朝拜，是在寻求一种精神的寄托与慰藉吗？人世中有太多的愁苦，而佛教的精粹之一恰恰在于给予人们一种希冀和信念。

入夜，零星的雨点骤然而至。被夜风吹起的裙裾飘动着，清夜里，风中的裙裾和着款款低语，如同一种轻柔掠过心头。空山灵雨，浸润着几近干涸的心田，此时的心境便渐渐地舒坦起来。山寺的夜，给人以一种从未有过的从容与宁静。那"荷花妍碧水,明月醉清风",该是这静谧之夜的写照吧。然而这又是怎样一种难得的明月清风自在怀!那些不远处传来的流水叩击石头的声音,该称之为天籁了。于古刹钟声中、于静谧的夜色里,盛夏时分,竟让人感觉不到一丝酷暑的燥热,只有如洗的清凉在心头。

凌晨三时左右,静静的山谷便在钟鼓声中醒来。钟声悠扬而深厚,具有很强的穿透力,仿佛有一种直抵心灵的力量,又如一种始于生命之初的信仰。然而坚定的信仰常常是与心灵和肉体的痛苦相伴的。有求皆苦,可是不求,人之为人的意义又何在呢?寺院的高僧为了心中的一个信念付出了多少坚持,那些艰难的岁月"钵中油频断,佛前灯长明"里就写着多少执着与坚忍。

天刚一丝白亮,寺院已香火缭绕,那种空灵与静寂里,佛光中是否有一种默默无言的智慧和力量?佛光能启迪凡俗的智慧吗?所有的跋涉,只缘于一个向往,以朝圣者的虔诚,获得一次心之慰藉。那些跋涉中肢体的劳累与不适,尚需时日方可复原,而此时,心的源头之水却鲜活如初。

晨曦隐退了渐薄的夜色,头顶上染出一片明净的天空。于之后的时光中,看云淡风轻,看细水长流,看琐碎的日子怎样从指尖流过。

人生最好的储藏

前一阵子,在看周晓枫的专栏,好些天过去了,思绪仍停留在她的一篇十多年前的旧作《浮云旧事温柔》里。因为那种清新别致的艺术走笔,也因为那种在别离后把对故人的怀念当作人生最好的储藏的情感格调。在这个关于一场天涯别离的篇章里,仅那一句:"机场的阳台很大,好像必须如此,才能盛得住那些挥别的姿态",阅读中就感觉到相遇着这样一种文字,不知道多少人会与自己曾经的记忆撞了个满怀。

大凡写离愁,一直以来文人笔下鲜有柳永《雨霖铃》里那种兰舟泊柳岸、晓风加残月般的幽寂意境,大多着笔就让人感到一种离人心上秋的愁绪深浓,继而弥漫在整个篇幅里,化都化不开。然而,卓尔不群的周晓枫,只用一种淡极的笔调来言说内心隐隐的不舍,读着读着便悄然走进了内心。在她那送别的情绪里:"眼前机场夜晚明明灭灭的灯火,风里望去,都有些颤抖,像游走的灯笼被莽撞的孩童提着。小时候,一阵突然的风,常让孩子失手烧掉了手里的灯笼——情感如此不堪吹拂。"寥寥几笔,便把离愁写得如此凄清,也算是到了一种境界了。

一直以来喜欢着晓枫的文字,曾经在那些一个又一个的夜晚,把时间全部停留在她的书页上面,而后,合上书页遥想着带给我如此静谧而安详的阅读之夜的女子,会有怎样的一种容颜。也曾在《十月》杂志里看过她编辑的文章,但总觉得杂志的风格与她新锐的文字和行文的格调都没有太大的关联,而身处皇城脚下的那一方地理位置,对她而言或许也只是一种文化视野的拓展而已。与她文字风格有所关联的大概只有:来自生活积淀中的文化底蕴和生活历练后内心的淡定、从容与优雅。或许正是这些成就了她在散文创作中的那种独特的叙事视角和由此带来的一种让人仰视的文字的高度。

正如《浮云旧事温柔》的那一场送别里,她以细腻、优雅的文字,把那种沉静的生命体验带到了读者的面前:滚滚红尘,种种离别如许的表情中,我想象不出送别那个即将远走异国去追求一种精致而高尚的生活的男子——她最不能放手的亲人,那一刻的周晓枫有着怎样的怅然。当飞机就要把他带入另一方国土,而自己只能在原地无奈地眺望时,她只是如此真切地感到机场的每一盏灯下都罩着一个情感故事,可是那个属于她自己的故事呢,却是那样不堪重负,因为那里有着太多她从年少时一路走来的深浓情感。也不知道那个起风的夜里,是不是如眼前的秋夜这般,有一种雨落深秋的寒冷。只是,那磊落的行文中,道出的一种淡淡的却又几乎要溢出的惜别心绪,不用穿越任何情感的藩篱,就能触及我们的内心。

对方远走天涯,从此,满城璀璨的灯火、一切的繁华在她眼里都是有所残缺的,都不及她内心对一条小河的记忆来得丰盈。于是,她的时光常常回溯到那个十七岁,那个清简如一个句号的女子生涩而稚嫩的岁月。年少的时光里,被知识和教诲严密包围,一起在一个班里上课的他们却常常想着一些遥远的事情,也常常在河畔聊天,那水波、星月以及宁静让他们学会了思考,并以此来与平庸的生活对抗。然而,那么中意的一个人,曾经的两情相悦,都被时光的河流带走了。回到现实的空间,在那些对于天涯的倚望里,她仍旧常常感觉到自己回到了那条经常与他同去的小河边,自己躺在草地上,然后"看着一颗流星闪过,想着是谁就这样轻易地摘走了天堂的花朵",这样的回忆让人如此动容。一支小资的笔,于性灵温暖处写尽了人世间最为细微的感触。

尔后漫长的岁月里,一个人回望长长的来路,她总是寂静地怀想着走在满是灰尘里的那个深蓝的背影。彼此音信少了的时候,她也更多只是安详的想念,而不是亲切的问候。如此,总觉得她的情感格调,在十几年前的青葱岁月里就高出了世人许多。

或许,每个人的成长都是以疼痛为代价的。曾在网上看到有人说:时光是什么呢? 是一照面的青春,还是一闪回的爱情,抑或只不过是一个念头,在某一场梦中出现,又在一场梦中结束。而谁又能说人生不是南柯一梦呢? 或许,时光到了最后只是简约成了当时的一种感觉和记忆。

而那种感觉留给她的是,对他的情感永远不会发芽,也不会腐蚀,将是自己今生最好的储藏。的确,在这个音乐与噪声混杂的世界里,到了最后,那个怀念也只是一种生活的引领:"我举手向苍穹,并非一定要摘取到星月,我只需要这个向上的、永不臣服的生活姿态。"在多年后的各自生活里,她所有的怀想,只是用来换取一个姿态——一个在远方的岁月深处迎着她的永远向上的姿态。这样的情感与文字风格,丰厚而有意蕴,亦如后来看到的她的安静的容颜。

自此,在那个送别后的优雅转身里,所有的伤痛都隐去了,余下的只是一张安静的面容,然后回到平常的生活,没有潦草,亦不灰心,只是如大多数人一样,过着平凡的日子,"随遇而安地生活着,上班、下班。在遍布细刺的生活里,将自己磨得粗糙而平静"。然后,在从此的岁月里,让时空一点一滴地修改着自己。只是,于偶尔回想中,那种情感的记忆仍旧让她感到自己"是一只迟迟不忍飞去的蝉,留在树上是我的蝉蜕,我金黄而脆弱的过去依然在阳光里,温柔无比"。

周晓枫笔端的文字,那些成长与疼痛都是细细道来的,仿佛所有喜悦和哀愁经过时间的过滤后都只是淡淡的,如一缕清烟。到最后,那烟愁似的情绪,飘忽着,飘忽着,就悠然滴落进了读者的心里。

静夜莲开

流行乐坛的口水歌听多了,听觉便有点儿麻木。不经意间听到一首《繁星之夜》,朱桦荡气回肠的吟唱,着实让这个黄昏生色不少。一次次的循环播放中,于旋律的高音缭绕与低音回环里,仿佛音乐之手轻轻点向浮世中一种久违了的内在的表情。

《繁星之夜》,无论是背景音乐还是画面都有一种中西合璧的味道,很容易使人联想到凡·高的一幅画。在关乎情感与灵魂独白的音乐表达中,歌者用心演绎出的那种在时间的碎片里苦苦守候自我内心的坚持,让我想起了民国才女张爱玲的《倾城之恋》与英国女作家夏洛蒂·勃朗特的《简·爱》,想起文学、音乐、绘画等种种艺术作品中所表现出的人性深处情感的大同。历来,好的音乐与好的小说一样,都是使人感觉舒坦的东西,它们就像一幅名画一样,给人单纯得像呼吸一样的感觉。那份除却所有繁华与俗艳的纯粹,在稀有而低调的风格里放射出真实的人性光芒。

有着旷世才情的张爱玲,用经典的文字与高贵之心来写就《倾城之恋》。小说通过主人公范柳原与白流苏近乎带着对人生和爱情的绝望的相互计算的几个迂回辗转,透过人性的卑微与脆弱,最后以战乱时期香港一座城的陷落来成全他们的爱情。以传奇里倾国倾城之人的最圆满收场来诠释乱世中一对平凡的男女的爱情,这也算得上是张爱玲犀利而冷酷的笔调中的一点温意了。在负辱隐忍的旧式家庭里，很传统的小女子白流苏，终于走出了千年如一日的破落的封建之家，开始追求一种自己想要的生活，也算是给受尽了白府闲言碎语的自己的人生带来了一个莫大的安慰。

同样在西方，追求超俗精神生活的女子夏洛蒂，让瘦小、姿色平平的家庭教师简·爱，因为内在的精神气质，而使有身份有地位且很强势的罗切斯特对她产生了独特的吸引力。尔后，两人历尽世事变迁的艰辛，彼此仍旧产生了长久而强烈的心灵感应。夏洛蒂通过简·爱与罗切斯特的爱情，表现出了人类情感的深度和广度，让人领会到它的深沉和无比珍贵。

无论是十九世纪家境贫寒的英国女作家夏洛蒂，还是二十世纪最后的贵族张爱玲，笔下的人物，都有一种在时间的荒野里对自己认为值得等待的人和事表现出的一份认真的坚守。静静读来，仿佛文中一直"潜伏"着这样一句话："我们等待着自己的所爱，因为它们在。"然而，在俗世生活中，等待着自己喜欢的人和事，向来都是一件不容易的事情，其实，无论是《简·爱》还是《倾城之恋》，都明显带有作者自己的生活及认识的痕迹。我看过有关张爱玲的传记，也略知夏洛蒂的生平，或许正是因为作者自身情感经历的某种缺失和生命本质里那份固有的执着坚守，才赋予了作品一种非同寻常的生命力，这些经典的作品才能以一种真实的人性光芒而闪烁于文字的天空。

曾经在网上看到过关于张爱玲的评述："张爱玲是绽放在二十世纪四十年代上海沦陷区废墟上令人目眩的红罂粟，是民国时代的临水照花人，是苍凉悲情的最后贵族。"如此定义一个特定时期的旷世才女，我不知道是否贴切。只是记得很久以前，自己近乎痴迷地读着张爱玲的作品时，看到美籍华人评论家夏志清关于张爱玲的回忆，他将她视为平生所见"最高贵的女性"，"那一刻眼前浮现出的是一个遗世独立的女子，羁傲的个性里依旧有着一种贵族血统的冷艳。"后来，我又看到关于她的传记里如此描述："她穿着旗袍，生活的艰难已经把她折磨得很瘦，但无论谈吐还是举止，她的气质依然极其高贵。"此时，我心头便生出一种深切的悲悯来，这种悲悯不是对张爱玲自身而言的,而是关乎其人生的际遇与宿命。就张爱玲本身而言,仅以文字,便足以傲然于世了。如此不落尘缘的一个张爱玲,遇上了生命中的胡兰成,也曾经有过"桐花万里路,连朝语不息"的一路言笑与喜悦。然而,向往"愿使岁月静好,现世安稳"的张爱玲,终究没有得到胡给予她的安稳,让人无限感慨于她那种由绚丽归于平淡然后变得寂灭的人生。

  夏洛蒂在大好韶华里便走到了人生的尽头。在三十九年的生命历程中,她也曾在就读于布鲁塞尔时,单相思地爱着具有非凡学识的法语教授黑格尔。黑格尔虽然对其品格给予了很高的赞誉,并且激励她进行文学创作,但这离冲破家庭社会的藩篱与一个学生恋爱,还有极为遥远的距离。在无数封毫无回应的书信里,在那种情感的绝望与煎熬后,长期忍受的痛苦终于帮助夏洛蒂的灵魂升华。在流传于世的《简·爱》中,历经千辛万苦的简·爱,终于用婚姻的形式成就了爱情,而夏洛蒂也终于与自己的"罗切斯特"结合了,得到了自己想要的爱情。纯净的小女子简·爱得以轻松地走进每一个读者的心里,也许这种虚幻却真实的爱情,比起现实中的种种不尽如人意的情感更具震撼力。

  前一阵子,偶然在一个现代流行女子节目中听到谈及现代爱情的一些观点。节目中说,现代女子的一种最理想的人生状态是:"睡在一个男人身边,到过许多地方。"浮世中,如此朴素的爱情观,不啻为一个女子在情感上最为原始、内在的表露。把它放在十九世纪英国的简·爱身上再恰当不过了,那是生性纯良而倔强,内心执着而坚定的简·爱对于自己情感的终极追求。把它移到二十世纪三四十年代的白流苏身上同样是适用的,身为一个破落的大户人家的小姐,她骨子里何尝不是隐隐地渴盼着一份唯美的爱情。然而,结过一次婚的她,当生命中难得合意的范柳原出现时就只好初嫁从亲,再嫁从身了。人若微尘的悲苦世间,人生太多的变故哪里由得她选择。好在有了大手笔的张爱玲,以战时香港一座城的陷落来成全她内心一直小心翼翼向往的爱情。终于在对的时间、对的环境里,得到了自己所爱。

粗糙而琐碎的生活中，幸而有高于平庸生活的艺术作品的观照，那份高深玄妙，虽然需仰视方可见，但艺术的灵光早已照亮俗世的心灵。不管是朱桦《繁星之夜》里的星空下有着淡淡忧愁、飘洒着漫天思念的女子，还是夏洛蒂笔下个性坚定的简·爱，抑或只是一个从破落的大户人家里走出来的最善于低头的白流苏，都一样让人感觉出一种历尽生活磨难后内心的坚守。这种历经岁月沉淀后骨子里的尊严高贵胜却世间无数的繁华与俗艳。

张岱的西湖

曾在"女声时代"丛书中看到这样的描述：酒吧和绯闻越来越多，朋友越来越少；睡眠和裙子越来越短，寂寞越来越长。无聊不请自到，爱情时常缺席。此中遗憾，就如张岱评西湖：有古刹无高僧，有红粉无佳人，再丰饶的人间市井，没有情感为素材，也是骨子里的荒芜。

大多数时候，我们忙碌的心，也许早已死在这个日渐丰饶的人间市井、这个最繁花锦簇的时刻，不再感动。在这个欲望不断繁衍、情味却日渐淡薄的当下，那些阳光下的风景和爱情，或许早已成为一抹过往的回忆。

岁月漫长而浮泛，我们的身体，这个灵魂的载体，在光阴的流转里一天天地缩着水，时代的浮华仓促中，是谁，让我们在意那一秒又一秒老去的时光。

浮世中的情感，大多浮光掠影般让人质疑。而人生里一些有质感的东西是必须慢慢到来才让人感到妥帖的，因为了解一件事物和认识一个人，同样需要时间成本。

见惯了太多的分分合合，心里头还是有一种古典的情结，喜欢鸿蒙凡世、秋水长天的永远，喜欢激情过后的宁静岁月、平淡而温暖的琐碎生活，也能照映出彼此身上一种深沉而内敛的光华。因而,我执着于一种历经岁月的懂得,即使在一起沉默不语,也能心系彼此,共度余生。

曾在网上看到这样的文字:人生有太多的不可预见/遇见一个人/又丢失一段回忆/忘记一个人/又收获一些心情/但是/终有一天/也许会完满的/只是需要等待。

只是,我不知道这样的文字里,有没有一种温度,在当下,抑或是可以预见的将来。

那一抹粉红

对于色彩,我向来不太喜欢太过浓烈的,而遇着浅绿、桃红、淡紫等颜色,却有一份乍然相见的欣喜。当桃花密密匝匝地灿烂于乡间的房前屋后时,那一抹淡雅的粉色,的确很符合我对于颜色的喜好。

自幼我便喜欢早春的一切颜色,总觉得置身于那份浅青与淡雅里,便能让人渐渐地稀释和缓解一些生活带来的化不开的浓稠。

因而在早春,一直以来对个体生命感兴趣的我,总喜欢独自去郊外踏青。多年前的一个早春,我又一次忍不住去乡间,看梨花怎样素洁淡雅地开满枝头,看桃花如何妖娆地把眼前的天空染成一抹粉色。

如今,大多数时候,匆忙间,自然的景色日渐在我们的视野里淡出,而那些桃花盛放的早春,也就成了深埋心底的记忆。在那些暮色渐浓的黄昏,感觉自己像一个怀旧的老人,喜欢沏一壶绿茶,打开一盏夜灯,让白日纷扰的一切人与事,暂且隐去,只是觉得独自静静地喝茶就已很好。

然而,清茶几许,人生百味。说到人生百味,就似乎感到它太过沉重了。因而,更多时候,我喜欢在淡淡的音乐声中细品清茶:这时的音乐,该是那种轻得像要断了弦的,在那份似有若无里,心,便渐渐地静下来,静下来,而此刻的心静之处,就是最好的茶室。

之后的日子里,于一年又一年的桃花飘落时节,我偶尔也会找个时间再一次去郊外,在桃花的一次次辗转坠落中,用心去细细感觉花瓣飘落时的那种流畅而灵动的意蕴之美。

接下来的人生里,只想在乡间桃花密密匝匝地灿烂的那一抹粉色里,许一个微笑给自己,淡化生活中的不如意,然后,坐在落日的最深处,等待最初的开始。

娴 静 时 光

较之一种过分的热闹,我更在意的是一份娴静的时光。因而,更多的时候,我喜欢在一种自然而自如的心境下,去重获一份心灵的适意。

比如,在某个冬日的早晨,睡到自然醒后,仍旧慵懒地赖在被窝里。阳光,从窗帘的缝隙中斜斜地射进来,就这样悠闲地让自己在阳光的轻尘里,看时光自在地飞舞,看世事静静地流变。而帘外,那大片大片的冬阳,仿若是可以任我蹉跎的大把光阴,这个冬日的清晨,在如歌慢板的节奏中,让我心里很是享受。

又比如,在某个黄昏的暮色里,把自然界的花草小心地移植到阳台上,然后,在闲暇时用小镘头细心地莳弄它们,于花草的自然开谢中,去感知四时的更替。或者,下班后,手捧一杯清茶踱到阳台,与晚霞和夕阳一同静待时光过境,然后,端坐于客厅,让自己在班得瑞那一尘不染的流水一般的音乐声中温柔地沉沦。

或者,在某个双休日,去到旷野中,单纯地感受一下风的呼啸与雨的淋漓。然后,在最原始的风景中,聆听着一种自然的声音。甚至,不需要成行的理由,就那么不经意地去到一个郊外,此时的心中,也许早已无关风景。只是很偶然地于自然山水中、于孤寂的旷野里,体会着庄子的"天地与我并生,而万物与我为一"的那份悠然自得。

又或者,在某个雨夜,静静地读上一本书。于那种囊括了时空的墨香中、于那些一动不动地停在纸上的文字里,看一些仁人志士一脸鲜活地从历史的烟云中走来,为我们留下了一个又一个时代的足音。然后,合上书本,拂去历史的轻尘掩卷而思,心中感念着:那些让人永远看不够的还是回头的风景。

也喜欢,那些书香伴月光的静夜。月凉如水中,万物都睡去了,自己就那么静静地伏在月光流泻的窗台上,任由思绪纷飞,想着一些远远近近的事儿。继而,就在这样的深更永夜里,于无声处从容落笔,书写下一些属于意境范畴的文字。

更多的时候,我喜欢静静地坐上片刻,什么也不用做什么也不用想,就那么单纯地坐着,沉默着不说话,很适合彼时的心境。大多数时候,我总觉得,语言是最苍白无力的东西,适时地沉默在我心里往往胜过任何言说。一些场面上的语言,因为言不由衷的华丽而充满了虚情假意,让人觉得在语言越来越丰富的今天,交流却越来越困难。因而,在非得用语言去表达什么的前提下,我只崇尚一种简单的言说。

较之话语,有时候一曲动感的音乐,或是一幅静态的画作,对我来说,都是一种更好的言说与表达。它们更像一种不可或缺的语言,以空灵的激越或者恬畅流泻的方式表达着或者超越着一种生活的常态。因而,我更愿去在意这些属于另一种形式的阅读与倾听。

这种闲暇中的独处,足以让我不流于表象地从心底去认定并遵循一些关乎生命本质的东西,避开一些看似热闹的虚无。因而,大多数时候,我骨子里在意的是,这份无关心志却可以安静地做自己的宁静时光。

比 如 百 合

有一种花开,比如百合,花期过后,存留淡淡的余香。

百合,算不上漂亮的花。只因那细细长长的花朵,简单素雅中透出一种高贵的羞涩,仿若一个有着细瓷般气质的女子,见之让人忘俗。

自小,我便喜欢那生长在屋后山坡上的小百合,总觉得一株株小百合迎风低头的模样,像极了邻班那个不多言语的小女生。她那张笑意盈盈的脸,总是盛满着喜气,仿若后山上的小百合花,娴静而典雅地开满了校园。

有时,课间偶尔瞧见她静静地立于操场边,那一脸的平和与安静,便像一束干净的阳光斜斜地照过来,足以让人顿生怜爱之心。因而,女生们有空总爱多打量她几眼,小男生则调皮地合伙送给她一个小雅号——小百合。

就连那些平日里喜欢起哄的小男生,远远地看着她细步走来了,也仅是悄悄地瞟上一眼,然后便装作若无其事低头走路,不敢直视,更不敢有任何冒犯造次之心。

或许,那些与她擦肩而过的小淘气们,暗地里也会懊恼小半天。只是,在下一次遇见时,那些心中的懊恼又全然忘记了。那种单纯的喜爱,让人心里也很是享受吧。他们的心理,那时作为小女生的我们不得而知,只是在我们的心里,很是艳羡与慨叹小百合的那种漂亮了。

后来长大些,求学于外地。读着贾平凹《关于女人》的禅思美文才知道,其实,一个有态的女子,那种举手投足间所散发出来的东西,不单单是漂亮就能涵盖得了的,它是一种有韵的东西,属于气质范畴。也许,它根本就与漂亮无关。

而那时的我们,不懂得美丽是一种内涵、漂亮仅是就外表而言的简单道理。那时生长在小村里的我们,觉得一个人好看,就说她(他)很漂亮,因为有那个素洁的脸上终日透出安静与喜悦来的小百合做参照。后来想想,即便儿时对于美的最初的定义不太确切,也终究不会离心生好感的本质相去甚远了。

终究说来,人之美态,亦如花之姿容,或雅而不俗或大雅大俗。那么,一个百合般的女子,该有着一种典雅之姿了。也许,她并不妩媚,也没能给人惊鸿一瞥的感觉,但举手投足间透着一种知性美,就不由得让人在打量她的时候也多了一份尊重与欣赏。即便没有外在的炫目,也有内在的丰盈。含蓄内敛的本质里,透出的是一种单纯的自信与娴静的美。

台湾诗人痖弦说过:真正的美人,有着闻过书香的鼻,吟过唐诗的嘴,看过字画的眼,这是最古典也是最经典的女人。这种绝不仅仅流于外表的稀有魅力,就像生活中一种需要慢慢渗透的艺术,经得起岁月的打磨。

更多的时候,我喜欢不动声色地从心底去认定和珍视一样东西。比如心灵的温暖、比如善良与智慧。而对于以花喻人,心底总认为,生为女子,以花喻之,该若百合。

辑三：行走、山水

慢 生 活

> 那些行走于山水之间的时日，会有怎样的一种清风明月自在怀啊？它让你的脚步慢下来，灵魂跟上。
>
> ——题记

曾几何时，总想放慢脚步，让生活的节奏慢下来、再慢下来，去静静地体会一种静水深流般的日子，去感受一种慢生活所带来的舒缓与从容。

中秋节过后，应地方文联的邀约去地处罗坪、杨洲的养生山庄，初衷是赏乡间十六圆月、品农家绿色菜肴。而去了之后，更让我在意的却是那一处远离尘嚣的生态胜地，那是一个让人放下红尘俗务，能静静地发发呆的所在。

在一种清静如许、缓慢如许的乡村别样情怀里，我放慢脚步，于山间秀美的风景里，细细地体会田园牧歌式的诗意栖居，唤醒沉睡的灵魂。

在如今多元化的生活里，重新体验两天的山村生活，让自小在乡村长大的我，仿佛又回到了精神的原乡。我对于乡间的一草一木，仿佛都有着与生俱来的感情，在行走与思考间，都有一种除却杂杂芜芜的生活之外的宁静与自在。

上午时分，我们抵达这个静静的小村，那些被岁月淡忘的记忆，仿佛都回来了。而我的那一段诞生和成长于泥土的牧歌岁月，此刻，也成了心中一种遥远而真切的怀念。

正午过后,整个小村安静了下来,好像时间都静止了。在这样的版图上,仿佛一切美学的意象都可以用心灵去架构。

这个静静的午后,用心领略着秋景之妙,它不在于叶,也不在于花,仿佛就在于眼前的所感所触。静静的村落,没有了城里的人声鼎沸、车马喧嚣,而那天的午觉,也是多年来睡得最安稳与踏实的,一觉睡到自然醒,仿佛让人感觉不到时间的存在。往日里鸡鸣犬吠的村落,或许是人烟稀少的缘故,午间歇息下来,也只给人一种静得空旷寥落的感觉。

如今村里的年轻人,都在外打拼或者设计着自己的未来,而那份走出村庄的潇洒,大体上也是离开世俗约束的一种生命自由度吧。不过,看着村里的老人能不受打扰地缓慢生活着,你也会感到那份颐养天年的大自在,觉得那也是岁月对其一生辛劳的奖赏。你会觉得,原来,慢也是一种修为。

秋夜,张家湾长者的讲述不仅仅是挖掘一种山里的文化与传说,同时也让人感到了他们的祖先为了躲避战乱而迁徙的那份艰辛与不易。那些讲述,不时让人进入一种先民居住的环境,回到一种初始的生活状态。最为难得的是,这些历经岁月的东西,经讲述者表达出来后,依然是那种终日躬耕者所历经世事的从容、达观与平和。

次日,我们来到七里坑,这里少了一些乡村别墅群样的建筑,大多是建于二十世纪八十年代的房子,大概是为了打造养生山庄集群,此处的民居大多以李白家、杜甫家、白居易家命名。走进这样的农家小院,看着这些字样,很容易就让人想起欧阳修、王安石、曾巩这些古代士大夫。古朴淡然的村落,也仿佛让你从碌碌红尘之中暂时回到了远古,找回了一种失落的宁静。只是,不知道原生态的山与水间,少了来此感受慢生活的游人的脚步,乡村会不会越来越空旷与寂寞。

眼下的村庄,是更适合养生的。养,有静养与动养之分,此处的养生山庄,有一种得天独厚的科学生物链,因而定位为生态养生。听此处的人讲,以后还会与养生学家对接,以食养为主,为游客提供更好的农家绿色菜肴。难怪眼下那一拨又一拨成群结队的省城游客或者周边县市的游客来到此地,大包小包塞满了板笋、蜂蜜等土特产,并且说好下次多帮他们留一点,明年会再来。

村子边上有一处特别的风景,由溪流和瀑布组成。仲秋过后,下到山涧的溪水里,还能感到一种冰浸般的凉意。从后来在溪边戏水的照片看来,一行人涉水慢行,却笑得那样开怀,有一种身在清流的出尘格调。上得岸来,恰巧有人家在摘板栗,游人便径自参与其中,大家纷纷摇落树上的板栗,然后赶紧尝尝,惬意地体验着一份来自大自然的秋天的馈赠。而那一顿在露天里享用的晚饭,大伙儿在一起吃着那些绿色的生态菜肴,在米汤和薯丝饭里细细回味着那些岁月中的典藏。上一次这样的场景,记不清又是多少年前的事了。

晚饭后,大家一起看暮色中的景致,远山、近水间的那一轮落日,看起来多像是一首纯净的小诗,仿佛可以让你就此安顿此心。

当夜的幕布慢慢拉拢,当语言终止的时候,乡村蛙声虫鸣的音乐就开始了。伴着乡村和谐的合奏曲,睡梦也变得香甜了。晚上起来看山里的月亮,感觉有一种能让人沉下心来的素净优雅,白天秋韵里的那份成熟、娴静之美就那么经久地在心头不断升华着。这是怎样的一种清风明月自在怀。

两天的农庄小憩,很容易就让人记住七里坑、申家坪、仓下与张家湾。因为,行走其间,它让你的脚步慢下来,灵魂跟上。

瓷都印象

走进千年瓷都,随处可见其由瓷写就的历史。一抬眼,满满的都是陶瓷味。

车行其间,匆匆掠过的那一排排店铺大多出售各种瓷器。入住酒店的大堂、过道与走廊,随处可见瓷器的展示与陈设,就连路灯和垃圾箱也全是陶瓷制作的。

这座因为一项手工艺而活色生香了千年的小城,处处散发着瓷器的味道,它随着四方慕名而来的游客的日渐增多而日趋国际化。

去景德镇的那几日,你会有一种错觉:仿佛一夜之间,梦回宋朝。

也许,当年宋真宗皇帝太爱瓷,在接过由高岭土烧制而成的皇家供品的那一刻,便决定将自己的年号"景德"赐予它。

于是,景德镇迎来新生。于是,便有了宋代的六大窑系。于是,制瓷工艺日渐精进。

在中国的古老神话里,女娲用泥土造人,孕育了华夏民族,景德镇却以瓷器造了"China"。后来,这里的瓷器大量出口欧洲。时至今日,景德镇仍旧展现出一种"工匠八方来,器成天下走"的包容与气度。

据史料记载:该地陶瓷始于汉,盛于宋,明、清两朝在此设立御窑,并派督陶官坐镇,监造宫廷用瓷。因此,这里留下了明清两代大量珍贵文物。

就陶瓷而言,我对工艺品的喜爱程度远远大于生活用瓷。这或许是天性使然,或许缘于骨子里的那一点小文艺。

去之前,本打算先去距市区有点远的瑶里古镇,好好做一次陶,感受一下亲近瓷土的生活。

可来到景德镇,首站却误打误撞地去了陶溪川。不过,这也是一个能让内心平静的好地方。

第一眼见到大门右侧的川流与"瀑布",便觉得它们极具一种韵味之美。

"瀑布"于几米见方的瓷板墙上方倾泻而下,让中英文并写的"陶溪川"显得灵动而清新,给人一种一陶一瓷,百溪之水,汇聚成川之感。

而前方,一排排红砖瓦房,仿佛吐尽历史沧桑。高高耸立的烟囱、老厂房墙上的旧标语仍旧依稀可见。走走停停间,在千年瓷都的文化底蕴与百年陶瓷工业遗产中穿行,在历史与现代、传统与时尚间穿越,你会在不经意间,就有一种时空交错之感。

驻足于由二十世纪七十年代建筑改装的手工作坊前,我们询问这里是否可以体验一下手工做陶,老板娘模样的女人回答,这里只出售陶瓷手工制品,要体验手工做陶得去离这儿有点远的三宝。看着这个名为"手工作坊"的小店,心头不免有一点点遗憾。然而,这里的手工制品,的确值得游客的脚步为此停留。

那一日,巧遇一场中·韩·日陶艺小品展。我随着观展的游客一起走进朴陶廊工作室,一边很新奇地观赏着一件件陶艺作品,一边也云里雾里、似懂非懂地听着讲解员介绍韩国的彩釉、日本的流釉与中国陶瓷文化的异同。

整个陶溪川走下来,不管是动漫梦工厂、成都印象、猫屎咖啡,还是功夫小瓷、香天下火锅、陶瓷3D打印体验中心,都静静地呈现出一种对品质的追求和对生活方式的诠释。随意一个角落,都能让你体验艺术的优雅。

那一刻,我们忘却了十一月那几日降温的冷,也忘记了饿,细细地打量着一件件陶器,欣喜地走过一间又一间艺术工作室。我们感觉眼前的老厂房和新元素,不管是在历史与现实之间,还是在新与旧之间,皆可以满足你的一切文艺之心。

一路上,我很喜欢"禅意生活""山木溪""青花故事"等很文艺的小店,便用手机从不同的角度把它定格在了镜头里。

走出创意区,远远地见有游客在长满青藤的红砖墙下摆着各种pose留影,感觉那一个个姿势与眼前的景致,真是太搭了。即便是动态的腾空而跃,拍出来也给人一种静谧。我们也不妨在此地借景,拍了几张。

后来,翻看那些照片,感觉每一张神情都是那样愉悦。忽然好喜欢那一刻的自己,感觉那里能让灵魂得到释放与喘息,有一种难得的自在欢愉。

一点多钟的时候,我们想起还没吃午饭,便匆匆找了一家小店,点了一些羊肉来驱寒。然而,那个羊肉膻味实在太重,我们笑称:这多半是公羊,而且是来自新疆的大肥羊。即便如此,在互相劝菜的情意中,在又饿又冷的那个中午,那羊肉吃起来仍觉很美味。

下一站是国贸陶瓷广场。这里是景德镇陶瓷批发零售中心,经营中低档陶瓷,也有大路货。

起初,我也没打算买瓷器,只是陪一起来的朋友逛逛。

在这个陶与瓷的云集之地,那些或日常或工艺的瓷器,在我们眼里可都是易碎品,尤其是那些标价甚高的瓷器,我们十二分小心地轻拿轻放着,生怕一不小心把它给弄坏了。同伴间相互打趣道:"这个瓷可碰不得,若是碰了,那可就轻易走不出店了。"

商家看到有人进店,便热情地拿起瓷器相互轻轻敲击着,给我们展示、推介产品,顺便也教你听发出的声音是否清脆、响亮、悦耳。此外,他们还教我们如何将瓷器放在较强的灯光下或阳光下观察,看看有无细痕以及如何识别哪些是上品。

去之前,我对瓷器一无所知,而同行的朋友们倒是略懂一二。大伙一家家店铺走过,爱不释手的还是青花玲珑瓷碗——一种很好的釉下彩。

这种青花镂雕艺术的特色餐具,釉中有釉,花里有花。拿在手上一瞧,灵巧、剔透,特别高雅秀洁,既古朴又清新,着实有一种静气在其中。只是价格昂贵,我们此行没有买下。

一路走来,那些别具样式的陶瓷商品风格、价位都不同。有一家叫"乐艺"的小店,整个风格像艺术工厂,店主刚大学毕业,是个有点灵气且和善的女孩。她介绍说,店里的小商品大多由她亲手制作,大家随便看。我们慢慢欣赏着,有感觉和眼缘的时候,便买下一两件小物品。

来了景德镇,古窑是不能不去的。正所谓"北看故宫,南看古窑",它是景德镇陶瓷文化的浓缩之处,有明、清瓷业建筑,而且这里再现了古代手工制瓷工艺的全过程。

第二天,我们沿着由修竹与碎瓷装饰两旁的小路,来到古窑。

在手工作坊里,我们静静地看着制作陶瓷的一道道工序,感觉:世以景陶为贵,然而"世间万事出艰辛"。

古窑里,老手工艺人在传授着渐渐消失的手艺。我们来到制坯的老艺人身旁,感受着陶器成型的第一道工序。据导游说,眼前的老艺人把手艺传给了自己的孙子,但孙子目前仍旧无法超越他。

也是,老人用一辈子专一做一道工序,才能做到极致。而人心浮躁的当下,又有几人能静心地去好好做一件事情呢?

去景德镇,还有一件不可错过的小事,便是去逛逛夜色下的步行街。

或许,来到这里你会有小小的失望,但也至少填补了没去过这条"十里古街"的空白。人称这里为明清建筑特色的古街,然而,夜晚散步其间的我们,感觉此处却不像别的城市的步行街般热闹。

稀稀拉拉的脚步里,建新如旧的房舍表面古色古香,其实里面卖的也大多是现代服饰的大杂烩。总感觉,这里的服饰没有与瓷都的文化相结合,也谈不上特色。因而,脚步也不再流连。一半以上的店铺会使用高音喇叭揽客,反倒使街道愈加冷清。

不过,夜色里,看一看人民广场西侧的十尊铜雕以及昌江大桥上的制瓷七十二道工序的雕塑,倒是意外的收获。

逗留的两天,好想去一去陶艺街,感受一下学院派的艺术陶瓷以及生活用瓷里的艺术性;也好想去三宝陶艺村,近距离接触艺术家的生活,感受创作与生活相结合的氛围。皆因一场雨的不期而至,只好一一作罢。我们便自己安慰自己说:"留点遗憾吧,给下一次去瓷都一个念想和由头!"

飘着细雨的归程里,总是想起之前看到的有关三宝陶艺村的描述:在这里,大家把艺术当成一个实验,也把生活当成了一个实验。关心文化,关心理想,关心市场,关心房租,日常生活闪烁着诗意的光芒,也裹挟着俗世的尘斑。这里既是一个文艺化与国际化开放的主场,也是充满了人间烟火味的江湖。

那个亦俗亦雅的瓷的江湖,令人心生向往。

云上的日子——杭州之行

去杭州的那几日,我把它视为云上的日子。

近些年来,由于一些琐事的困扰,我总觉得日子繁复而沉重,每每总感到:生活中那些过于锐利的一面,如若要写下个一言半句,怕是要划破自己的手与心。因而,大多数时候,我选择一再忽略之。

幸而,恼人的日子里,有书为伴。偶尔,沉入书本,去读一些温暖而有亮度的文字,便觉唯有如此,才能温润一下粗糙的时日。如是,我视那一抹文字的微光,为当下生活的一种缓和剂,让它带给我生命一种亮色。

十二月间来到杭州,亦是缘于文字,因行业纸媒的年会。

为了提早几个小时抵达,那一日,我起了个大早,清晨四点多便睡眼蒙眬地在闹钟的催促下起来,睁眼望向窗外,也未见半点晨曦和曙光。无奈,为赶时间,只得在万物将醒未醒之际匆匆上路,搭乘汽车直奔火车站。

一路上,冬日里的阵阵寒意袭来,仿佛汽车的玻璃窗四处透风。我裹紧衣领,拿出披巾抵御寒冷。紧赶慢赶地到达西站,才六点多。然后,十点多到达杭州。报到后,一看时间尚早、时间充裕,就打算好好地去周边走走。

途经的那些建筑风格独特,沿途的风景也不错,的确值得好好看看。于是,我便连午休也省略掉了,冬日的午后,独自悠然地循着南山路、西湖边漫步了。

偷得浮生半日闲,一个人独步于此,便有一种摆脱纷纷扰扰的岁月的难得一见的清静。归去时,回望落日余晖下天地间那一派自在与静美,感到一种时光的缓慢、从容与宁静。

那一日,我对西湖有一种"独自宁静,回以馨香"的感觉。正如第二天的会议上,来自上海的吴大姐的发言里所说,西湖的周围,处处有历史,步步有文化,与会的人员,大多有一种文化情结,都很有情怀。大家有空去走走,便可以有各自诸多的感受。她说:"杭州是一座温馨的城市,生活嘛,温馨很重要!西湖边上,有书屋也有画室、咖啡馆,随便走一走,便有一种文化的气息扑面而来。"当那上海腔的普通话,微笑着说到这里时,我感到她的笑容温暖又从容。那一刻,即便是初来乍到,大家也可以于想象中,于一种舒缓、从容里,细细品味这座温馨的城市。

的确,在这个过于物质的世界,行走在南山路,满眼都是艺术。不论是展览馆还是书店,都让人感到从未有过的宁静。你会觉得,这样的场合,只适合轻声缓行,否则,心中就会有一丝打扰了它的清静的歉意。

远远望去,那些艺术学院走出的女子,相貌亦知性而美丽。偶尔有一两个手里拿着书或画笔,给人感觉总是带有那么一点远离浮华俗世的文艺范。

细看那些夕阳下拥书而立的女子,她们在这个浮华俗世里也有着属于自己的丰盛。她们的衣着时尚而不刻意,却又让人觉得此间的风景,就是她们的服饰。她们的心里是不必忧虑繁华落尽的,在那些自信的面容里,或许,也会读到爱情。不过,那也是一种能丰富自己的非常自足的情感。

或许,她们都深深地懂得想让自己优雅,先得让自己深刻起来。行走于此,你不由得从内心发出感慨:在这个物欲横流的当下,是她们,让世界在沉沦中上升!那一刻,我多么渴望能做一个生活在当下这座城市的女子啊,即便,每日粗茶淡饭地过着,也会因一座城的内蕴,丰厚而有滋有味吧。

不单是中国美术学院民俗艺术博物馆,就连街边的店铺,也是游走于时尚与文艺之间的。行走于此,你会感慨:品位是需要物质来实现的,但物质上的东西离真正的品位还有很远的一段距离。品位是一个人日积月累沉淀下来的对生活的态度。

在此之前,我曾在不同的季节去过西湖,唯有冬日这一页尚属空白。

次日清晨醒来,时间尚早,而西湖就在不远的一千米处,于是,在清晨的薄雾里,我再次来到西湖。静悄悄的早晨,沿湖的周边,除了几个晨练者,几乎没有行人。我静静地在苏堤上坐了一小会儿,朝雷峰塔方向望去,晨光里,那个让人感慨千年的故事隐去了,满目唯有一派难得的闲情逸致。

的确,不管你来与不来,杭州就在那里,西湖也在那里。或许,正因为西湖的润泽,这座有着文化与历史的城市,才能从容、舒缓地在悄无声息的流年光影里雕刻着岁月的容颜。

离开的头一天日暮,我与同行的女孩又一次来到西湖边。同行的女孩颜值很高,且善良、温暖,大家都很喜欢她。这样一个女孩,带给人一种阳光的味道,那种朝气会感染身边的人,让人心情愉悦。

此时,穿过如织的游人,我俩如一幅静态画般坐在人声鼎沸的路边发呆,仿若静待人生里要你定夺的那份尘埃落定。女孩开玩笑地说了一句:"在你的身上,我看到了一种与年龄不相称的美,那是一种若隐若现的少女气质。"的确,有的人,即便走过了漫长的人生岁月,年岁渐长,身上仍旧有一种少女气质。可是,我有吗?权当是一句哄我开心的善意的谎言而笑纳吧。不过,那一刻,感觉到自己好像重新轻灵了起来,所有过往的青葱岁月又重回眼前。

回到住处,翻开此次杭州之行的照片,这几日的我,仿佛不曾有岁月的风霜浸染,容颜里仍旧可以寻见那个年少时的影子,让我很是爱惜眼前的这个自己。

我曾在多年前,遥想过自己今天的样子。然而,等到真的走进今天这个年岁,才发现并没有之前遥想的那么沧桑。某一部分的我,始终天真如昨,觉得生活仍有梦想,人生还有可能。

回程的列车上,视野里的杭州渐行渐远。我打开微信朋友圈,得知与会人员大多已踏上归途。其间,看到一女子写道:"再见,美丽的城市,不紧不慢的市民,熙熙攘攘的游客,淡定从容的景色,还有我们亲切和蔼的大家。"这种真实而随性的文字里,那一句"淡定从容的景色",是那般契合我当下的感怀。

然而,所有美好的相逢,注定要离别。短暂的相聚后,一行人随即又匆匆地行走在各自为生活打拼的路上。一路言笑,也一路风雨。此去经年,有的人,只要看一眼,心里便充满了寂静的欢喜,也足以温暖以后漫长而浮泛的时日了。

成 都 之 行

九月的末梢,我终于来了一次川蜀之行。一路行走于锦里、宽窄巷、九寨沟以及羌族古城,几天的行程,几乎穿越了大半个四川。

出发前,同事曾调侃:"去四川,你一定要去成都,因为它是一个慢生活的地方,非常适合你。"的确,去过之后,我才感知:成都,真的是一座去了就不想离开的城市,以至回来后,总幻想着哪天若是中了大奖,就去成都买套房子定居下来,好好去过一过那种慢生活。

行走在成都,让人印象深刻的首先便是茶馆。不管是锦里还是宽窄巷,那随处可见的茶馆,也正是这座城市悠闲气质的最好体现。

在锦里,一整条仿古商业街最能体现成都民俗。这条著名的明清建筑步行街,也是成都的标志性景点之一。在这里,你可以欣赏捏泥人、摆糖画的手艺,逛逛极富三国特色的皮影戏店、筷子店等,可以到永远人头攒动的"好吃街"品尝四川名吃,还可以在茶楼、咖啡馆、酒吧、客栈等随时落座。

而那些挂满红灯笼的露天茶馆,则是成都人气最旺的景点之一了。黄昏时分,锦里会亮起灯,颇有韵味。穿行于锦里,一个个旅人都将匆匆的脚步渐渐地慢下来,在一家家茶馆前,找时间闲闲地坐下来,慢慢地喝一喝茶,享受一下慢生活。或许,这就是成都人常挂在嘴边的好"巴适"吧?

的确,有多"巴适"就有多舒服。

然而,一座城,能让居住的人感到"巴适",这也体现了它的生活节奏保持在一个极为人性化的速度上。行走于宽窄巷子,已近黄昏,不见高低起落急匆匆的步子,只有悠闲的脚步慢慢地踱着,恰好静享成都的慢时光。

一直很好奇,宽窄巷子是不是由又宽又窄的巷子组合而成的！其实,并不是！它是由宽巷子、窄巷子和井巷子三条平行排列的城市老式街道及之间的四合院群落组成。行走其间,哪知道这是成都遗留下来的较成规模的清朝古街道？这里是号称"最成都"的地方,也是游客流连之处。特色的民族餐饮、休闲茶馆、西式餐饮、文化艺术应有尽有,让你忘了时间,久久地徜徉其中。

行走在这样一个让时间慢下来的"休闲之都",不知不觉就到了傍晚时分。行至一火锅店前,一行人兴致很高地相邀着一起去吃火锅。那日,初次品尝到了四川火锅,它菜式多样、调味多变、麻辣鲜香,竟让平常很不愿吃火锅的我,顿觉胃口大开。

如此的川蜀之地,的确很符合我一直以来的想象。多少回渴望去,却由于种种原因,一直未能成行。而那个天府之国,只是在时间的静候里,不断地延伸为一种久远的向往与想象。直到当下这一刻,真真切切地品尝着四川火锅。

闲适的生活节奏,是这座城市的名片。只有亲身感受了,才知成都的确可以被称为幸福感最强的休闲之城。

山水屏风永不看

每每读到曹植诗句"南国有佳人,容华若桃李",于那种艳若桃李的意象里,总是不自觉地就会让人联想到"蕙质常伴千竹林"的薛涛。

在历代才女中,我对中唐时期以才华和美貌著称于世的薛涛的记忆,缘于那种别致的"浣花笺"。

曾在一本书里看到描述在成都制作"浣花笺"：闲暇时，她在浣花溪采用木芙蓉皮做原料，然后加入芙蓉花汁，制成深红色精美的小彩笺，用于写诗酬和。那一刻，我感觉那种诗意的生活里，整个人都有一种从容、雅致之美。

光是想想那浣花溪水清质滑，所造纸笺光洁可爱，种种精致为别处所不及，便让人觉得无限美好。

然而，这样一个有着意态之美的女子，上天既给了她美貌与才华，也给了她凌厉的一面。正如传记所云：薛涛幼时即显过人天赋，八岁时，其父曾以"咏梧桐"为题，吟了两句诗："庭除一古桐，耸干入云中。"薛涛应声即对："枝迎南北鸟，叶送往来风。"薛涛的对句似乎预示着她一生的命运。

薛涛生于长安，出于侯门，自幼天赋过人，八岁以后的命运，随着父亲过早去世而一落千丈。从此，家境贫寒的她，只得沦为乐伎。

年长后的她，因才情并茂、不拘礼教，与蜀中宦游者皆友好，并常以歌伎和清客的身份出入于幕府，与达官显贵赋诗侑酒。曾有一个美谈，说是剑南西川节度使韦皋本身就是诗人，他听说薛涛诗才出众且是官宦之后，破格将乐伎身份的她招至府中侍宴赋诗，后又拟奏请唐德宗授予薛涛"秘书省校书郎"一职。尽管因旧例未能实现，但从此，"女校书"就成为薛涛的代称。薛涛虽为风尘女子，但卖艺不卖身，周旋于蜂蝶间数十年。其间，尽管剑南西川节度使换了十一位，但每一位都为其绝色与才华所折服。

这个在艺术造诣之外的奇女子，她传奇的迤逦妍逸的人生经历，也透露出她过人的智慧和独善其身的秉性。即使身为乐伎，她的机智和才华仍获得了同时代诗人的爱慕与肯定。诗与琴皆为成都一绝的薛涛，声色才情，既是天赋，亦是修为，岂能随便卖弄。

然而，元和四年（809年），诗词、音律等方面有着很高素养的薛涛，命运却有了一个大不同的走向。

那一年春天，监察御史元稹来到西蜀，因仰慕其才华，想办法认识了薛涛。那一年，元稹三十岁，薛涛四十一岁。元稹本是奉命办公，却对薛涛动了真情。四十一岁的薛涛感觉到自己忽然被爱情撞了一下腰。这位颇具才情的男子，竟然就是她梦寐以求的意中人。四十年的等待中那日渐模糊的梦因元稹的到来而清晰起来。

人生如露，要找到适合自己的那一个谈何容易，薛涛这一次是全情投入。然而，风流成性的元稹，是薛涛这个阅人无数的女诗人一生中用情最深的一次，也是被伤得最狠的一次。

那时，四十一岁的薛涛一定是丰韵迷人的，她的气质、学识、谈吐应该是元稹见过的所有女人中最优雅、最有品位的。与元稹相识，她作了一首诗《池上双鸟》："双栖绿池上，朝暮共飞还。更忙将雏日，同心莲叶间。"此诗表达了她想与元稹双宿双飞的愿望，也即是她的爱情宣言。俩人展开了一段缠绵悱恻的姐弟恋。短暂地相处四个月后，离别在即。挥泪作别时，元稹许诺薛涛，等他回朝复命之后，就将出任越州刺史，到时定会派人入川迎接薛涛，让她静候佳音。

然而，元稹一去再也没有回来。尽管，元稹去了扬州后，也曾寄诗给薛涛，表达思念之情，可后来还是中断了这段感情。

或许，对元稹来说，薛涛不过是一场艳遇，一场风花雪月风云际会的露水游戏，是生命中众多过客的一个。可薛涛对元稹的思念是刻骨铭心的，她相信元稹说过要回成都见她的话，不惜全身心等待与心上人再度相逢。在一年又一年的等待中，最终她明白过来了，自己只不过是他生命中的一个小插曲。为此她退隐浣花溪，不参与任何诗酒花韵之事，一门心思在溪水边制作精致的粉笺，过了近二十年清淡的生活，直到孤独地老去。

元稹毫不吝惜地辜负了薛涛的一往情深，留给薛涛的只是望穿秋水，掩袖悲叹。她哪里知道，风流才子难相守，暮暮新颜换旧颜，元稹在当地已经另有新欢了。在那个年代，对真实权力结构社会中的男人来说，任何爱情的取舍都必然牵涉功利与情义的取舍，他们更愿意把毕生的精力投入事业中去，感情，只是点缀而已。

再后来，元稹的日子风光绮丽，一如他越来越盛的才名。而薛涛却为他一人郁郁寡欢，谢绝访客，回成都浣花溪孤老终生。

古往今来,有几个诗人在情感上不是五彩缤纷的。或许,对元稹来说,薛涛不过是一场艳遇,一场风花雪月。而此后的薛涛,用了若干年的等待,终于靠理智默默放下了自己的情感。她的痛苦和挣扎只有她自己知道,痴心变成一地的碎片,从此她带着一颗破碎的心活下去。从此"山水屏风永不看",繁华尘世,历尽风尘,依然是你洁的本质。而那些曾经的韶华与令人叹服的才情,便如她自己写就的一首清丽的诗,随风远逝。

如果说当初元稹在薛涛生命里的出现,即便是一个错误,那也是美丽的错误。我亦愿意相信元稹对她是深情而真切的,因为,那时的元稹,配得上她。

只不过,回头看看"蕙质常伴千竹林"的薛涛,不禁让人感叹:古代女子谋事不过劳累,谋人却是辛酸,谋爱则可谓卑微了。

烟雨凤凰行

来到湘西,到达凤凰古城,第一眼见到碑刻上的"这是一个等待千年的地方"那几个字时,仿若这个地方已存在了千年,心头便有一种历史的厚重感。

对凤凰古城,虽向往已久了,却因为种种缘由,一直未能成行。或许是没有足够的出行时间,或许是因为没有适合同行的人,总觉得风景处处有,可一起看风景的人却不一定随时都找得到。

直到上个十一假期,才与闺密一起,两家人以自驾游的方式结伴同行。相处多年的两家人,有着彼此相熟的习性,一路上也可以相互照应,何尝不是件赏心乐事呢。

三天的行程中,先去张家界。由于头一天下着细雨,走马观花地游玩了一天,私下里感觉张家界或许是一个更适合夏天去的地方。

于是,傍晚时分,一行人便赶紧向凤凰进发。途中,由于路遇夜雨,只好又停留了一宿。第二天到达凤凰古城时,已是飘着细雨的清晨了。

车行在十月的高速公路上,清晨的风里夹杂着丝丝的细雨。我们赶紧打开少许车窗,享受着那种细雨带来的惬意。当途经写有"边城"路标的岔道口的那一刻,心里很想直接就改道去边城了。

或许,当初对凤凰古城的那份热切的向往,更多是源于沈从文的《边城》与《湘行散记》。凤凰之于我,更多的不在于山水,而是一种文化情结。

到达凤凰时,听古城里的人说,这座闻名中外的古城是因一座山酷似展翅而飞的凤凰而得名。而待我们在路边远远望见沱江边的吊脚楼群时,细脚伶仃地立在沱江里的凤凰古城,却又是那样古老又别致。的确,周边有山的凤凰古城,与同为江南水乡的周庄和乌镇又不相同,因为有前面的那座山,而显得更加大气、厚重些。

一行人沿着沱江边湿湿的石板路一路走来,满目皆是店铺,石板路的两边,也大多摆满了琳琅的小商品。我与闺密走进店铺,留意的是一款绵织的披肩、一双刺绣的虎头鞋,或者是那些蜡染、纯棉的带有民族风格的简单服饰。

一路上也会遇到穿着民族服饰、背着背篓的上了年纪的妇人,她们直接就在石板巷子边上走来走去地兜售着小商品。路边不时能见到帮人编彩辫的妇人,她们特有亲和力地为游客编彩辫。走着走着,我也想停下来编一回彩辫,但又感觉那是学生妹才适合的玩意,也就作罢了。

再往前走几步,店铺更有特色,有现做现卖姜糖与手工木锤糖的,有现场做银饰的。

银饰,做工精美而独特。头发花白的老银匠,做活时仿佛把半生的技艺都倾注其间。路上,也有挑腊肉卖的,边走边吆喝。据说,以秋松木或松柏枝熏制的腊肉,在三伏天也不会变质,又以金桂配以古丈毛尖茶壳、橘皮腌制调味,提升口感层次,风味独特。当地好客的主妇们,把它悬于房梁或灶前自然干燥后成为行走茶马古道的马帮和热情好客的少数民族非常拿得出手的招牌菜。

沱江是古城凤凰的母亲河,她依着城墙缓缓流淌,世世代代哺育着古城儿女。行走在沱江边,那个为游客照相的中年女子每看到一个游客便吆喝说:"朋友们到了湘西,要穿一下我们苗家服饰当一回湘女才不枉此行。"起初只是看热闹的我们,被她这么一说也感到不穿一回苗家服饰终觉是一种遗憾。于是,为了不留遗憾,我与闺密都穿上了苗家服饰,背着小背篓摆好姿势在沱江边上合影。给我们照相的女子看到闺密戴眼镜,就赶紧上前说:"这个女子要把眼镜摘下来,我们苗家女子是很少读书的,一般不戴眼镜。"回来看看那些穿着苗家服饰的照片,感觉还蛮像那么回事。

洗了照片,为了以最近的路线从此岸到彼岸,我们只好颤颤巍巍地行走在沱江的跳岩上,有一种一不小心就会掉下去的感觉。若是对面有行人过来,大家要弓起身子停下来,侧身而过,那种体验又惊险又独特。

据说晚上是凤凰古城最美的时候。入住在沱江边上一个看得见风景的小店,有一个露天阳台,从阳台上看沱江的夜色,灯光映着水色,那种夜的朦胧之美尽收眼底。闲散地漫步其间的游客与挑着担子、步履匆匆的小贩,皆有一种纷繁的世相之美。我与闺密坐在露天阳台的吊椅上,静静地感觉时光的从容、缓慢与悠长。

我们在一个飘着细雨的清晨离开,石板路上有一种雨后的干净与清新。一路上回想起在古城吃过的特色小吃,还是血粑鸭让大家记忆深刻。早就听闻湘西血粑鸭特别好吃,初到时便也点了一个,但我真的没吃出什么特别的味道来。

如今看来,湘西的种种名吃都抵不过沈从文的《边城》,它以一种久远的文化力量,将这座静默深沉的小城推向了全世界。

夏日花源谷

俗话说:善歌者吟唱,善行者跋涉,善烹者炊香,善饮者品茗,个人生活才会有滋有味。如此种种,我都不擅长。不过,若能脱离按部就班的生活,偶尔来一次远足、品茗,也会心满意足。

这个夏天,去阳光照耀二十九度花源谷,亲临着那一片紫色浪漫之地,便有一种放飞心情、邂逅最美的自己的快意。平日里,被快节奏生活磨得日渐粗糙的我们,于那片薰衣草的花海徜徉中,尽可能放慢脚步,等待灵魂跟上,让看花、赏景这些风雅之事,提升着我们的生活格调。

那日午后,太阳令人目眩地俯视着山川大地。接到西海旅游联盟美女张总邀约的那一刻,看看窗外明晃晃、毒辣辣的太阳,我的确有几分犹疑。然而,一想到能偶尔抽离常态生活,来一次远足,看看风景、发发呆,获得一种清风明月般的内在丰盈,于是,便欣然前往了。

我们一行人,先是驱车前往,而后是舟行水上,山一程、水一程地一路奔赴花源谷。刚至杨洲境内,一种自由和清新的气息便扑面而来。彼时,丝毫感觉不到舟车劳顿,心头只有一种如水清凉了。

夏日里泛舟,感觉眼下的西海,亦如一条母亲河,在生命的孕育与吐纳里繁衍不息。即便在六月的骄阳下,也温润如玉。舟行水上,一行人的情怀很江湖。去往那个有着薰衣草的宁静、自由的地方,游山游水游心境,我们顿感生活是如此美妙,内心是如此富足。

大家时不时把头探出船舱,看沿途的风景,也期待着早点看到成片的薰衣草。当视野里终于出现那一大片浪漫的紫色海洋时,大家一片惊呼:"看,对岸那大片大片的薰衣草!"

待到弃舟登岸,空气中便弥漫着阵阵薰衣草的芬芳。

阳光泼洒在花田上,浪漫的紫色被镶上了灿烂的金边。花丛中,有蝴蝶自在飞舞。美女张总便赶紧用相机记录下这万物祥和而空灵的一瞬。

一行人也正好各具形态地在花海中合影。后来看看照片,感觉张总是个有着独特审美与灵性的人,在她的镜头里,仿佛岛上的每一枝花苞都是一个摇曳起舞的精灵。

大美当前,真有一种想即兴赋诗一首的冲动。然而,诗歌的秉性高贵,比任何一种文体都需要内心的力量,真的不敢随便落笔,怕惊扰了这份宁静的美。

花海中,那一棵棵穗状的薰衣草,单看起来并不是特别美。然而,她的魅力在容颜之外。那大片大片的紫,从五月一直开到九月,是在等待爱情的如期而至吗?所谓一花一世界,一叶一菩提,每一个生命个体,都是一个自足的世界。面对眼前这片花海,仿佛让人的心灵都得以从俗世的尘埃中飞升。薰衣草有许多浪漫的传说,以古时普罗旺斯那个美丽的女孩捧着满怀的花束,眼睛深情地等待爱情的传说最为动人。这种花一出现,就代表了爱与承诺,一如它的花语一样。而那份等待,或许不是等待一个人,而是等待时间深处的无限可能吧。只是不知,那些纷至沓来的匆匆步履中,谁的脚步又能跨出缘的经纬,走向最终神往之地。

岛上,小石子路旁栽着杨梅树,树上结满了果子,摘下一颗看似熟透了的来尝尝,却酸得不行。同伴们说,这种梅子,只适合用来煮酒,说是青梅煮酒最养颜。不过,眼下只是想想青梅煮酒,就有一种超出日常生活的意境之美来。

归去的途中,一行人让船夫在中途靠岸几分钟,便饶有兴致地去摘一种嫁接的甜杨梅了。可那些好吃的杨梅,树下却荆棘丛生,一不小心,衣服就被绊住,但大家也不顾艰难,寻得一两颗残留在树上的果实。一尝,酸中带甜,还真对味儿。回到船上,大家更是少不了对他人采摘的杨梅品头论足一番了。

在上一个季节,春天我也曾去岛上看桃花。那大片大片的桃花开着,迎春花、玉兰花也开着,只不过是陪衬似的开着。或许,只因桃是果木中的绝色佳人,独占了花魁。

那一日看桃花,恰巧是花朝节——人们祭拜花神、踏青的一个很著名的节日。在那庄重而有序的盛大的场面里,一行人也曾净手、焚香,虔诚地加入祭拜花神的行列中。或许正因为那份庄重,此行便感觉到整个桃花岛都变得无比神圣起来。

　　春日的一番赏花游湖,水路的往返中,舟楫往来,非常忙碌,生怕误了花期。人坐船上,船行水中,大家一边从船舱中探出头来看岸边的风景,一边与过往船上相熟的人打着招呼。往来于春意渐浓的山水间,仿佛,彼此的心头都有一种溢得出来的喜意。

　　面对如此山水形胜,船上不禁有人感叹:原来,生活在山环水绕之地,是一件多么令人愉快的事情啊!一听便知,这是外地游客。据导游介绍,在景区内,你可以品茶论道,亦可以踏雪寻梅,也可以泛舟湖上,还可以日出而作、日落而息地享受渔樵耕读的悠然与自得。而这些,我都未曾体会过,那就一并留与日后的行程吧。幸好我们就生活在这一方好山好水的武宁境内,对那些居于大城市里的游人而言,日复一日的平庸生活里,若是有一处风景值得你前往、驻足,谁还会在意那些山一程、水一程的奔赴呢?

　　曾听张总讲起桃花岛主孙先生,他是个极为谦和、低调而颇懂诗文的人,有时,甚至会划着小船送朋友到岛上观景,并亲自当导游向朋友讲解岛上的景观。

　　酷爱山水的孙先生,用独到的审美与超乎常人的毅力,在这个岛上一步步地建起了自己的梦幻花园。行走在那些鹅卵石铺就的路上,你会感慨那一路鲜花与一湖水不知抚慰了多少游客的眼睛与心灵。而眼下,在一片薰衣草的花海中徜徉的我们,脚步亦迟迟不愿离去,于频频回首间,广阔的旷野上,天空深邃而高远,整个桃花岛显得如此空灵而沉静。

　　这个四时景观不同的养生度假好去处,在气候、地理和自然构筑的诗意空间里,湖心中岛屿星罗棋布,山谷广织四季观花乔灌木、香花槐、樱花、梅花、海棠、紫薇、梨花等各种花卉,单是听听这些花名,仿佛就充满了温度。只是不知,桃花岛在秋光静满之时,是否有菊可赏。然后,于赏菊中,听轻风细雨,体会一种秋的从容、悠远之意境。

这个夏天,从那片紫色浪漫之地归来,心头,总有一个超出这一季候的想象:秋风里,一簇簇菊花开着,一个人静静地端坐于船头,一条河,清清地流。

晨光与暮色里的鼓浪屿

一直以来,很期待好好看一看海。

直到这个夏天,一次厦门之行,生活在内地小山城的我,才得以在鼓浪屿的晨光与暮色里好好感受了一下大海的情怀。

平日里,天天被繁杂的生活所困扰,总感觉时光流逝,生活在慢慢地走远。私下总认为,旅行能让你离开日常生活之地,从常态生活中抽离,因而花一点时间与自己相处是必要的。

抵达鼓浪屿,已近黄昏。我和妹妹一起就近吃过简单的晚餐,便迫不及待地去感受海滩夜色了。

夜幕下,渔光点点中,于海滨行人的悠然漫步里,你会感觉到在如此静谧的时空里,原来,慢,也是一种修为。

这种慢,同时也让你得以在一种舒缓的节奏里,好好地放松放松自己。

置身鼓浪屿,夜色里,静静的海岛有一种难得的大宁静。

据当地人介绍,此中景致是因岛西南方海滩上有一块两米多高、中有洞穴的礁石,每当涨潮水涌,浪击礁石,声似擂鼓,人称"鼓浪石",鼓浪屿因此而得名。

环顾四周,满眼中外风格各异的建筑物在此地仍被完好地汇集、保留着。听着远处传来的钢琴声,才了解到,这个面积不到 2 平方千米、人口约 2 万的小岛,还是音乐的沃土,人才辈出,钢琴拥有密度居全国之冠,有"钢琴之岛""音乐之乡"的美称。

光是听听这名字,就有一种出尘之美。

暮色里,伴着潮水和琴声的鼓浪屿,空灵而迷茫。那一刻,你会感觉到杂杂芜芜的生活,虽然不尽完美,但当下的心灵仍旧可以充满诗意。

凭海临风,此刻仿佛生活中所有的烦恼都不存在了,唯有好好地在海浪拍打的岸边让心灵小憩。

夜听涛声,让略带咸咸的苦涩的海水涤荡掉生活中历经的挣扎与失落。此刻,你会放下许多尘世里的不如意,好好享受当下,任凭海风一点点轻拂去生活的尘埃,抚慰磕磕碰碰生活中或疲惫或受伤的心灵。

放眼望去,若隐若现的渔光,点缀着无际的海岸线。而眼前,这一份不被打扰的静谧时光,很符合我对从容、舒缓生活的向往。当下这种让心舒展的状态,让自己久久地停留,是那般不舍离去。

曾看到过一篇文章里说,慢生活需要勇气,需要自信和对生活的无所畏惧,需要实力。可这些,我都不具备,至少,当下即是如此。

海边归来,在空旷的庭院式的休闲区里,静听古琴曲,宁静、优美的音乐穿透夜的黑传来,静静地小坐片刻,那份闲适与从容,也会让内心获得安静和能量。

于眼下的静听古琴与对月遥想中,在素琴吟风不再,短笛赏月的古韵难留的如今,仍旧需要拂尽世俗的尘埃,默然找寻深藏在星辉斑斓里的那份美好,感觉是那般幽静、辽远。

而在如此的心境下,即便生活有种种不如意,也会让你感到心灵沉醉,这就是诗意的生活。

入住的六悦酒店风格雅致。简约的现代风,是我喜欢的风格。

酒店前庭院式的休闲区里,由一枚椰果、一只滴水的竹筒以及一个捧书静读的孩童所构成的一组独特的景致,入眼瞬间便构成了一种难得的空灵画面。这种简洁、明快的风格,让人有一种乍然相见的欣喜。

次日清晨,五点即起,去海边看晨光与暮色交替的景致。

或许,此刻对于绵长的理解,你便可以从身边的山峦和海岸线获得。面对山色、海色、山风、海风,心情好时,你会觉得它们已经这样悠然地展开了无数个日月,它们是接近永恒的东西。

你会觉得自己的灵魂在成长,是的,大多数人的灵魂是需要成长的,并且在成长中不断丰富,不断认识。而最终,一个人灵魂深处的东西依然还会主宰自己的人生。

回程的路上,在小摊前买了一个半月形的饰物戴上,一路上总是时不时下意识地看一下,心头依旧有一种乍然相见的欣喜。

一直以来,我都喜欢半月形的物什。满月亦好,却不如半月,多点期待的意味,又符合中国人的含蓄之美。

而抬眼间,擦身而过的是一拨又一拨纷至沓来的游客,也有随父母出行的中小学生与在读的大学生。在他们写满朝气的脸上,有一种让人羡慕的青春飞扬。

回想我那一路走来的青涩年华,眼前的场景,仿佛让人感觉到有一些人生活在真实的梦境中,而我们的笔墨是难以表达的。

漫步西海燕

当一拨又一拨的旅人来到"山水武宁"休闲度假,尽情地欣赏湖光山色、饱览山城风景时,在这座"三面环山,一面临水"的小城里,位于武宁新区西海畔的西海燕码头,也是一处不容错过的风景。

这一处集客运候船、旅游观光、休闲购物娱乐于一体的现代化旅游专用码头,不说它曾是"美吉特杯"艺术滑水表演赛的开幕处,也不说它曾是全国第六届网络媒体江西游的首选地,仅仅是漫步其间,边走边感受着一花一草、一树一木,便让人有一种内心安然纯净的感觉。

对于游客而言,大多数时候,旅行的意义不过在于场景和心态的切换,只要是抽出时间用放松的方式行走,从容行走在阳光下、风雨中,便已足够。而置身眼前的西海燕码头,览一湖美景,当下,静静地感受天地间的大美存在,仿佛生活中的一切纷纷扰扰都远去了,便觉岁月如此静好。

此时,奔波劳碌的生命旅途里,从容驻足间,一湖的碧波带来的柔美与灵秀,该给疲惫的心灵带来怎样的慰藉,又该是怎样的一种惬意。

置身于西海燕码头,你会感到码头的整个设计有一种燕子展翅飞翔的效果,而这要有怎样独特的艺术感受才能匠心独具地把它创作为一件让世人赏心悦目的艺术品。初见的那一刻,便给人一种深深的震撼,仿佛感觉到了它的浩大而沉默。只是,我不知道,当艺术家在创作设计这样一件艺术作品的时候,所怀的是怎样清朗柔美的心思。或许,天真纯朴应该是一个真正的艺术家必须具备的条件之一吧。如若不然,那样感人的作品该如何来解释呢?

这样的一处渡口,会让人感慨:古往今来,渡却人间多少事。而历史的烟云,不会因时间的流逝而消失殆尽,有时,它会在不经意间慢慢浸润出来,久久地罩住你的心绪。

驻足于西海燕码头,感觉到阳光、空气和水,每一样都是优质的,当然,也少不了期待接下来的游西海湾。边游湖边赏景边看当地特色表演,在感受它的生态文化、人文历史、自然风光外,通过自然的风景及文字的风景抵达内心。

当然,你也可以到武宁规划展览馆走走,"城市序厅""印象武宁""历史武宁""今日武宁""宏图武宁""乡镇规划""未来城市"等十三个展区,向人们全面展示了武宁的悠久历史、秀美山水和灿烂人文。武宁规划馆是一扇看得见未来的窗,透过这扇窗,能回眸历史,重拾记忆;能触摸城市,品味文化;能描绘蓝图,驰骋梦想。

若是夜色里,觅一湖暮色,静静地行走着,便感觉内心是那样的宁静恬淡,甚至感觉到孤悬天际的月亮需要一个更大的审美空间来放大它的可看性。赏月的佳境莫过于依水观瞻,因为在中国的意象中,水和月具有相同的美学属性,它像极了一个灵性的女子,含蓄而内秀,美丽而沉静。

悄然漫步中,也会有轻轻的音乐传来。此刻,月明星稀,天空澄净,音乐也是透明的,看不见,摸不到,得用耳听,用心体会。此刻,听音乐的人是安静的,生命是安静的。

如若夏天的夜晚,七八点还有光亮,沿着城中那映得出月色的荷塘边走走也是一件乐事。荷塘的不远处遍地植艾,艾是一种温暖的植物,此刻的漫步里,你会感觉到那些在大地上摇曳的植物,仿佛都充满了脾性和温度,与人是那样亲近。

此时,在西海燕码头眺望远方,你会很向往一种打起背包就走的生活。面对一湖的美景,你又会心生出一种典雅、安静的内心生活的渴望。

而夜色里坐上画舫夜游西海湾,领略山水之城的夜景,感受地方特色民俗文化的魅力,则别有一番情趣。在武宁打鼓歌、采茶戏的相互唱和里,感受一方地域文化的特色,你会感觉到一种特别浓郁的乡土味道。仅那一首几乎人人都会哼上几句、在当地广为传唱的民歌《到山来》,就给人一种余音绕梁三日不绝于耳的感受。

或许,在如此一番行走后,是夜归来,你仍旧沉浸在一种至纯至美的情怀中,连梦里都能听见花开的声音。

丰良艺校,那一处心灵的后花园

走进丰良艺校,一种扑面而来的艺术气质与氛围,让人感觉到这分明就是一处灵魂的栖息地与心灵的后花园。

这个四月,遍寻横路老街遗迹后,我们再一次去拜访丰良艺校的一位长者——张院长。当远远地望见丰良艺校的那一刻,一湖碧波加上满眼的青翠,霎时便让我们觉得春深如醉。当我们沿着设计独特的欧式院落走近三楼院长办公室时,那一刻,阳光穿过我的心灵,一种久违的,最单纯、最朴实的快乐情绪仿佛整个阳台都装不下,不时漫溢出来。因为,眼前的人文环境与艺术氛围远远超出了我的想象,也因为,整个办公楼的那种欧式布局,带给人一种清新脱俗的气息。

站在三楼的阳台上看风景,放眼远眺,那一湖山水仿佛就是这座艺术学校的灵气所在。在尘世里下陷得久了的我们,流连的脚步让每个角度的风景都变得那样怡人,仿佛让人只想"躲进小楼成一统,管他冬夏与春秋"。我们不禁在心里感叹着:眼前的这所学校用艺术点燃了年轻人的梦想。当年,余静赣先生用执着和勇气在广州创办了星艺集团,带领着乡亲们走上了一条致富之路。而后,他急流勇退,在家乡创办了丰良艺校,也旨在为家乡乃至全国培养一流的设计人才。据说,丰良艺校每年都会选送五名优秀学生去德国等国家深造,同时,也带给了学子们一种动力。

丰良艺校,更确切地说应该是急流勇退的余静赣先生,为了更好地体现生命的价值,以一颗赤子之心创建的星艺的心灵后花园。因为,在他看来,越来越浮躁的时代,心灵的家园更为重要。也因为,财富积累到了最后只是一种数字游戏,人生如果没有一个灵魂栖息地,这个人生或许就是没有质量的,至少也是粗糙的。而那些现代人亮丽背后的卑微、攫取背后的流失以及富有背后的贫瘠是那样令人担忧。

这让我们想到了之前经过的那一间又一间办公室,桌上几乎看不见电脑等现代办公用具。也许,对于一个搞艺术的人来说,简单的生活才是通往玄妙的艺术的必经之路,天然纯朴应该是必备的条件之一吧。他们的人生,需要不停地做减法,那个心灵的空间,才会更加意蕴丰厚起来。后来,张院长的话印证了这一点。

谈到文学的创作以及星艺成功之后的第二代、第三代人如何更好地发展,张院长那些独到而超前的思维与忧患意识,充分体现了眼前这位让人敬重的长者思想的高度前瞻性。关于文学创作,他说,摒弃那些语言文字上的技巧,最重要的就是作家所表达的思想。而一提到思想,这仿佛就上升到哲学的高度了。他让我们懂得了文字工作者平日里"读"是一种文化的人生,"读"也包括了读书与阅人。成长岁月中的阅读,关乎每个人独立人格的塑造,关乎对世界与人生、历史与未来的认知。而写作的时间是真正属于个人的纯粹的时光,它让人聆听灵魂深处的自己,每个人都应该在生活中开辟一个精神空间,来贮存自己在现实中或劳累或疲倦或受伤的心灵。

这让我们想起年初他在武宁的那堂讲座。那堂讲座里,文学爱好者们惊讶于他独到的文学见解,也惊讶于他的古诗词鉴赏能力。那一堂讲座下来,心头真有"听君一席话,胜读十年书"的感觉。张院长不管是为人、为文还是早年从政,都有很好的口碑,尤其是在文学上取得的成就,在当下的武宁仍旧是一面旗帜,至今无人超越。

据了解,他近来写的一本三十万字左右的小说正在出版,小说避开了官场上的那些政见与纷争,旨在静静地回忆他在武宁当县长时的那段岁月。因为,那是他前半生最好的年华。我们在想,如若不从政,不知他在文学上会有怎样的惊人成就。

在他的办公室,我们看到了一幅幅绘画作品和陶艺作品,原以为是优秀师生所创作,后来一问才知道这些作品出自眼前的长者之手。那一刻,大家都惊讶于那些线条和色彩如何从眼前的长者心里流出。如果说才情是一个人本领、技艺、才华的展现,那么张院长称得上是一个极富才情的人。

更为难得的是,走近眼前这位在美术、陶艺、文学上皆有不俗成就的长者,那平和、低调的人格魅力,总是带给身边的人一种善良、丰盈、高贵的感觉。尤其在这个纷纷扰扰的尘世,那种平和与安静是那样稀少与珍贵。

后来,一行人与张院长一起漫步于丰良刚创办时用来集训的蒙古包前,谈论着当下的文学与思潮。那个静谧的黄昏,一切都因为情调的优雅而派生出理想、纯净的气息。

历经世事的长者,言谈里带给我们一种散淡的情怀。的确,人生要学会散淡一点。我是个怀旧的人,喜欢旧的东西,比如旧的音乐、旧的电影,以及许多可以让我回忆的旧时光。我想起了二十年前在报纸上读过的他的那篇《回头山的呼唤》。二十年韶光飞逝,他退休后回到家乡,既在丰良这座心灵的后花园发挥着余热,也在晚年抛却一切凡尘俗务,画着自己喜欢的画,在陶艺里写就着一份山水情怀。这不由让人想起有些东西是可以永恒的,比如对家乡的眷恋,比如一种赤子情怀。而张院长的那本签名赠书《老土少年》,仿佛就是二十世纪五十年代生人的那一段生活和成长的再现,那些生活在贫瘠的土地上的人们,是那样颇具礼数,生活得清贫困苦又有信念和尊严。笔端,那浓浓的乡情、亲情,无不让人动容。

夕阳的余晖照着波光粼粼的水面,遥望张院长饭后散步的背影,不禁让人感叹:一个饱满的灵魂,决定了一个人争取成功和体验幸福的能力。渐行渐远间,那个阅尽人世沧桑的长者,依旧内蕴丰厚、神采飘逸。

春日,探访凤凰塘

平日里,我总觉得听着音乐欣赏远处的风景是一个不错的选择。而近处的风景呢,却往往一再被忽略。我总觉得近处的风景就在身边,随便什么时候去都行,或者干脆找个理由说路太偏远了,以后再说吧。

听人说起凤凰塘时,表情里,除了一无所知的茫然就剩下惊讶了。因为,它就在武宁的严阳境内,我却闻所未闻。

这个清明小长假,第一天回老家祭扫,表达对已故亲人庄重的追思。第二天便应文友邀约去严阳山的凤凰塘,来一次大山的暮春探访。如今,交通发达了,也就没有偏远之地了。既然如此,何不放心灵远行。

一路上,春天的气息扑面而来。在这个油菜花盛开的季节,于满眼的明黄和嫩绿里,一行人上午九点半便到达凤凰村,村里的三个向导热情地接待了我们,随即便带着大家一起向大山进发。

开始登山时,天气尚好,也无风雨也无晴。一路上山雾弥漫、花香扑鼻,令人身心欢愉。

在这个草本季节的春天,绿意漫过溪边,漫过山林,也一同漫过身心。空气中所含的大量氧离子构成了一个天然的氧吧,让人倍感神清气爽。大家一边登山,一边走走歇歇地欣赏着沿途的风景,山中树木葱茏,满山的紫杜鹃也开得妖娆,偶遇一两株让人合抱的大树枯倒在一旁,不禁让人唏嘘感叹。年长的向导告诉我们,山里的树也是有年轮的,树木也只是在遵循着生命的自然规律而已。说说笑笑间,不由得想起在山野间嬉戏的童年,想起那种且听风吟、无拘无束的自在。

而就在这时,雨骤然下了起来。起初,大伙儿还一路憧憬着跋涉与穿行于山林间。因为,前方有那个令人向往的凤凰塘,也因为向导边走边喊:"大伙儿加把劲啊,还有一两里路就到了。"

然而,当大伙儿走过无数个一两里还没看到凤凰塘,当七岁的外甥女被荆棘挂得再也走不动,当无数个希望伴随着一路艰辛地走来还是看不到前头的曙光时,一路弥漫着植物芬芳的那种涌动着的浓浓诗韵,也因为我们的疲累,渐渐感觉不到它的存在了。因为,此时的每一次抬脚,仿佛都要用尽所有的力气,余下的只有体力的严重透支与极度疲乏了。

将至山顶时,三个向导带着大伙在满山脊的杂树丛中来回穿行。向导说,这海拔1500米的山顶,他们也是二十世纪八十年代做伢仔时和大人一起上来过。于是,我们满山脊转悠,在一次次希望与失望的交错里,好不容易才终于见到凤凰塘,这时,雨也停歇了下来。

那一刻,众人的眼前仿佛不是一口小小的凤凰塘,而是发现了长白山天池般兴奋,连旁边那几棵野树上开着的细小的白色的不知名的花朵,大伙儿也美其名曰"野樱花"。凤凰塘寻着了,只是不见传说中的凤凰,不过,这也没有太大的关系。较之满山的杂木,眼前也算得上是一处美景了。美景当前,大伙儿终于可以好好歇息一下了,然后各自拍照留念。当然,也少不了在这满山难得一见的由凤凰塘、"野樱花"组成的美妙景致旁来一张合影。恰巧这时,大山仿佛有灵气似的,飘来一层轻纱般的薄雾,为大伙儿的合影增添了一种难得一见的朦胧意境。

接下来,再往上走个十来分钟,一行人便站在山顶透过苍松看云海了,这也算是领略另一种极致的景致了。云蒸雾绕间,透过苍松俯瞰云海,万千变化孕于其中,视线里,山下美得大气又纯净。此刻,我们不禁在心里感叹:艰苦的跋涉之后,拥有一颗看风景的轻松、纯净的心多好啊。

不记得有谁说过,当我们在为生活疲于奔命的时候,生活已离我们而去。在纷繁杂乱的社会里,人只有静下来,才能感知万物之美,才知道自己要什么。古人因山水而兴江山之感,而起天下之志。而我们,更多的是拥有一份自由、闲适的心情以及随意里带着一点本真的小情趣便足矣。在当下的视界享受里,我们只是觉得:只要心怀善意和感激地生存着,用心细细地感受大自然的美好,生活中的一切都可变得柔和。

这时,向导告诉我们:大山里,在夜雾将起之前,大家得赶紧下山。而此时,已近三点。为了节省时间,向导建议抄近道返回。而近道又被山里的树木遮蔽了,一时又迷失了方向,只得临时砍出一条路。加之后来又是一路在雨中穿行,下到山脚时已近五点。

下山后,热情好客的村里老人赶忙为大伙儿生火取暖。一群人淋得湿漉漉的,村里的老人用从容而缓慢的语调问大伙儿"看到了凤凰没"。大伙儿便自嘲:"凤凰没寻着,却把自个儿淋成落汤鸡了。"然后,他们也只是笑笑,就去忙别的事情了。我们于村落里老年人那质朴的话语和笑容里感知到他们随遇而安的简单生活,他们清闲度日,自在而安静地享受着生命年轮的静好。这样的村落,像一位毫不急功近利的老艺人,慢慢地雕琢着生命的时光。

在杨梅酒浓烈的醇香里,大家驱散了身体的寒气,谈论着此次的登山经历,谈论着七岁的小外甥女,说是大人半世的苦都让她这次吃尽了,真难为了小孩的勇气与独立。我自小与人有疏离感,因为性情,也因为生活经历。外甥女活泼而张扬的个性与我的内敛、含蓄形成了一种对照,也成为一行人的话题。如若不是外甥女坚持要上山,起初看着向导披荆斩棘地砍山开路,我就望而却步了。我只想在山脚的鸟鸣啾啾里,看看小桥流水,采摘几朵山花,呼吸一下自然清新的空气,然后静候一行人下山。

感谢我那七岁的外甥女的坚持,才让我有了这次凤凰塘之行。虽然历尽艰辛,虽然少不了一路的荆棘与风雨。

杭州之行——西溪湿地

去过杭州的人,也许都知道西湖。然而,往往许多人忽略了西湖边上那有着"副西湖"美誉的西溪湿地。

若是偷得浮生半日闲,走走停停地置身其间,去感受"一叶扁舟,闲看芦花"那山水画般的意境,去领受大自然山光水色的恩泽,也算得上杭州之行的不错选择了。

这一处素有"杭州三西"之称的罕见的城中次生湿地,距离杭州西湖5000米,在杭州天目山路延伸段,是目前国内第一个也是唯一集城市湿地、农耕湿地、文化湿地于一体的国家湿地公园。

西溪之胜,在于水。

水是西溪的灵魂,置身其中,若是初夏,首先给人的感觉便是,放眼望去,成片成片的芦苇。被称为芦花的芦苇、芦荻、芦竹更是西溪一个经年不绝的话题。可以说,一转身,一转眼就能看见一片片、一丛丛。只是那会儿时序已是深秋,大家没能一起去芦花深处泛舟,便也无从感受两船交会时,激荡的水流和着劲风,吹落了漫天飞絮般的芦花的美妙了。

深秋里,穿行在芦苇荡间的河港、池塘、沼泽等水域,也带给人一种宁静的愉悦,也正是这些水域形成了西溪独特的湿地景致,正所谓"一曲溪流一曲烟"了。

漫行其中,梅竹山庄、深潭口、西溪梅墅、秋雪庵、西溪草堂不经意间就带给你一种时光倒流的感觉。而西溪,自古就是隐逸之地,被文人视为人间净土、世外桃源。只是,不知到了雪落江南时,那"西溪香雪"又该是怎样的一番难得的景致。

放眼湿地风光,其间有纵横交错的河流、百年交柯的树木,而这河流、树木又包含了千百年的人文积淀。旖旎的自然风景、厚重的历史、浓郁的田园水乡风情,西溪湿地的美是自然的,同时又是人文的。

那些庵堂、祠庙、民居、村舍、草堂、别墅、桥、亭以及牌楼等建筑也不时映入眼帘。而眼前，一间间在水边矗立着的小草亭，据说便是捕鱼人歇息的地方。

在小亭里歇息，游人们便闲聊着：相传旧时从秦亭山舟行至留下十八里，沿水有十八座桥、十八个湾，沿山有南宋十八里辇道，景区内有一百零八个景点。自唐代以来，西溪就以赏梅、竹、芦花而闻名。

而那些景中之景，留待下次再去吧，因为，西溪与西湖一样是一个值得一去再去的地方，因为，在不同的季节，它会带给你不一样的风景和心情。

已有千年历史的西溪湿地，有湖泊烧烤区、深潭口、百家、烟水渔庄等餐饮饭店，喝茶的地方也不少，此时心里静静的，目光清淡如水，只想好好享受着眼前这份宁静的时光。

纷纷扰扰的人世，又有多少时间能够享受这份宁静呢，而对于梅竹山庄、西溪梅墅只能想象着这一个个雅致的名字里该派生出怎样独特的艺术氛围了。因为艺术是灵的世界，与眼前的自然景物是如此契合，而艺术世界又是一个渐次打开的世界，那些尚存的风雅，或许会在越来越冷漠与浮躁的当下，提升着我们的生活格调，因为，那一处灵魂的栖息地，带给人内心如此平静与安宁。

平日里，人人都希望活得潇洒自如，可又不得不为衣食住行、柴米油盐奔波忙碌，于是我们苦涩、辛酸、烦闷、额上皱纹重重，而彼时的走走停停中，眼前偶遇的那一瓣菊的馨香，也能带给人一种悠远的气质。行走在秋阳下，内心便有一种安然纯净。

前面不远处的一条商业街卖着各种纯手工制作的小商品：西湖绸伞、杭州丝绸以及特色小吃，每一样都让游客流连忘返。然而，此小商品一条街，即便与商业有关联，也没有别处的喧嚣鼎沸，也是宁静的。

行走在窄窄的石板路上，感觉眼前仿佛一幅宁静的画，视野的尽头，那湿地的风景，又仿佛最好的音乐，没有一点燥气，那么温润、柔和与悠远。

十一月的西安

十一月,当银杏树落叶一地金黄的时候,我来到西安。

出发前,关于西北黄沙漫天以及冬季夜间寒冷异常的种种景象,都于抵达的那一刻彻底消除。心里不免诧异起来:这样的季候里,北方的冷暖怎可以与南方相差无几呢?

还没回过神来,前来接站的工作人员便打电话来说,几个开会的同行已等候在车里。车行在这"十朝古都",一路上感受着汉唐遗风,的确有一种别样的情怀在心头。

此次西安之行,缘于《亮报》的媒体创新工作会。一行人来不及一路细细领略它深厚的文化底蕴,便得匆匆掠过沿途的风景,先去会务处报到。

一行人到达万年饭店时,《亮报》的人还没到,前台接待了我们。办好手续,回到客房,我便赶紧找出前台发给我们的会议资料,细细地看了起来。

关于《亮报》,订阅已有些年了,它是行业媒体里一份类似于晚报的周报,内容很贴近当下生活。打开它,浓浓的生活气息就扑面而来,不但有配有彩图的体育、财经、影视资讯等带给你时尚前沿气息的板块,而且有尚品、悦读、艺苑等栏目,让人在视觉享受的同时,精神上也很是享受。

今日的《亮报》,已远远超越了行业媒体的范畴,已经非常有综合性,具有广泛的社会与生活意义。从事新闻宣传工作以来,我在此报发稿已有些年了,却一直与编辑尚未谋面。尤其是编辑刘老师,2009 年我就在他负责的版面发稿,此行,还是第一次见到真人。

抵达西安的当天,晚饭后外出打印稿子回来,大厅设有《亮报》参会人员登记处,那里坐着两位美女一位帅哥。心里疑惑,不确定哪位是刘老师,上前一问,才知那个身着运动装、踱着步、打着电话联系会务相关事宜的便是。自报家门后,刘老师说他刚刚在问我到了没有,言谈中很有亲和力。

听说要在会上发言,我很紧张,他鼓励我说,小会上相互讨论,不必紧张。这时,我悬着的心才落了地。

那天的讨论是关于在纸媒销量日渐萎缩的当下,如何让《亮报》更有生命力。诚然,一张报纸要更好地存活下去、占领大家的视野,还需要广大作者与媒体集体的智慧。我一个来自小县城的基层新闻工作者,也提不出更好的建议,只是略略说了说自己的一些较为浅显的观点。至于具体说了哪些,事后也记不起来了,或许那是一种特定环境下的即兴发挥。

会议结束,正好赶上双休日。喜欢写点小文字的我,觉得千里的奔赴只为一天的会议也太程序化了吧,便自己掏钱报了个旅行团,随团一起去半坡遗址、兵马俑、华清宫、地宫及大雁塔看看,也算不虚此行了。

头天下午在网上报的团,第二天,导游七点十分就随旅游大巴在酒店门口接人了。一路上要沿途接酒店的客人,直到七点四十左右人齐了,才到总站会合,感觉做导游也的确是一份十分辛苦的工作,而年轻时候的自己一度也曾很向往。

一路上,据导游讲,外宾们来中国的第一站就是西安,而且,外宾们通常把西安仍旧叫作长安。导游讲,丝绸之路的起点就是西安。唐代,异域的留学生骑着马和骆驼来到大唐,而后将先进的思想与文化带回本土,也为大唐的鼎盛繁荣带来了多元的文化。那时的西安便堪称世界之城了。这座盛唐时期就享有盛名的古都,在西汉时期就有"八水绕长安"之说,长安得到八水灌溉,土壤肥沃,物产丰饶,才为历代王朝定都于此打下了基础。

坐在大巴上,听导游讲贞观之治与开元盛世时唐人路不拾遗、夜不闭户的生活,大家都想来一次时光穿越,梦回唐朝,去做一回民风淳朴的大唐臣民。那,也该是一种幸福满满的感觉吧。

快到景点时,导游说,来西安不像去江南,看的是地面上的风景,这里看的是地下的,看的是文物,是遗址与遗迹。不过,此行到过的景点,也只是随团短时间地停留,走马观花地看看而已,也只是让我对这座古都有了个略知一二的了解。

沿途,西安盛产的石榴,因为水土不同,口感特别好。导游说,这个季节,西安的石榴特别便宜,一块钱就能买一个,而且特别好吃。不过,到了咸阳机场可就要卖到十五元一个了。所以,无论渴没渴,都要赶紧买来吃吃。他还风趣地说,正因为西安盛产石榴,古时候长安的女性在十六岁成年时,父母要送一条石榴裙。由此可见,生活在长安是一件多么幸福的事,石榴裙,那可是杨贵妃的最爱啊。能言会道的导游说石榴裙是高贵华丽的体现,穿上它你就有着杨贵妃般的优雅与气质。然而,我总觉得,石榴裙固然好看,但并非适合所有体型的人,只是一笑而过地听听罢了。

晚上,我看了一场极为难得的大唐歌舞。歌舞大曲,是唐代新形成的一种集器乐、舞蹈、歌曲于一体的视觉盛宴。

那场面之盛大,也是当代歌舞所不能比的。那晚所表演的《霓裳羽衣舞》,是唐代最著名的歌舞大曲,舞者轻盈的旋转像雪花飘舞,垂下的双手像柳丝那样娇美无力,美目盼兮说不尽娇柔之态,舞袖迎风带着万种风情。相传,《霓裳羽衣舞》由唐玄宗李隆基根据《婆罗门曲》改编而成,是一部非常富有浪漫主义色彩的作品。

看完此曲,我在想:不管是历史还是民间传说,唐玄宗与杨贵妃的爱情都是一曲绝唱。他们一起生活了十三年,在这十三年里,他们之间是有真爱的。这种"三千宠爱在一身",源于一个共同的爱好——音乐。不仅仅因为杨玉环有"难自弃"的"天生丽质",而且她"善歌舞,通晓音律",或许,这一点,在唐玄宗看来,更为重要。

如今,长安已称为西安。拂去历史的尘埃,一路上,西安呈现给我们的是那重新抖搂出尘封的美丽。

走过乌镇

来到乌镇,江南的小桥流水人家,如此大规模地被盈盈的水包围着集中于一处还是初次见到。那一刻,关于"人家尽枕河""水巷小桥多",才有了一种现实的诠释。

一直以来,对于乌镇的最初印象,源于一代文学巨匠茅盾与漫画家丰子恺——这里是两位大师的故乡。据说,曾经很长一段时间里,乌镇都在沉睡,一直沉睡到茅盾将它唤醒。而后,直到刘若英主演的《似水年华》的到来,再一次激活了它,一度跃居"一生不可不去的中国九个迷人小镇"之榜首,才有了"中国最后的枕水人家"之誉。这的确不能不说是时代给予了乌镇面世的机遇。

当一辆辆旅游大巴在秋阳下把乌镇塞得拥挤不堪时,白墙、青瓦、石板路与水阁、深巷、乌篷船便把一个江南梦里水乡真实地呈现在了游客眼前。

行走在水阁,水巷里古老的乌篷船正嘎吱嘎吱地在沉静流动的水中荡漾,而对面杨柳依依的岸边,喧嚣的人群在观赏着跨水卧波的石桥边民俗高竿表演。幽幽的水巷,瘦瘦的身着蓝衣、脚穿方口布鞋、腰系方巾的船夫,在木桨激起的水花间,乌篷船慢悠悠前行着,在喧嚣中演绎着一种独自的宁静。

水阁,是乌镇的灵气所在。有了水阁,临水而居的乌镇,就多了一份雅致、一种韵味。

而此处的桥,更是江南水乡古镇不可或缺的。各水阁间都是由桥来连接,行走其间,真可谓"百步一桥"。在桥上欣赏着那些雕刻精美的桥栏,尽管那一拨又一拨喧嚣的旅游队伍让人只能摩肩接踵地挪动脚步,但依然无法忽略这水乡地域的独特美景。即便是在游人如织的十一黄金周,也感觉乌镇像是江南水乡一张泛黄的老照片,古旧而清新。

去到那千年宅巷,有一种说不出的宁静。窄窄的青石板巷,两边是简单而陈旧的木制板墙。有开了腰门或窗的,便可见上了年纪的老人出入其间。室内大多陈设简单却干净整洁,偶尔有大爷、大娘娴静地坐着,或是扫地、做饭、纳鞋,那举手投足间皆有一种淡定与从容,仿佛做足了岁月的文章,丝毫没被当下的喧嚣打扰,任凭游人的脚步高低起落着。

人群中,偶尔有一两个穿着蓝底印花对襟小袄、裹着头巾、拎着手袋的女子擦肩而过。一朝被整套印染布制品装点着,不管多时髦的女子也有一种质朴的清纯。即便是北方女子包着花巾的俏皮模样,亦有着一份江南女子的独特风韵。只是,不知她们是否在刚巧经过的铺子买得。那家铺子就是以茅盾笔下的"林家铺子"命名,生意自然兴隆,铺内出售的大多是印染布制品和笔墨纸砚。如此看来,一座古镇,不管经历怎样的沧桑,有了文化的味道,就会平添它的深度与厚度。正如一个情感丰富的女子,岁月沉淀与馈赠的最后也总是有关韵味之类的东西。

值得一提的是,"林家铺子"斜对面是一座三进三重的深院,那是一代文坛巨匠茅盾的故居,也是此行重要的旅游景点。这个16岁便走出乌镇,写出了《子夜》与《林家铺子》的文学大师,塑像前的那支笔,已被游人抚摸得脱落了本身的金属色。这或许暂且算作是一些在物质的天空下走累了的人们的一处精神栖息地吧。

走出茅盾故居再往前几步,便是供游人休息的广场了,广场的戏台上正上演着花鼓戏,而在游人的眼里那也只是一种摆设与道具,没有人真正去听,他们也只是自顾自地表演。

去桥对面听听船夫应景的小调、品品刚出产的杭白菊,却是一种不错的享受。如若是游人不多的日子,安详且幽静地听着江南小调,仿佛感觉到了那有着千年历史的乌镇,抖落了岁月的轻尘,迷迷茫茫中的往事扑面而来,一种历史的厚重感便在周身弥漫。那一刻的水色天光里,乌镇恬静安适的内核泛出历史沉淀的优雅与让人感动的沧桑。

踏上归程,在车窗中回望,乌镇那高高的屋檐、黑黑的雕花窗棂、长长的青石路与窄窄的街道一起后移着,渐行渐远的视野里那一方印染的花头巾成了江南女子独特的风韵,点缀在了乌镇的内核里。

夏日三清山

这个夏天,一直渴望着行走。

那个由茫茫大漠与辽阔草原所发出的邀约,一直有着让人不远千里来访的吸引力。然而,整个夏天的脚步,都未曾走出江南。七月里,偶然间去了三清山。

深居山城的人,对于登临一座山,在惯性思维里只有一种单纯的海拔高度而已,它着实无法产生北国疆域里那份辽阔的牵引。

因而,去三清山,起初也只是把此行当成一次随意的散心而已,没有太多的向往与欣然。尽管这是有着"云雾故乡,松石画廊"之称的道教圣地。

七月的山间,暑气消退,沿着蜿蜒崎岖的栈道,目之所及处那些曲径通幽的百折千转,不觉让人的心境渐渐平和与开阔起来。行走在如此纯粹的山石间,尘世的纷扰都渐次隐退了,眼前的奇峰怪石,仿佛也有了诗意,有了一种意象传承间的缺失而产生的美。

这处道教圣地的那种拒绝奢侈的简朴与浑然天成里那当之无愧的自然之美,让人内心着实很享受。更令人颇觉欣喜的是,整座山间,除去栈道,再也没有更多的人为点缀,一派自然的松石景象。脚步起落间,细细地体会出一种清绝尘嚣的意蕴之美,的确有一种人在山中,仿若仙境的感觉。俯仰间,仿佛可以与天地对话,亦可与神灵沟通。

"自古名山寺庙多"。历来,僧道们都占名山修行。而描绘这一处与道教结缘的人间仙境,要以明代胡靖的诗"江南何处是仙家?孤柱擎空见少华"为最。神仙,对于凡俗如我辈来说,是一个多么陌生而神奇的字眼,不但灵魂常在,而且肉体永生。如是,道教的功课之一炼丹术所追求的长生不老,究其实也是在自然清静、超脱凡尘的境界里怡情养性,实现生命的超越吧。

在那个遥远的岁月里,一生著作等身的葛洪,经历了二十岁时在豫、荆、襄、广一带颠沛流离的生活以及三十五岁完成《抱朴子》后极负盛名的江湖行走,于步入暮年的五十七岁时,他来到三清山,见到了此间的素与朴,便从此安顿此心,世间的山水对他都没有了吸引力。这是怎样的一种超脱尘俗之缘。

苍茫间,不由遥想起那远古的晋代来。那时,此间或许只有一两间茅屋吧。不知修道于此处的葛洪,是否会于偶尔的丹鼎之外与苍松、浮云对话,心中是否也会陡然生出一种"天公无语对枯棋"之感慨。

夜幕低垂,我们歇息于三清山,一行人就着山上客栈旁那苍松怪石边的石桌喝着小酒,东拉西扯地聊着。那一刻远离了尘嚣,仿佛有了一种超然地欣赏大自然的心境,而那种心境便是对生命本身的享受。

静夜里,一行人在山顶那几间客栈里挤着过夜,这样的随意而不挑剔,感觉也稀松平常。比起帐篷的湿气之苦来,算是好很多了。夜间的歇息,一任自己静静地感觉那山野长风带来的超然物外的浩大与从容。

凌晨四点,我睡眼惺忪地跟着团队打着火把去山顶看日出。

气喘吁吁地爬到山顶,雾气深浓,太阳还不见踪影,而几个租着帐篷来看日出的女大学生已身披床单候于此处了。浓雾后的那轮红日,似乎把人们的耐心都要磨尽了,让人有过时不候之感。直到近七点,太阳才渐渐地隐隐约约地露了一会儿脸。然而,隔着清晨那一层厚厚的浓雾,我们还是分不清那是太阳还是月亮。

继而,轻柔曼妙的淡雾蒸腾而起,阳光普照大地。大美当前,所有人都慨叹着:眼前的景致太漂亮了。此景,也让人见识了何为"云雾的故乡"。

在此前的等待中,人在飘着薄雾的山顶踱着步,湿气在脚步间缭绕,思绪却飘向了远方,不知那些在大片大片绿色包围的草原里放飞心情的朋友们,是否亦在天未亮时便守候着草原的日出。发出一个问候的短信,而后戴上耳机,听着一些安静的音乐。乐曲在别样的质地中干净、质朴、委婉、低回,让人有一种超脱尘世之外的感觉,一种不属于人在旅途的自在与从容。那一刻，只觉得生命里那个短暂的瞬间颇具意义。

云雾缭绕中，对面的山体上道教尊奉的玉清、上清、太清三位神仙比肩而立，为三清山蒙上了一层神秘的道教文化色彩。而头一天观赏的"司春女神"此刻仿佛依天而坐。"巨蟒出山""仙人指路"等景观，此刻也变得亦真亦幻起来。视线迫近，山顶上有一棵枯而未朽的杨树，感觉很像荒漠里的胡杨。以蓝天为背景的我，迅速按下快门，把它定格成一种苍劲屹立。

归途中，在车上一次次地翻看那幅作品，想起了传说中的胡杨。那是"一千年不死，死了一千年不倒，倒了一千年不朽"的大漠之魂。而那屹立在海拔几千米的三清山顶上的不朽枯杨，仿佛就以一种灵魂的不朽铸就了大山的永恒。这一刻，仿佛觉得眼前的山也有了情感，而情感是生命里最重要的东西，一棵树的灵魂，从此便久远地根植在了山的生命中。

接下来的下山是需要体力的。来回几十里的山路，一直跟着队伍走走停停，后来想想，都有点不相信自己的耐力了。这一路总是因走得太累而一歇再歇。如是，也正好让自己独自好好安静地欣赏沿途的风景。

在歇息停留间，我总是想起此前读到的关于三清山介绍里的那一句："这一处自由的精神空间，适合用来释放现实中或劳累或疲倦或受伤的心情。"的确，天地的大美会让在尘世里感到疲惫的人释怀。人生不妨学会散淡一点。

然而，难的是用一种豁达的态度对待外界的困扰，让心境最大限度地处于愉悦和平静的状态中。

无端的玄想中，满头汗水的轿夫抬着一个上了年纪的老太太上山来，身旁一拨又一拨的游人接踵而至，向着那个轻雾缭绕的绝妙仙境。脚步，在清风徐来中，渐行渐远。

水墨婺源

去婺源,感觉是闲适的。

那种由远山、近水、粉墙、黛瓦组成的水墨画般的意韵中,一种可以让人慢慢回忆的旧时光里,均有着浮华世间人闲气自清的安逸。

盛夏抵达,时序已过了油菜花开的季节,少了一分绚丽绽放的沉醉,也少了一分游人如织般纷至沓来的拥挤。视线迫近了,一个个由马头墙与飞檐翘角写就的徽派建筑群落,每一处小桥、古树、旧民居仿佛都在诉说着远古的历史。

第一站到达的李坑,是一个李姓聚居的古村落,这个村落历代文风鼎盛、人才辈出。在这徽派建筑的村落里,南宋年间出了一位武状元。

据说位于赣东北,与皖、浙两省交界的婺源,历史上一直归安徽管辖,直到二十世纪三十年代才划归江西管辖,因此,在婺源看到的马头墙与飞檐翘角的民居,都是正宗的徽派建筑。这些古民居是有历史的,走近一间古民居,都像是走进了一个家族兴衰史。那些悬挂于各家厅堂的字画和放置在任何一个店铺里的古董,都会让人感觉到染上了一层岁月风尘的厚重。

随便翻开一本有关婺源的小册子,那些弥漫在远山、近水、粉墙、黛瓦间的历史的烟云,都不会因时间的流逝而消失殆尽。有时,它会在不经意间慢慢浸润出来,久久罩住你的心绪,在时间的蝉蜕和往事的遗骸里静静地倾泻。

那临溪而立的一家家店铺小而逼仄,却布局精雅。

村头的客栈也大多坐落在小桥流水的人家里,随便走进哪一家,主人都热情满满,招呼也颇周到。最让人留意的是,随随便便的一处婺源人家的客栈,走进堂屋,就能感受到"书乡婺源、音画婺源"的意韵。

脚步从客栈到溪头,捣衣的妇女、戏水的孩童和悠闲地做着小生意的村民，便很随意、很家常地组成了一幅流动的风景画，让你的脚步不经意间就渐渐慢了下来，而后，环视四周，视野里满是民风淳朴的古韵悠悠之感。

脚步起起落落地穿行于这些沿溪而建的古民居里，偶尔的那一停一驻，抬头间，便又身临赵雅芝、斯琴高娃领衔主演的《青花》的摄制场地了。那一幅被时光做旧了的剧照，仿佛真有一种就那么打算永久张贴下去的态势。很显然，它被当作了此地旅游产业的又一招牌软实力了。而通常，对于一个旅游景点，我比较喜欢那种自然而直观的印象，对人为地加上名人效应所带来的那些附加值则多少有点心生排斥。然而，面对眼前的剧照，还是不由得心生喜欢。或许是因为赵雅芝身着古装的那种含蓄优雅的美。又或许，自己是一个怀旧的人，因而喜欢一些有着光阴烙印的东西，比如老的电影、旧的音乐以及许多可以让我回忆的旧时光。

落日渐渐低垂了，成群结队的游人分散开来。一个人独自在小桥流水的古村落里行走着，那一刻，内心感觉很享受。

那一刻，我远离喧嚣，寻找着一种适合一个性情女子的那份宁静；那一刻，我可以认真地体会当一个人对脚下的大地与视野所及的自然界怀有真切的感情时，会如何使之与世间保持微小而超脱的距离。这种感觉是那样与众不同。

满池风荷，粉的、白的荷花盛开正好。人立其中，在风荷轻送的清凉里放眼远眺：崇山峻岭包围下的阡陌纵横的田园风光，画幅一般地静静呈现着，顿感眼下这一处典型的小桥流水的江南水乡，有着诗一般的诠释。

踱回村头的客栈，已是掌灯时分，但迟迟不见一排排红灯笼整齐地亮起。老板娘解释道，那是旅游旺季的情景。现在游人不多，也就只有几家临街的店铺前的灯笼稀疏地点缀其间。尽管如此，李坑的夜色，还是有一种独特的韵味。在这安静的夜里，蛙声与虫鸣，便成了乡村最曼妙的音乐与梦境的序曲。

次日五点起床，带上相机，想捕捉那些在晨光与暮色交替中的景致。

倚山而建的茶楼里，容颜姣好的女子，正对着嵌于石壁的镜子梳妆。

瀑布般的长发在素手的轻巧承转间,便绾出一个好看的髻,端庄的仪容与茶楼的陈设依旧很搭。年轻的摄影师赶紧对焦抓拍,快门按下的那一瞬间,镜头里的女子,宁静美好如画,那个晨起梳妆的瞬间,便定格成了镜头里的永恒。

不远处,有一群人在写生。人群间端坐着的模特身份的女孩肤如凝脂,且有着一种少见的独特。不是因为外表和着装,而是因为眼神,因为那眼神里有一种高不可攀的寂寞。她一直姿态优雅地静静端坐着,深潭般的眸子仿佛对身边的人群视若无睹。直到画家收起了画夹,她才转身离开,而后,丢下一个清浅的笑影。

画中的女子,因这画作,或许一辈子都停留在了最美的时刻。之后,便可以任由时光老去。

这样的早晨,仿佛就在光与影、色彩与线条间一再定格着。

这样的早晨,犹如一个惯于缄默的人,懂得安静地让晨曦里那些诗与画的音乐,在初醒的耳膜里从容地泛起。

在这种宁静的清新里,一行人再度出发赶往另一处景点——晓起,那是一处典型的明清建筑群。

一路上,大家觉得"晓起"这名字起得特别好!晓起,晓起,很容易便让人联想到乡间拂晓里躬耕的场景。我心里觉得较之彩虹桥、月亮湾这些婺源景区的名字,它更有一种出尘的味道,也与"中国最美乡村"的称号更贴切。

在晓起,大家随便一走,就走进了一个砖雕建筑的商贾之家,或是古时某位官员的荣禄宅第里。那古旧的绣楼,总是牵引着好些游人心里的好奇。无奈年代太过久远,终究只能止于无端的想象了。

一拨又一拨游人的脚步起起落落地踏在那些古旧的石板路上,来到晓起的人,是一定要去看大樟树的,而大樟树下的大水车以及旁边可以静静观赏的远处的高山瀑布和近处的小桥流水又是一道不得不看的风景。在那种让人屏住呼吸的大美前,一行人赶紧举起相机以不同的角度在如此独特的景致前留下了一组组瞬间的记忆。

时间在催促着行人，游客们的返程时刻一再推迟着，大概缘于这个纯粹的乡村，依旧过着让人流连的一种久违的日出而作、日落而息的朴素生活吧。

然而，作别晓起，那一处乡村独有的流水潺、炊烟直、绿树掩的原生态之美，却在心头经久笼罩着。

乔家大院，那一处挂着古灯笼的古宅

去乔家大院，是个雨天。雨天的抵达，只缘于这一处宅院是巩俐主演的那部轰动国际影坛之作——《大红灯笼高高挂》的取景地，缘于这一取景地一直以来对我构成的一种内心的牵引。

当这座始建于清道光年间的大户人家的屋檐下，那一排排悬挂着的红灯笼真实地出现在眼前的那一刻，我才觉着这样一处宅第，更适合在一个下着雪的冬日去拜访。在一冬的雪韵里，或许张艺谋电影中那古旧的宅第、大红灯笼，更让人充满想象。

而此时，走进这座有着"皇家有故宫，民宅看乔家"之说的大院，仿佛步入了一座民俗学的殿堂。

仅那迷宫一样的六个分院、二十个小院和三百一十三间房屋，那象征大吉大利的双"喜"字结构，就很好地展现了北方封建大家庭的居住格调。乔家大院闻名于世，不仅因为它有宏伟壮观的房屋，更主要是因为它在一砖一瓦、一木一石上都体现了精湛的建筑技艺。

那随处可见的精致的板绘工艺和巧夺天工的木雕艺术，个个都有民俗寓意。

不管是四个砖雕的狮子和一柄"四时如意"，还是六对鹿双双合在一起的"六合通顺"；不管是代表蔓长多子的葡萄、挺拔的松竹、健壮的八骏，表示万年富贵的芙蓉、桂花和万年青的柱头木雕，还是以示吉祥延年的灵物万年神龟砖雕,都以它们永远的真实,期待着人们对三晋文明史的阐释和对晋商辉煌史的解读。

说到晋商的辉煌史,让人想起了电视剧《乔家大院》。导演胡玫对清同治年间的晋商乔致庸的褒扬,运用到了李鸿章亲书的"仁周义溥"和慈禧太后面谕的"福种琅嬛"的匾额。的确,乔家是有着超越一般商人的远见的,不仅乔致庸如此,连其后人都是有远见的。

后来,我们在参观王家大院时,一路上听导游解说:乔家大院在山西来讲并不算大,也不是现存最好的宅院,单王家大院就是它的五倍。据说《大红灯笼高高挂》的第一取景地并不是乔家,而是王家,只因王家知道张艺谋要拍电影,就坐地起价,而当时的张艺谋并没有那么多资金,只好走人。乔家听闻此事,便立即以免费提供场地协助拍摄把张艺谋追了回来,才有了后来的《大红灯笼高高挂》在国际获奖。

一直以来的想象里,这座形如城堡、名扬三晋、誉满海内外的大宅院是很少下雨的,要么,就是来一场寒意彻骨的漫天大雪。

而此行,雨落乔家。在一柄雨伞下,一路湿湿地行走在这座深灰色的建筑里,仍旧是一拨又一拨的人拥挤着从一个小院到另一个小院参观着。高高的围墙,加上雨天里那阴森的甬道,可以想见,随着夜晚的来临、游客脚步的离去,整座宅院是怎样的封闭和与世隔绝,压抑得让人喘不过气来。而在《大红灯笼高高挂》里,一向擅长利用场景造势与影像表达的张艺谋,用了一排又一排的灯笼挂在这如牢似井的深宅大院里,不仅给人一种视觉上的冲击,更感觉到空旷而博大的大院,让姨太太们在各自的小院——大门、二门、正房、偏房成套成样的齐全的院落中,深居简出着,日子似乎也还平静。然而,在这种看似平静下其实深藏着危机,姨太太们名为点灯,实为争斗权势和地位,张艺谋将这一点演绎到了极致。

大导演张艺谋通过一件件日常生活中的小事和视觉、听觉上的感受,使大院里各种人物的心态和性格不知不觉地浸润到你的心里。加之红灯笼这个贯穿全片的造型,他用一种美感和色彩上的华丽,把《大红灯笼高高挂》拍得富有象征性和深刻寓意。即便是姨太太之间的"窝里斗"也给人一种凄婉的氛围。

　　追求极端风格化的张艺谋,将苏童小说中那种诗性的舒展与含蓄以及古典冷峻,通过整部影片低沉、忧郁的基调娓娓道来,像一位饱经忧患的老人不紧不慢地向你讲述往事。一部获奥斯卡金像奖提名的《大红灯笼高高挂》,凝聚了张艺谋的才华与巩俐的灵气。

　　参观时,我看到巩俐在《大红灯笼高高挂》剧照里的那张古典大床,一下子就想起了她在演绎和把握颂莲这个旧时代想争无力,欲哭不能的悲剧女性角色的那种恰到好处的"沉重"。这让人想起了艺术这个渐次打开的灵的世界,想起巩俐那点到即止的性感和倚仗着美和才情的自信。

　　也想起了前些日子,在《艺术人生》里看到张艺谋谈电影。其实,张艺谋算得上是一个缄默的人,内心真正看重的东西,不会轻易拿出来说。而谈到电影,他说:或许自己一辈子都拍不出一部了不起的传世之作,但一定要珍藏心里的爱、心里的梦想。他说自己对电影是至爱,拍电影作品也是爱的一种冲动,实际上也就是喜欢。的确,能把一件事情做到登峰造极,喜欢,或许就是最好的理由。

　　曾经看到陈凯歌在为其写的《秦国人》里说:"艺谋拍电影的意义在于,对一件事热爱了,而产生的力量,远远超过对一件事物的兴趣、义务责任和职业感。"张艺谋这样一个勤奋的、永不止步的导演,或许从故乡西安走出来的时候,身上就带有那种地域文化的悠久和历史渊源的影响吧。如若不然,为何他能想到那美到了极致的、茫茫雪地里映着的红灯笼的创意?

　　如是,在别的季节里去过乔家大院的人,或许还会再等待一个降雪的冬,再去做一次关乎灵魂的拜访。然而,有些时候,落在人生中的雪是不能全被看到的。

晋祠，在时光碎片中打捞的历史

去晋祠，走进那依山作势、凭水添姿之地，仅那山、树、水的多层次的美，就让人觉得大自然不但是人类生活物资的源泉，而且是人类心智交流的对象。

无论是有关"剪桐封弟"还是"铁人从军"的故事抑或"水母娘娘"的传说，晋祠，非但没有让从西周一路走来的时光做旧它，而且在历史的长河里，仍旧带着传奇与故事静静地生发着光辉。

晋祠——这座唐太宗李世民御书《晋祠之铭并序》的宗祠，祭祀是最初的主要功能，如今则是著名的国家AAAA级旅游景区。这是一处集建筑、园林、壁画、碑刻艺术于一体的宗祠，内蕴丰厚。晋祠三绝——周柏、难老泉、圣母像，配上眼前北方那高远辽阔的天，吸引着众多的海内外游客。

一泓清澈见底的难老泉，蜿蜒穿流于祠庙殿宇之间。只是不知道，这一方清澈见底的池水，可否也能视作神俗之间沟通的媒介。常流不息的难老泉下游客们在留影，抬头望见远处那古树婆娑、池流映带的景象，都让人有些不知身处何地了。那叮咚作响的流水声，的确给庄严肃穆的宗祠平添了几分灵气与动感。

顺着难老泉再往上走，便来到晋祠最著名的圣母殿了。这里的宋代彩塑形态逼真、栩栩如生，将人物的神态和性情刻画得入木三分，让一拨又一拨的游客在此悄然驻足。而其中一尊侍女像，还有一个关于梅兰芳的传说：传说梅兰芳先生成名前曾来太原，并天天到晋祠，对着一尊侍女像细细研究，前后看了三个月才离开。后来这位梅派的戏剧创始人在艺术上取得了登峰造极的成就，或许，就是在那一尊衣袂飘飘、庄重含羞又婀娜多姿、典雅风流的宫廷彩装侍女像里找到了灵感也未可知。

周柏，则因千年古树而得名。大伙儿在周柏的枯枝嫩叶间穿行，而那相传唐朝大将尉迟敬德的别墅旁,满目参天的古槐,也流传着当地"千年柏,万年松,老槐一睡几百春"之说。只是不知这一处干老枝嫩、苍郁古朴又独具一格的槐树已睡了几百春,按导游的解说推算,它至少睡了五百年。只不过,眼下没有谁真的去细数槐树的年轮罢了。行走在这个山环水绕、古木参天的宗祠里,只希望能让在尘世里下陷得久了的我们,暂且回到历史的烟云中去透一透气。

唐太宗李世民在做太原留守时曾以"六合为家"的英雄气魄和"经仁纬义"的华丽文笔对眼前悬瓮山的雄伟及晋水的秀丽做了高度评价。

这里,暂且让战事的纷争与刀光剑影退场,单单来说说唐朝历史天空中的人物。如果说那些飘在唐朝天空的人,充其量只是一些行云和流水的姿态,那个最终落得"明月无心惊往事,清风有恨伤流年"的唐明皇,在此也可暂且忽略之,而李世民,却是不得不提的功盖千古的人物。

在中国的帝王将相中,唐太宗李世民,不仅是一代"以古为镜、以史为鉴"的杰出君王。这样一个前半生立下赫赫战功,后半生有墨宝传世的擅长骑射与书法的人物,恐怕就是到了当下,在"90后"女生眼里也是偶像,是经得起推敲的。

即便是玄武门的血雨腥风,也只是那个威武勇猛、无法忍受兄弟一再加害和父亲猜忌的胸怀大志的二十八岁皇子不得已而为之的一场杀戮。然而,在他的内心深处,一生最为内疚和无奈的事情恐怕也就是玄武门之变了,骨肉相残中,内心一切的痛苦重压都让这个肩负天下的王者独自承担了。

其实,唐太宗李世民是一位有才有德、谋略过人且充满人情味的皇帝。电视剧《唐太宗李世民》中,他作为一个皇子初见隋炀帝之女杨吉儿(杨妃)的那一幕,那种由自负到回眸一笑的惊讶再到一见倾心的驻足不忍离去,就极为鲜活地表现了他丰富的情感世界。

这位工书法、擅文辞、个人修养及天赋极高的一代明君,即便是五十一岁病终,一生也带着"贞观之治"的荣耀与盖世的功业。一个帝王一生的功过是时间的洪流不能涤荡而尽的,历史也永远无法抹去这浓墨重彩的一笔。

一行人就这样在历史的烟云与现实的交替中对晋祠做了一次拜谒。

回到太原,已是霓虹闪烁。烟雨缥缈里,那霓虹灯下,初秋的夜的尽头仿佛有一颗寒露滴落。此刻,雨疏,夜浓,秋凉如水的回眸里,谁的肩头,有了一缕难解的愁。

隔着岁月的平遥

拜访一座城池,通常都是要隔着岁月去回溯的。

初秋里,去到平遥,暮色中的抵达,仅抬头便见的四周高高的城堡,便让人感觉到无论是它壮硕的品质抑或是它轩昂的外像,都有着一种使现世的浮华黯然失色的特质!那一刻,内心那份对平遥的最初向往,才找着了一种现实中的复位。

一路上,奔赴平遥的行程是有点困顿的:那一处曾经的"表里河山,炎黄之根"的山西大地,还在秋天,就让人感觉到了一种荒凉。车子行驶一程又一程,一路上除了沟壑纵横的丘陵与黄土高坡,剩下的仿佛就是大而破碎的地形所带来的旅途疲惫了。直到视野里平遥古城的出现,一座北方城池所具有的古朴与大气,才让人有了一种历经百年的时光倒流之感觉。

当脚步迈进这个明清时代的"城堡中的市镇",旧时的色与香便一起扑面而来了:那些一个又一个的客栈——其实就是一处又一处明清风格的深宅大院。抬头便见的城墙,本是战争的产物,平遥人却偏偏喜欢给抹上一层浓厚的文化色彩,把象征文化星官的魁星楼修在了丁城墙的东南角上,让那一方古城墙也成了历史气息浓重的符号。

古朴的城墙和明清的民居交相辉映着,有着一种古风犹存的古典与风雅在其中。那每一家民俗客栈,随处可见的雕梁画栋里的不乏神工之物,便是古代建筑与民俗文化的最好结合了。仅从院内东西各进的木构厢房和院落精美的窗格棂结合着看起来,就是一处"时代的纪念碑"和一种"凝固的音乐",而那廊沿下目之所及的木雕、石雕与砖雕无不彰显着主人日常生活的情趣。这些撑起古城半边天的民居,如今就有五万居民生活在其中。眼前一处处有着北京四合院的味道的古民居——窄院,雅致而安静。院落间由垂花门串联着,走入其间,仿佛有一种细雨轻风的感觉。

庭院深深,屋檐下的红灯笼一盏盏相继亮起,游客们在夜晚的聚餐后,那些开心的笑容与静静思考的状态,在每一处客栈都随处可见。而那在红灯笼高悬的各处小巷里转悠后先行回来的几个,已在院落里慢慢地品着一壶清茶,静候着迷醉在古城夜色里的同伴归来。此时,喧嚣已退去,一种难得的静品清茶中,那客栈里的满眼花木扶疏的盆景、古色古香的家具,在红灯笼的照映中,带给人一种时光逆转了千年的感觉。

十一点刚过,客栈里各处廊沿下的红灯笼就熄灭了,这一点,很符合一座古城沿袭多年的作息习俗。而客房内的空调、电视甚至网线等现代设备一应俱全,歇息于此,让人感到平遥是一座生活在历史和现代之间的城市。过去和现在的影像在这座城市中清晰重叠。一天各个景点的游览后,人已带着欣悦与疲惫睡下了,只是,不知巷子里三更民生的天是怎样的一番景象。

梦境里,仍旧清晰地再现刚刚转悠过的明清一条街的夜景:雄伟壮观的飞檐翘角下挂着一排排红灯笼,大街两侧房屋开设着店铺,卖着当地的特产与纪念品。而街道两旁那夜色中亮起的红灯笼,让人恍惚回到两三百年前晋商辉煌的时代。街边照相馆里,明清的服饰让一个个旧时的"格格"与"地主"形象在游客身上重现着。古城在摄影师们的镜头下聚焦着:或明或暗的红灯笼在街头巷尾高悬着,有人斜倚着明清的街景,留下一抹又一抹的剪影。

行走其中,我的脚步在古城的青石板路上一次又一次地停驻,仿佛一抬眼,真的就让时光倒流了千年。

在这样的夜色里,逛着一家又一家的漆器与小商品店铺,也是一件有趣的事情。街边有许多所谓的古董,也让一拨又一拨游客驻足其间。我在闲逛中,买了一些印有"平遥"二字的小镜子和工艺饰品,没有太多的实用性,在意的只是当时的一种心情。正如自己的人生字典里那"喜欢"二字。有时觉得,一个人或者一件物品,偶然遇见,然后有一种真实的心生喜欢,这是多么美好而难得的事情,我得珍藏。

这样的转悠中,看了一条又一条街的世俗和琐碎,没有记住多少具体东西。视觉中,只是不时有季候微凉里送来的一种久违的旷世美感。那整条整条的街,留在脑子里只是一个印象派,不过高低起落的脚步却一直在其中。

明清一条街上,有着别处不多见的景致,那就是有许多的外国游客穿行其中。随便一走,迎面而来就可见到金发碧眼的三三两两同游的老太太、独自闲逛的洋妞和街头帅气的西方艺术家。擦肩而过的那一刻,我总在想:这些来自异域的游客一而再地来到平遥,或许是因为这样一个距今有几百年历史的古城仍旧完好地保存至今——城池没有被战争的炮火轰倒,古迹、宗庙没有被政治的狂热拆除,众多的古建筑仍旧向游客们诉说着尘封已久的往事。又或许,因为那些历史遗迹、民居建筑的艺术精品以及亦神亦人的民间记忆,使现世的浮华失了色,才如此吸引着浮世中的洋人们不停追寻的脚步了。

而这样的夜色里,即便是一位土生土长的中国游客,行走在这一方战国名将廉颇的故里,眼前的这样一座古城中,仿佛那厚重的灰色也暗淡了历史的刀光剑影。只是,这座有着历史与艺术价值的古城,无论成了历史曾经辉煌过的最好标本,还是延续了一个民族的记忆,到了最后,都简约成平遥人心中始终不能舍弃的一个大的家了。

接下来的整个梦境里,仿佛都是漫步其间的一幕又一幕,在那些红灯笼亮起的平遥的夜色里,仿佛有谁把一颗在尘世里的心,遗落在了此地。

艾　园

艾园，位于老县城北门的腹地。依山而居，临水而立。

面前的武宁湖透着一派优雅与沉静，身后的玉枕山又寓于玉枕清风之意，加之山上曾建有喜雨亭，艾园便是这细雨清风里润泽着的一方胜景了。

初夏时节，以舟代步，来到与县城仅一水之隔的艾园。首先是映入眼帘的一大片菜地，地里结满了时令的果蔬，道旁的红月季很招人喜爱地开着，岸边的芦苇正打着苞儿，一派的青色。这满目的青葱，透出一股十足的农家味来。

门前壁上的《艾园修复记》清词丽句，让人怀旧感新的同时，的确可视作再现整个艾园旧貌的真实描摹了。而门楣上的"拱极"二字，是代表着迎接域外来宾的极致礼仪呢，抑或还有一层保护一方古县城的安宁之意？或许两者兼而有之吧。越过了古城门，登临城楼，观者不禁感怀这小小的城楼，也一样有着长城般坚韧的"守"的品格。而远去的修河，涌流出灵动的特质，两者交相辉映着。一处小小的古城门，代表的仅是一方古县城的地域疆界，实质上并未曾将城中与外界隔绝开来。一方小城也一样有做着四海生意的商贩走卒，也一样出了声名显赫的文臣武将。

曾听老人讲起旧时择城址的讲究来：那时选城址，先要请人在待选之地看好地理地貌，然后于这几处取出同样体积的土来称比重，比重最大的即被定为城址了。

老照片般的县城，规模不大，窄窄的街，铺着碎碎的青石板路，两旁安放着吊脚楼，整个透着一派古色古香的味道。在老人怀旧式的讲述里，那从前的豆腐铺、油条店、风味小吃，还有住在北门专以打狗营生的曹老汉，就像画册般于眼前一页页展开。更让人新奇的是那夏天的剃头铺。在电风扇还没有普及的年代，给夏天降温的方式，在剃头铺里竟演绎得如此独特而神奇:两个初来的学徒来回拉动着一块大布,给顾客扇风带来凉意。还有那修河里来来往往的机帆船,下河时,放下帆,船便一路顺风而下了。傍晚时分,则收帆返回。上滩了,便有十来个壮汉浩浩荡荡地拉纤。若是搁浅了,拉不动,便有围观的青年壮汉不请自来地帮着忙。这的确算得上是那个未经喧嚣的年代里的一份特别的热闹了。

　　古县城的建筑遗迹,已几近无存了,从东头出水的城砖里依稀可见旧时的陈迹。也似乎只有这种过去烧制的三六九砖,仍在诉说着一水盈盈的武宁湖下沉睡着的古县城了。二十世纪七十年代初期,因柘林水库的蓄水之需,万顷碧波瞬息之间淹没了武宁的大片良田。随着这座亚洲唯一现存的土坝的建成,不断上升的水位,一点点地侵吞着老县城,最后,昔日的老县城,变成了一片泽国。

　　今日的艾园又名义园,为三个老板共同出资修建,取桃园三结义之意。在民间,关羽以智谋与义气被尊为神。民俗中也常以关公像作为门神,有庇佑与镇邪之意。因此,园中的关帝庙自与其他宗教寺庙不同,有如一个地方的城隍庙,关公亦可视作一方保护神。

　　园中有一方袖珍湖泊,四季不干涸,算得上是百尾红鲤鱼的乐土。旁边有苍翠的古木,可谓这一城山色半城湖中的景中之景了。

　　山环湖绕的艾园,昭示着仁义如山的沉静与雄浑,同时又不乏心静如水的灵逸。艾园与县城仅一水之隔,却隔绝了尘世的喧嚣,登临会意,亦如领略山水形胜。

镜头下那些光与影的魅力

　　当我在这个黄昏,伴着音乐,打开"武宁摄影网","魅力杨洲"摄影活动作品交流区的一幅幅如诗如画的家乡山水摄影作品,足以让心灵得以在艺术的空间里自如地舒卷与飞升。一个个善于捕捉的镜头,摄下的唯美的特性和意境如此真切地体现了光与影的魅力。

当《南山晨曦》《沧浪小景》《风月宛然》《清溪》等一些风光摄影艺术品呈现在眼前的那一刻,许多摄友的思绪都会回到武宁摄影协会的首次采风活动——5月21日—22日的"魅力杨洲"之行。这一次摄影采风对于我们来说,是一次惬意的远足,更是一次以自然万物的意象来喂养灵魂的户外体验。

当摄协一行三十余人以自助车队的方式向杨洲大桥进发时,大伙儿的脸上写满了兴奋与喜悦。而当瓜源河的景色渐渐迫近了,面对着一泓深潭般的碧蓝的水域上自在翱翔的水鸟,整个队伍都不由得屏气凝神起来。大家赶紧用镜头抓拍着,远处,水天一线,小舟泛于其上的一种自然写意的味道油然而生。偶尔有人捡起路边的一颗小石子投入水中,那漾开的波纹,也能让青山秀水透出一股清音雅韵来。

常言道:山以青为贵,水以秀为贵。有着旖旎自然风光的杨洲集山的厚重与水的灵秀于一身。摄协一行人就这样用镜头行走在瓜源河、万果寺、神雾山风景区、武陵岩峡谷漂流和观湖岛这几处让人无限寄情的山水中,行走在五月的风里。大家边走边拍,于行走与驻足间,感受着山水的魅力。

徜徉于山水的一行人在拍摄中不断学习和交流,他们从镜头感、取景、色彩到立意为这个"读图时代"去保留生命中的点滴灵光,在随意与巧合中,借助镜头无限捕捉大自然的细节,收获生命最真、最美的感动。这个队伍里,年老的执着,年轻的好学:你看德高望重的总指挥熊未喜老师、总领队徐高峰老师,为了拍摄一张好照片,往往要亲自背起几十斤的摄影器材前往险峰取景拍摄;副总领队石教成老师是一个难得的热心人,总是先行到达歇息地为大家安排各种事宜;业务指导王敏老师是执着于纪实摄影的技术指导;最为难得的是秘书长蒋德先夫妇了,他们的敬业精神让同行无不感叹与佩服,而年轻的后生们总是追随其后,潜心学习。

然而,他们不只是把镜头对准光鲜亮丽的地方,也不只是追求拍大片的效果。在头一天的霞庄风景区附近,一些有着故乡故土容颜和乡间生活的岁月痕迹的古旧民居,进入了他们的视野。或许,他们的镜头下,那样的一幢房屋就是一个家庭的延续和成长的历史,连同乡间那些青涩的女孩、憨厚的男孩,一起定格在了画面中。

从风俗到人,从古民居到新楼房,还有那些乡间房前屋后的猫和狗,连同田间地头卑微的植物,默默地许多年如一日地生于斯长于斯,仿佛这种生命里的雪藏只是等待有朝一日那一双慧眼的发现。我不知道是不是一个人只有在宁静的状态下才能发现美的事物,其实它早已待在那,你只是一时没有心情去欣赏而已。

一天的走走停停后,夜宿神雾山。是夜,大伙儿在雄浑的大山脚下,在空旷的地域中重拾着一种仰望星空的心情:苍凉的夜,不见一钩残月,月亮这枚别在乡村的徽章,不知何时隐去了。凉风习习中,唯有一种风月宛然的感觉在心中。精力过剩的摄友们走出房间,集体用大合唱的形式让山里静谧的夜变得有了些许温度。喧嚣过后,次日清晨五点看晨雾、日出的行程安排,让我们在之后的蛙声虫鸣里早早地睡下了,山里的夜,让人有一种日落而息的原始的真切感。

天刚泛白时,一张张慵懒的面容还残留着睡意,然而当大家在空气清新的竹海、奇松、怪石间穿行,享受着一种置身于大自然的意境之美时,这个清晨就变得无比朦胧而宁静起来,就连山涧里那带露的花草,也带给人一种芳草留人意自闲的感觉。

往上走,一座山峰连着另一座山峰,让你仿佛透支体力去攀缘。幸而,这是一个友善而令人愉悦的团队,在大家相互间的扶持与鼓劲下,我们越过重重险阻,终于到达了。站在山巅,我用心感受着山下的一切,远处的山水、民居、炊烟与小桥尽收眼底,顿感眼前雄浑的山体散发出的一种深沉而内敛的光华,亦如前路负重而行的摄影老前辈,让人从心底生出敬意。

面对满目的美景,此刻的我们,也许只有放歌,才是一种最好的向着长天大地释放自己的方式了。歌声缭绕中,音协的万老师和田老师即兴的唱和更是添色不少。此刻的放歌,成了一种永远远离俗物的表达,歌声穿越千山万壑在宇宙的空灵处飞翔，也在我们的心间久久停驻。而我，竟然想不起自己已有多久没在大自然中走一走了，已有多久没有从纷繁复杂的俗事中挣脱出来，去享受生命里纯粹的乐趣和这份徜徉于山水之间的愉悦了。

而接下来的武陵奇峡极速漂流，让人在一种极速与惊险的刺激中，挑战着自我，也接受着大家的担心与慨叹。

傍晚时分，舟行至观湖岛，观西海落日。夕阳的余晖洒在水面上，波光粼粼中，一艘快艇飞驰而去，划过两道水波，映着落日的静美，一动一静之间，一些空灵的作品恰巧产生于其中。

后来，我又在网上看到了古风的《学拍微距——石榴花开红似火》、三脚锚的《"魅力杨洲"摄友风采集锦》、中浩的《回眸一摄》，在这些善于发现的镜头下，旷野的小花、地头的小草，那些最平凡的生命也变得美好起来。那些镜头语言，抛开烦琐的俗事，进入影像的本质，即便是一些瞬间的、间断的画面，也有着比文字更好的表达，也有如一曲秦筝逸响，也可视作从幽幽深谷中传来的旷世古音，带给人惊鸿一瞥的视觉冲击力。

《乡音》编辑陈守兴老师发来的照片，有很多张都只是一些朦胧的身影，但更有一种意境美在其中。欣赏着那些照片，我在想：有时，没有技巧的技巧恰恰就是一种大技巧吧。

"魅力杨洲"之行的一些优秀的作品，让人的心灵一次次地受到震撼。而在一个个善于捕捉的镜头下，摄影，这种瞬间定格的艺术，仿佛将世间万物都变成了不需要语言的一种永远的表达。

走进神雾山

三月末的江南，寒潮接着寒潮，大大小小的雨组成了一个雨季，帘子般一晃半月间把人困在城中。已到了林花谢了春红的季节，而身上仍旧穿着御寒的冬衣。这样的天气要赴杨洲神雾山,心里的确有几分担心。

头一天,我还在琢磨着,到底穿多少衣服既不至于感冒又便于爬山,而到了出发的日子,天气却无厘头地好起来。驱车的途中,一路的朝阳令一行人神清气爽起来。

刚进山门,"半山上下分晴雨,一岭东西判楚吴"的门联便直逼视线,佳句与奇景,着实吸引了我们足够的好奇心。待到拾级而上,仰望山巅时,只见峭壁凌云,怪石嶙峋,让人不由得生出一种高山仰止的感慨来。神雾山上的植被呈垂直带状分布的态势,为江南少见。风起云涌时,让人一路置身于竹海、林海、雾海"三海同流"中。东坡云:无肉则瘦,无竹则俗。置身于春涧鸟鸣、竹涛声声中,闭上眼睛好好地做一次深呼吸,一股竹叶的清香便直入心田,感觉清新极了。满目的茂林修竹,仿佛一股清风,涤荡着人们一切郁结于心的过往。大自然以其博大的心胸让人释怀,说神雾山是一个不曾被现代工业文明污染的"大自然氧吧",的确是不为过的。

过了竹涛,便是林海了。这里的树千奇百怪,大多生长在没有一丝土壤的石缝中,除了让人感慨造物主的神奇,还惊叹于它顽强的生命力。在一片唏嘘与赞叹声中,不知是谁说了声:"看哪,那儿有玉兰树。"循声望去,一棵生长于石缝中的古树,开满了白色的花朵,煞是好看,像极了白玉兰。可导游解释说它不叫玉兰树,目前尚未请专家考证它,暂时还不好命名。

抬眼远眺,对面的山谷中,满树樱桃花开得灿烂极了,红红的花朵,像一张张少女含羞的笑脸。正所谓"人间四月芳菲尽,山寺桃花始盛开",观赏樱桃花的视角不同,感受迥异。俯瞰、远眺最为养眼,而能够攀登俯瞰之处都是险道,天生羸弱之躯加之恐高,我是无法领略那险峰的无限风光了,不觉心生许多遗憾。

将至山顶,渐觉体力不支,每一次抬腿都要费好一番力气。如若只有我一人,不用说,肯定是要打退堂鼓的,或是另择近道而行。然而大家一起相互鼓劲,团队精神给了每个人不断向上攀登的力量。加之导游小姐模样清纯可人,机智诙谐的轻言浅笑、极其随意的调侃也为登山注入了一种活跃的氛围,同时也为我们增添了几分信心。穿竹海、钻象鼻洞至摸天台,登台远眺,极目楚天舒,顿生"任我纵横千里目,看它吴楚万云山"之感。对面的山顶上氤氲着轻纱似的雾气,缥缥缈缈的。山谷间一处处的飞瀑流泉,宛如天女散花。眼前的景物美不胜收,秀美的风光和动人的传说,带给人无尽的遐想空间。

置身于雾神、石怪、树奇、洞幽、竹秀的神雾山中,领略它的山水绝胜,让人心旷神怡,流连忘返。然而它的山水并不完全是自然山水,悠远的历史、古老的传说,使它平添了一分人文魅力,让人生出无端的感动与喟叹。忽闻山那边有歌声传来,它辽远而高亢。此时的放歌,便是向长天大地释放自己,寻回一个被尘嚣封存了的个性而率真的自我。一行人相互应和,体会一种登高望远、举首高歌的快意。

攀至顶峰,想起了那句民谣"神雾山,神雾山,离地只有三尺三",仿佛真的是手可摘星辰了。雄奇的吴王碑巍然屹立,默默与之对话,天地悠悠,人生几何!东汉末年,孙权祖父避乱于此、孙母积善成德的神奇传说,真的连神仙都能感动了吗?是神化了人还是把神话赋予了更多的人性?或许二者兼而有之吧。

下山途经天堂阁,"道由白云尽",只有一架架几乎直立的木梯,蜿蜒而下。一行人只能两人一组地探行,回首仰望,木梯简直成了天梯。沿梯而下真可谓一场历险,下至石级后仍觉后怕,其实也就经历了一番别出心裁的惊险体验而已。到了一处石级与潭水相接处,有人提议于此处合影留念。一行人便以最自然的姿态,或蹲或立,留下一幅有着山之奇、水之灵的剪影。

我们一行约早上九点上山,来回近四个钟头,正午下到山脚。山里的正午静若处子,只有偶尔两声清脆的鸟鸣打破晌午的宁静。不若城里的正午,人声鼎沸,车流如潮,喧哗而忙碌。山里的正午是让人顿忘尘嚣的,这也正是山的博大之所在了。

傍晚,少女们曼妙的舞姿以及极具乡土气息的山歌唱和,给人一种极佳的视听享受。造化赋予了此地山的雄风,水的灵秀,以及神奇的历史传说。神雾山以其自然纯朴,带给人一份远离尘嚣、清澈如泉的心情。

听 雨 茶 岛

仲春时节,几位朋友相约游湖观岛。刚至茶岛便遭遇了一场骤雨的侵袭,而亭中的小憩听雨,却成了今春独特的景致。

平日里,喜欢看远山近水,我们虽不敢以"仁者乐山,智者乐水"自居,然但凡名山秀水,虽未能至,心向往之。近在家乡武宁的万岛湖以岛之多、景之奇、水之清而闻名。尤其是茶岛,这座集观茶、品茶于一身的风格奇异的万岛之岛,更是令人心驰神往。

清晨,大家欣然出发时,还是晴天丽日。而登上快艇时,绣花针似的细密的雨便迎面向我们飘飞而来。细雨沾衣,和风弄发,雾蒙蒙的雨笼罩着一切,潮湿而温婉。

待我们一路劈波斩浪来到茶岛时,雨渐渐大了起来,如豆的雨点打在手上让人暗暗生疼。抬头望去,门联上"万岛莲花波中立,百亩香茶浪里漫"的佳句却不由得让一行人停下脚步来细细品味了。万岛莲花波中立,已于刚才碧波万顷的湖面上真切地感受到了,可百里香茶浪里漫,着实很诱人。

虽说此时大雨骤至,衣着单薄的我们已然感到了渐生的寒意,但这并未过多地影响我们此行的心情。起初的雨中漫行,是别有一番情趣的。到了后来,衣服湿得都能拧出水了,所带的两把遮阳伞勉强只能撑起六个人的一方晴空,其余的人就禁不起这淋漓的春雨浇灌了。于是,有人提议到亭中避雨。这时在亭里歇息、雨中观景,也的确算得上一件赏心乐事了。一个女孩拿出随身带的歌谱,大家便围着一圈谱起了曲子来,继而又有人兴致勃勃地就着亭中石桌上的棋谱,商议着如何下盲棋。对棋艺本来就不甚了解的我,便也落得一份闲适的心情,独坐一隅,静听雨声。往日里的雨,只觉得是一种纯粹意义上的水,细雨似雾,暴雨如注。偏偏这茶岛的雨是一种心情,一种不同于往日忙碌里的闲适心情,一种不用紧赶慢赶的从容的心情。

山色空蒙雨亦奇,抬眼望去,视野的尽头那隐约可见的巨型茶壶便是整个茶岛的标志了。而它身后那别致的小竹楼、简单的制茶坊与风格奇异的品茶阁,远望便也透着一股茶艺所具的意境之美,能够领悟出茶艺的最高境界为和、清、静来。自古,人们对茶便注入了许多文化内涵。茶是最为讲究的东方饮品,相传饮茶是中国人首创(也有饮茶起源于印度的说法),"茶道"亦出现于唐朝甚至更早的年代,直到南宋时期才传入日本、朝鲜等地。日本安土桃山时代,千利休确立了"和、敬、清、寂"的日本茶道思想,茶道在日本变得神圣起来,用来泡茶的水、茶叶的品相、茶具的优劣以及冲沏的时间和方式都非常讲究。所谓品茶,不同于通常意义上的解渴,更讲究的是一种环境与氛围。而在这碧波万顷的茶岛中学习与研究茶艺是最为恰当不过的了。古志书中记载:"武宁皆产茶,宋时名曰红茶,春时绿丛遍山野。"如今,茶岛旨在推出一个品位高、内涵深的茶文化来。

于这百亩香茶浪里漫的岛中,一杯香茗在手,便是一种境界、一份心情了。往日里一颗被平庸而忙碌的生活日渐磨钝的心,也从容细致起来,除却了心中的杂芜,唯有一派平和与清静。此时的茶是安静的,杯子也是安静的,唯有杯中的茶叶在上下翻飞着,像是一场灵魂的舞蹈,微尘叠加的生活也渐渐走向内心的那份古韵般的久远与宁静。记不清哪座茶庄里写有"若能杯水如名淡,应信村茶比酒香"这样的对子,有了茶文化的渗入,生活便多了一份恬淡从容里的细腻与雅致。品茗赏景,观风听月,是一种难得的含蓄内敛之情怀了。

这样遥想着,骤雨停歇了下来。一场春雨过后,山风款款吹拂着,雨后的杜鹃花点缀着滴翠的山林,整座茶岛质朴而清新。雨后的缓缓而行中,葱茏的四野,映着那雨中洗过的宁静、晶莹与光洁。此时的心情,也如同在春雨中洗过一般,鲜活而亮丽了起来,感觉所到之处,如同领略了一场视觉盛宴。而人生最美的景色莫过于心情。若有了悠然之心,便也处处皆景了。

涛声里的紫鹿张

人,来到世上,总是有着血脉渊源的。

初到张家时,公爹常说:"天下张氏一家亲哪!"他又说,自古张是大姓,中华五千年文明史,四千六百多年前就有了张氏。西汉的张骞、东汉的张衡、三国的张飞都是张氏后人,张氏一脉,可谓古老而显赫。自此,宗族理念开始入脑入心。

张姓人在外,每每别人问起姓氏来,总是自谦又自豪地说"敝姓张",然后很写意地摆着手势说"弓长张"。

说到张姓的由来,也的确能让人有几分自豪感。据记载,张姓是黄帝的杰作。唐人林宝《元和氏纂》云:"黄帝第五子青阳生挥,为弓正,观弧星,始制弓矢,主祀弧星,因姓张氏。"弓用于猎射禽兽及在战争中杀伤敌人。后来,在狩猎与战斗中,人们发现弓越长,威力越大,遂将"弓""长"组合成张,故帝赐挥姓张,张挥便是张姓始祖。

八月的末端,暑气也减了几分。中元节的次日,我以一个张家的小妇人的身份,随同张氏家族成员及文友二十余人一道去庐山西海畔的紫鹿岭。于一路的机帆船声和涛声里,我们去拜谒张氏宁公陵园。

乘上一艘堆满渔网、被岁月做旧了的打鱼船,环顾四周,不见一件救生衣,不会游泳的我,心头确实有点害怕。然而,当船过红岩潭大桥,水便更加清澈起来。我心中感慨着那种深绿里的清,远胜过我一再流连的西湖。

谈笑间,半小时不到,水天相接处,紫鹿岭便呈现在眼前了。

登临这一处因东汉道人乘紫鹿经此拜访化鹤而得名的神奇之地,深吸一口带着河风的清新空气,便有一种久违的舒畅之感。

宁公长眠福地位于三水汇合的紫鹿岗，前有远眺的六个峰，后依琵琶峰。此处真不愧为一处风水宝地。

细细阅读碑文，其中道尽了宁公一生的低调、恩慈、耿直与贤良，感觉宁公很配得上这一处宝地。

透过碑文所记，人的思绪不禁飘飞到那个有着无限意境的唐代。宁公生于唐开元十九年（公元731年），而在开元盛世，那些束发的男子、绾髻的女子来来往往，那个宽袍大袖、随风轻扬的风雅时代，多么令人向往。

然而，作为一位天宝年间的进士，二十多岁便被授予国子祭酒的青年才俊，在朝为官，身居庙堂，就免不了陷入朋党之争。据族人讲述：为官正直的宁公向皇帝弹劾奸相卢杞未采纳后，深谙官场险恶，便弃官携妻子归隐，因闻柳浑曾弃官而隐居武宁，便长途跋涉寻柳浑之迹。当经过紫鹿岭又见青牛涧时，他想起离开洛阳时问卜的方士指点的"遇鹿而止"，便定居下来，启用别号——青牛涧主，从此建书堂，精心培育六子一女及乡之俊秀。这才有了后来六子皆进士、六监齐荣的佳话。

如是，眼前的张氏一百零六世祖——宁公，如此不同寻常又如此丰富的一生，不由得让人唏嘘，也不由得让人心生敬意。

一行人来到宁公墓前，燃香，跪拜，叩首。我亦以一个张氏家族小妇人的虔诚，感怀宁公不屈的灵魂激励着世人，感恩宁公先祖荫庇后世子孙兴旺发达。

作为张家的媳妇，我在想，我所生活的张家，作为张氏一族的后人，血统里是否亦有着宁公的秉性呢？

公爹在世时，也常常讲起他的父亲。经商起家，头脑精明加上持家有方的张家祖父，本已成为张家堰一方首富，甚至张家几兄弟一起出资，才有了当地称之为"十八里铺"的一条街的铺面。然而，一场"土改"运动以及随之到来的"文革"，彻底颠覆了张家的命运。公爹在受尽了各种屈辱和折腾后，得以再回武宁工作。幸而，从湖南一路追随而来的婆母，有着良善之心与柔韧的秉性，在艰难的生活里，含辛茹苦地默默抚育着膝下的儿女，一同度过风雨如磐的岁月。

历经了命运的浮浮沉沉，在起起伏伏的人生中，我到张家，并没有感觉到生活给张家人留下了太多的阴影。那些人生的伤痛，仿佛都被岁月隐去了。记忆里，那个高声大气说话的公爹，总是那样豁达、爽朗。

有一年的家宴中，谈起张家的过往，小叔子说："后生们成年了，一定要好好努力，还望你们重振张家十八里铺哩。"大哥则说："后辈们有一碗饭吃就行了，别那么折腾，安安稳稳地过一生就好。"然而，每个人的经历不一样，观点也大不同。可是，关乎人生，这个太过重大的课题，有着太多的生命不能承受之轻，亦有着太多的生命不能承受之重。通达显赫也罢，平和安稳也罢，顺其自然便好。

归途中，宁公陵园渐行渐远。我在想：光明磊落、旷怀达观的宁公，离开了险恶的官场，远离了尔虞我诈之地，深知心灵的内环境需要什么来填充。自此，张家便以耕读传家。

亲历了二十几年宦海沉浮的宁公，当他重新沉入诗书，摆脱尘世间琐事的束缚，于青牛涧的归隐中，按照自己内心的喜好，活在人世，该有怎样的一种明月清风自在怀。

而其子孙们，亦得以在宁公的教诲下，从一本本书中汲取营养，历练自我，从而，得以自如地驾驭自己的人生。这，对后世子孙又是一种怎样的引领与恩泽。

自此，山一程水一程的祭拜里，愿张氏一脉宗亲尚族勿忘祖德。愿这个会聚了九千万后嗣的大家族，室雅人和、代代兴旺，也愿紫鹿八景得以早日重建。

那一种仰望

在我寄居的小村里，北坪山在乡邻们口中，通常简称为"山上"。

那个大人们常常说起的"山上"，便是我夏氏一族血缘的发源地。在我小小的心里,那座抬头便见的、巍峨的大山,就那么一直高耸着。任凭怎样踮起脚来也望不到的山尖,总是给人一种由来已久的仰望。

而那个仰望的姿势,直到我高中毕业那年,才摁上了一次暂停键。

二十世纪九十年代初,"山上"的交通还不太方便。那个高考失利的那个暑假,无疑是难熬的。不记得是怎样的一种机缘,我同三个弟弟,加上舅舅的女儿,一行五人,徒步去远嫁的大姑姑家。

一路上,想着多年未见的大姑,一种血脉亲情的暖意,让人释放一点压力。路过北坪山时,我们在从未落脚过的"山上"小住了几日。

其时,父亲的两个亲姐姐均已离开了生养之地,去异乡谋生。远房的大伯们、叔叔们接待了我们。穷得揭不开锅的大伯大娘,生活最艰苦,却也最好客,让人感觉简单的一饭一蔬里,都有一种未被时间冲淡的血脉亲情在其间。

一位在乡间行医的伯父,对我们讲起了祖父的嗜赌、祖母的无奈与忍隐,以及后来祖父、祖母的早逝,孤苦无依的父亲,靠发奋读书才走出了北坪山。在伯父的讲述里,每每总是带着一声声沉重的叹息。一部家族的生活史,便得以生动地在我们眼前渐次再现了出来。种种人世的艰难与不易,在讲的人与听的人中,几度引起共鸣。

那个只去过一次的北坪山,在我此后的回忆里,那些远房的叔叔、伯伯们依旧亲切如昨。

歇了几日脚,走上三十几里山路,便来到大姑家。父亲自幼失怙,从小由大姑带大。人世间的种种艰辛,可以想见,让这对姐弟有着怎样一种相依为命的深情。即便是日后大姑远嫁,心头仍旧时常牵挂着她的弟弟。不料,一场恶疾,将我那正值盛年的父亲永远地带离了尘世,这一变故,留给大姑的是永远的伤痛。

大姑见到我们姐弟几人的那一刻,一种"悲喜交集"的感觉涌上心头。大姑无限怜惜地牵起我的手,喃喃地叫着我的名字,对弟弟则是乖崽、心肝宝贝般地叫着,几次哽咽地抚摸着他们小小的脑袋,然后,便再也抑制不住泪水,独自悄悄躲到屋外去了。见到我们这几个父亲留下的血脉亲人,大姑是欢喜的,亦是伤感的。

表姐见我们来了,便跑到后山去叫在外劳作的大姑父。见了大姑父,我亦心情沉重。那个多年前的端午节带着表哥,提着一大块腊肉去看我的姑父,如今亦白发丛生了。

小住的几日,大姑间或也会问起二姑的情况。祖父、祖母过世后,二姑被别人家抱养,成年后,嫁到山下。我九岁时,父亲因病过世。父亲不在的头两年,二姑对我特别疼爱,常在周六叫大我一岁多的表姐来接我去她家,有时,我自己想二姑了,也独自走十来里路去。每一次去,二姑不是炒花生就是炒豆子给我吃。二姑生了六七个孩子,一大早便开始忙活着喂猪喂鸡,还要赶着做好一大家人的早饭。姑父是个木匠,为人谦和。每每去二姑家,总是到傍晚天黑了,才见姑父急急忙忙地从外面做手艺归来。二姑父待我,亦像对待小客人一般讲究与客气。

父亲过世那年,大弟六岁、二弟三岁、小弟才一岁多一点,刚刚学会走路。后妈含泪把所有的辛苦与不易都扛下,一个女人独自撑起了一个家。

或许,因为后妈一生待人真诚、和善,视我如己出,所以每每放假去她身边,我都能感受到她集母性的光辉与人性的温情于一身的品格,甚至我对父亲的记忆,也不及对后妈的记忆来得翔实、细致与深刻。

艰难的人世里,想起父亲、姑姑及后妈来,骨子里总是生出一种小时候类似于北坪山般的仰视。

辑四：阅读、随想

文学创作谈

> 更多的时候，我在想：对于杜拉斯而言，才华就是她一件美丽的衣衫，而生命只是灵魂的载体。
>
> ——题记

2017年，是我要对生活说声谢谢的一年，也是深怀感恩的一年。

这一年，因为文学，我有幸度过了两个春天。一个是江南姹紫嫣红的春天，一个是北方的明净高远的天空下柳絮飘飞的春天。

四月里，因为对文字的执着和热爱，在向往了许多年后，我终于如愿地以一个正式学员的身份，聆听了二十天鲁院老师的讲课。虽然，这一次是鲁院电力作家高研班的学习，也很知足。毕竟，这是首届电力高研班，用我那些同学一句调侃的话来说："这可是电力黄埔一期啊！"所以，我还是感觉特别幸运，在不惑之年，终于搭上了这趟文学列车。

班上的同学生于二十世纪六十、七十、八十年代的都有，最小的1989年。还有好几个海归，她们的文学理念与知识结构要优于同龄人许多，不过，她们都很好地把骄傲埋进了土里。

当大家来到那个叫作山西北田的培训基地学习的时候，身份都是一样的——学生。大家之间也都是同一种关系——同学。那个二十天，我仿佛找回了一种学生时代的感觉。当然，也不可能完全回归，毕竟，我在社会里磕磕绊绊地打拼了这么多年。

二十天的学习,当代重量级作家、中国最优秀的文学批评家以及《十月》《人民文学》等大刊的编辑以一堂堂生动的讲座,让人感觉如同享用了一场文学盛宴。每一个大师的身影的出现,都为我们打开了一扇不同的窗,翻开了一页页厚重的文学篇章,使我们感觉到了一片新天地。

然而,它让我欣喜的同时又让我惶恐与不安,总怕自己才华不够,没有足以支撑梦想的创造力,在接下来的时间里,交不出像样的作品,愧对了此次学习。如是,我只好在心底祝愿此次文学之行如当下北田的春天一样,能够通过日后的不懈努力,最终在度过了生命年轮的春天之后,再呈现出一个文学创作上的春天。

今天,来到这里,与大家分享一下我的体会。

说到对于鲁迅文学院的向往,于我而言,可谓由来已久。在时光的回溯里,应该是很久很久以前的事情了,甚至,早到初中时期,在学校的黑板报上刊发作品的那一天。

2009 年,一度由于极其渴望去鲁院学习,可又苦于没有机会,我便以旁听生的身份去那儿听了几节课。回来后,我对自己说:"这,也算是圆了一回文学梦。"

然而,没曾料想,时隔八年之后,电力作家群里的一个通知,再次催生了我的求学之旅。从开始报名到被鲁院录取,我忐忑地等待了整整三个月之久,然后又花了两个月的时间完成工作的交接并办齐手续,才终于以一个正式学员的身份走进这个渴望已久的文学殿堂。

在开班仪式上,我见到了久负盛名的鲁院院长吉狄马加和副院长邱华栋。他们都是很有成就的大家,著作颇丰,作品被译成许多国家的文字,却亲自为我们授课,这让学员们很受鼓舞。此外,还有我们国网公司的工会主席刘广迎,他在繁忙的工作之余,利用每天早上五点到七点的时间写作,不久前,终于出版了最新力作《撞见未来》。这也带给我们一种文化思想上的引领。

在此,我要感谢我们电力系统,感谢所有帮助我实现这一梦想的在座和不在座的领导和学长们。

接下来,我们谈一下文学这个边缘却永恒的话题。

在过于物质化的今天,文学已边缘化了。它不像二十世纪八十年代那样,那个年代是文学的黄金时期。有时,一个作者仅凭一篇作品就可以一夜成名,就可以名利双收。

例如,我们江西的作家陈世旭,在二十世纪八十年代初就凭一篇获全国优秀短篇小说奖的《小镇上的将军》,从此改变了命运,调江西省文艺研究所从事专业文学创作及研究。后来,他笔耕不辍,成为江西省文联主席。

今天,文学虽然说不上没落,但它至少不像如今的歌星、影星那样,凭一首歌或者一部电影就能迅速走红。因为,文学不是这个社会的主流。加上,现在的"80后""90后"大多是在快餐文化下成长起来的一代,大多都追星去了。

文学热潮从二十世纪八十年代以来,一路消退,这本属于正常。纵观东西方,文学和艺术从来都不是一个社会的主流。一个社会的主流本应是生产力的发展,科学技术才是第一生产力,才能推动社会的进步,而不是像文学、艺术这样的精神要素。

可为什么说它是一个永恒的话题呢?因为文学观照的是人的心灵。我们生活着,除了需要阳光、空气、水和食物,还需要偶尔抽出时间来照看一下我们的灵魂。正如雨果所说的:"有了物质,那是生存,有了精神,那才是生活。"用文学来滋养我们的心灵,也是为了更好地生活着。

谈到文学,我们先说一说中国文学的现状及作家的使命。文学大体上可分为现实主义和浪漫主义两个流派,中国的现代文学也是如此。但不管是现实主义还是浪漫主义的写作,有句话概括得好:"文章合为时而著。"什么是合为时而著呢?也就是说,一个作者在写作之前,应该懂得如何去表现当下的生活。作家的使命也就是用自己独特的视角去呈现当下的生活。

一个时代,有一个时代的经典,比如我国古代的唐诗、宋词,古希腊的《荷马史诗》《伊索寓言》等,而到了近现代,鲁迅、莫言、贾平凹则成为中国文学的代表人物。

我们当下文坛重视的,是一种能表现一个时代的、有生命力的小说力作。比如莫言的《蛙》《生死疲劳》,贾平凹的《秦腔》,付秀莹的《陌上》,格非的《望春风》,徐则臣的《假如大雪封门》《耶路撒冷》等作品。这些作品,不管是从文学的角度还是从艺术的角度来说,都是有生命力的,它体现了一种人性的关怀和一种悲悯情怀。而且,这些作品大多获奖,也就是说得到了一种认可。

那么我国的文学奖项有哪些呢？茅盾文学奖、老舍文学奖、曹禺戏剧文学奖与鲁迅文学奖并称为中国四大文学奖,此外还有冰心文学奖和郭沫若散文奖等。这些奖项涵盖了小说、散文、戏剧、诗歌、报告文学等方方面面,其中小说依然是文学的大头,例如茅盾文学奖就是专门为长篇小说设立的,鲁迅文学奖和老舍文学奖的参评作品也有小说类。目前,我国文坛叫得响的大家依然是莫言、贾平凹、陈忠实、苏童、徐则臣等人,这也是当下文坛的现状。

这里,说一说贾平凹。

贾平凹是当今文坛不可忽视的一个存在,几乎每个大刊的编辑和评论家都要谈到他。

说起贾平凹,许多人都熟知他的小说,但我认为,他的散文比小说写得好。

虽然他有代表作乡村三部曲《废都》《浮躁》《秦腔》,但他的散文似乎写得更好,他的那些生活随笔,像《闲人》《人病》,用的都是白描的手法,却将人物真真写活了。例如《闲人》中有这样的描述:"不知什么时候起,社会上有了闲人。闲人总是笑笑的。'喂,哥们!'他一跳一跃地迈雀步过来了,还趿着鞋,光身子穿一件褂子,也不扣,或者是正儿八经的西服领带——总之,他们在着装上走极端,但却要表现一种风度。"例如,他在《游青城山》中这样写道:"本来是一座青山,偏要叫作青城,明明是在城里住厌烦了,到这里寻清静的,适心的,又不忘墙壁横竖的城。"寥寥几笔,一种鲜活便跃然纸上。

有评论家说他就是为文学而生的人,他个人也觉得这个评价比较到位。

比如一部十七年后解禁的《废都》写的就是文坛上的一种精神徘徊的现象。初读它,我认为它是没有多少文学艺术性的,不是很喜欢。但从这次鲁院老师的讲课里得知,它的命名就呈现了一种知识分子精神上的废墟,反映了那个时代的一种现象。

我更喜欢《秦腔》。贾平凹以生长于斯的故乡棣花街为原型,通过一个叫清风街的地方近二十年来的演变和街上芸芸众生的生老病死、悲欢离合,生动地表现了中国社会的历史转型给农村带来的震荡和变化。我一读再读,那种阅读让我内心很享受。虽然结构上写得松散,故事性不强,但不可否认,它是一部非常优秀的作品。

当代最优秀的评论家孟繁华老师给我们讲课时,也说到了《秦腔》。他说:"《秦腔》的这一声嗄叹,是当代小说写作的一记重音,也是这个大时代的生动写照。书中大部分人和事都有原型。贾平凹称'我要以它为故乡竖一块碑'。"

贾平凹是一个勤奋、多产的作家,除了《废都》被禁的头几年有点沉寂,后来几乎是以两三年一部长篇小说的进度在写作。还有他的字画、收藏也不错,我个人认为,这多少与他在文学上的成就有关。

然而,写出那么多厚重作品的一个人,最后评论家称他在散文上的成就大于小说。或许,这就是因为散文原生态和真实的魅力吧。

下面,我们来聊一聊散文。

说到散文,它的语言通常是想到哪写到哪。它不像小说的语言,在使用的时候,要围绕着人物来走。

散文就是表达现实经验的一种文体。同时,散文也是一种很难写的文体。它不能重复自己,也不能重复别人,所以,写作之前要回归自己,做唯一的你。

纯文学是讲究原创和独创的,在内容上,着重探索人的更广阔、更深入的精神领域;在艺术上,重视创新,反对任何形式的重复。

由于你的经验与任何人都是不一样的,因此一个作家,最终可以提供给读者的东西,只有你自己——表达"我"对这个世界的认识。

而一个写作者在创作时,应该有一种"我的文学"的意识,即这个作品,只有你才能写出来,不仅是修辞与风格,还要有独特的对这个世界的理解,有一种新的观察世界的维度。

建议大家去看一看徐则臣的《如果大雪封门》《耶路撒冷》,徐则臣的作品被认为"标示出了一个人在青年时代可能达到的灵魂眼界"。他不仅把一个新的、有价值的东西植入文学里,而且是用最简单的词汇量写出最好作品的一个作家。

在鲁院电力作家班学习时,他的讲座令我受益匪浅。他说:"成为一个名家,你只要在镜头前多晃几次就有可能,但一个好的作家和好的翻译家是一样的,要落实到每一个字。"那一刻,面对讲台上如此一丝不苟的作家,我相信你的内心不由得生出一种敬意来。

有人说,好的语言,是由一个字、一个词、一句话组成的,语言走过的地方,画面感就出来了。我在写《小村印象》的时候,就追求一种画面感的效应,但是不知道有没有呈现好。

我认为,用一种纯朴的乡村语言去呈现小村的生活,才使作品接地气、沾灵气。

我写散文是讲究语言的,它是作品的五官和身段。

通常,好的语言强调语境之美,而语境,又有外在语境和内在语境之分。外在语境强调语言的画面感、音乐感,这个可以去看一看沈从文的《湘行散记》。内在语境指的是语言的张力、弦外之音、言外之意。

文学艺术就是把我们熟悉的生活新鲜化,把不熟悉的生活读出亲切感。它要有生活的能见度、人物的温度和艺术的创新度。

同时,我们在写作中也要做减法,懂得留白的艺术。一篇好的散文作品,就像一幅好的画作一样,要有留白,不要在作品的容器里装得太满、太多,所以要对生活进行提升、过滤,最后写出世俗味、人情味、烟火味。

感动也是一个好东西。煽情是一个作家的技能,有泪点与沸点更好。

比如前些年,我在《散文选刊》读到一篇《我的疯娘》,那个疯癫状态的母亲,唯有表现出母爱的那一刻,才是清醒的。每每读到这里,它总能一次次地打动我。一个精神紊乱的母亲,心中要拥有怎样的一种母爱的力量,才能在面对儿子时保持清醒、正常。

有的散文,它的行文本身就非常美,有诗一般的语言。例如:萧红的介于小说和散文之间的《呼兰河传》,这部奇美惊世的作品,大家有兴趣可以去读一读。

顺便说一说诗歌。

诗歌,是灵魂的火焰,是一种精神的火焰。

哪怕是一首小诗,看起来短短几行字,但要写好它也很难。你得驾驭好它,它的呈现要与你的能力相匹配。好的诗歌,是有血泪也有欢欣的。它或抒情或叙事,或记录自我的心情,或记录时代的变迁。

生活的各种题材,诗歌都能呈现,只不过是一个写什么与怎么写的问题,写什么是题材问题,怎么写是技术问题。

有的诗歌,它轻巧、自由,而且特别生活化。例如:我埋下头去/感受满地月光/我坐在地球的边缘/一直在鼓掌/哪怕没有回声/也一直在鼓掌。

同时,写诗还要有敏锐的观察力。例如:有一个诗人,他在咖啡馆约会的一瞬间就能抓住一个女人的一生,眼神像少女,耳垂旁的赘肉是中年,眼角的细纹看到了老年。

当下诗坛有很多"体",以赵丽华为代表的"梨花体",还有什么"乌青体",等等。但我比较喜欢刘年的作品,因为他来自底层,非常接地气。刘年、王单单的作品中有一种整合的因素,但的确写得很好。例如《柳庄》:喜欢这片麦田/小腹一样,微微隆起/要是我的,就不回北京了/太宽——得多大的仓啊/分三份吧,一份给海子,一份给凡·高/小的归我,还是太宽/再分一半给稻草人/那是个女稻草人/戴着橘红的编织帽/面对着夕阳/背对着我。

这首诗里有生活,有理想,也有意境之美,它给人感觉接地气,不空洞。

说到诗歌,余秀华也是当下的热点,她也是《诗刊》编辑刘年发现的一个新人。有人说她是中国的艾米莉·迪金森,这个评价似乎过高了一些。但余秀华的诗歌有语言的陌生、意象的陌生,同时,也真诚,每次看她的作品都有一种切肤之痛。看了她的诗歌,你会觉得诗歌是心灵的秘史,是心灵真实的感受,但同时要呈现得有新意。例如她的《杏花》:恰如,于千万人里一转身的遇见:街灯亮起来/暗下去的时候已经走散/孤单。热闹。一朵试图落进另一朵蕊里/用去了短暂的春天/——我们被不同的时间衔在嘴里,在同一个尘世/跌跌撞撞……

这首诗写尽了人与人之间微妙的情感以及生活在尘世的不易与艰辛。

余秀华是当下有争议的一个诗人,她的笔下的确不乏好诗,但她在表达自我时,太过直接、尖锐与迫切。

可能是她身体上的残疾激发了她的表达。这种过于强大的表达欲望,导致了她的局限性。所以她的诗歌不如于坚、张二棍的诗歌。于、张二人的诗歌,视野更加开阔,对生活的理解更为透彻,在用词上更内敛。诗歌是要在内敛和张力上下功夫的。

在北田学习的时候,听了那么多名家的课,我内心很有感慨。有一天晚饭后散步归来,感觉天要下雨的样子。快到学校时,我抬头看见黑压压的天空上,有一束微光划过,我赶紧用手机拍下了它。看着自己拍摄的照片,我突发灵感,写了一首《一束微光》:一束微光,划过天空/划过/四月的北田/我,抬头的那一瞬/定格成/一个45度的仰望。

诗写好后,我将它与那些在北田的学习照片一块儿发到朋友圈里,也不知道这首诗,有没有对我当时的心境做一种很好的呈现与表达。只管写下它,就OK了。

其实,说到底,有时候文学就是一种终极的语言贡献,比如一句流传千古的话(面朝大海,春暖花开),比如一个人物(鲁迅笔下的阿Q),比如一个故事(沈从文的《边城》)。

下面来谈一谈阅读。

就营养价值角度来说,阅读就是要读经典。在我国古代文学中,首推四大名著。《红楼梦》是要一读再读的,它是千百年的第一经典,是一部贵族小说。《红楼梦》中的礼治天下、文化基因,甚至书中的习俗都是语境丰富、经得住推敲的,早已演变成《红》学,每次读都有不同的感受。这些经典是我们的瑰宝,有空可以常看。近代,我推荐读沈从文、汪曾祺的乡土文学以及张爱玲、萧红的作品,现代则是严歌苓、虹影的小说。外国文学中,《圣经》是更进一步的诗性语言,是集体的创作智慧结晶,值得一读。在十六世纪的外国作家中,很少有人像蒙田这样受到现代人的崇敬和接受。他读书的态度我很欣赏,他完全是凭兴趣去读书,遇到乏味的书就抛开不读,因此,读书对于他来说首先是一件乐事。他的《蒙田随笔》是十六世纪各种知识和思想的总汇。毛姆、茨威格、海明威的作品,以及马尔克斯的魔幻现实主义作品同样堪称经典。

网络文学我很少关注。在我看来,网络小说大多如麦当劳、肯德基,是一种快餐式的文化,会消磨掉我们的时间,所以大多只适合于消遣。像我这样的人,阅读时间是非常有限的,年轻人更是如此。谁的青春不彷徨,但青春也是稍纵即逝的,它就像春天般短暂而美好,而生活,往往是你在春天播种了什么,秋天就收获什么。所以,大家在阅读时要有所选择,建议对写作有兴趣的人,还是以纸质书,以中外经典和现当代文学为主。况且,闲暇时间里,一册在手,那种闲适的阅读,光是墨香,就散发出一种从容的厚重感,让时光变得缓慢而有质感。

最后,讲到写作中的一个模仿的问题。

对于一个初学写作者来说,模仿是尝试的开始,也是成功的捷径。先认真模仿一个人,然后再兼顾别的人,继而慢慢找到自己沿途的风景和属于自己的风格。

我初学写作时,喜欢一遍遍地看张爱玲的作品,凡是张爱玲的书都买来读,几乎把自己变成了一个"张迷"。然后,我又读萧红的作品,也是一遍遍地读。当然,除了本土作家,外国作品我也喜欢,有一段时间,觉得川端康成的《雪国》《古都》《伊豆的舞女》都有一种超凡脱俗的意境之美。读着读着,自己就开始仿写,也忘了最初仿写的是谁,读得多了,一种潜移默化的影响一定会在你的行文里。

虽说这个世界没有绝对的原创,可是,你也不能一辈子去模仿,而且模仿也有讲究,不是照猫画虎。

汪曾祺是沈从文的学生,他师从沈从文,虽然写的都是乡土文学,但自成风格,平淡质朴,娓娓道来,如话家常。写作有一个过程,当你从写谁不像谁,到写谁像谁,再到写谁都像自己时,就有了自己的风格。

我们当下,不是没有好的读者,只是缺少好的作品。一个人的文字就是他的表达,只有立起来、飞起来、舞起来了,才可以称之为艺术,才会有灵气,有生命力。愿大家用心提炼生活、过滤生活,写出文学大家沈从文、汪曾祺般的好作品。

另外,我说一个身边的励志故事给大家共勉。

我要讲的是我的学姐杜文娟的故事。她是"文学陕军",刚认识杜文娟的时候,她刚写完《红雪莲》从海南疗养回来。听她说,陕西的作家都是拿命来写作的,都是用心灵在写,便觉得她这样的大作家会不会有点高冷。后来交道打得多了,才知道她很热心,不但能写而且善言。在结业典礼的晚宴上,她还展现了豪爽与能歌善舞的一面。她对待同学也很友好,丰富的人性很让人感慨。她是一个读万卷书,行万里路的作家。为了写出那片雪域高原,她长期在西藏实地体验生活。的确,一个作家是需要接地气的,你光在象牙塔里想象是写不出东西来的。

她在文学讨论课上,给我们讲了作家要坚守的一些东西(内心的坚守),讲到了她的文学之路和创作历程。她清楚地记得2004年9月4日的那个文学会,时任陕西省作协主席的陈忠实老师端着杯子走到她们这一桌,对她说:"陕西目前叫得响的作家只有红柯。"这令杜文娟很惊愕,当时她只是一个电厂的作家,大多作品只是发表在电力行业报纸上,怎么就对着她说呢?她是一个对自己有点较真的人,从此以后,每一天都是十一点半以后才睡觉,时间都用来读书和写作了,所以才有了《红雪莲》《走向珠穆朗玛》等长篇力作,其作品也被译成英文和藏文,多次参加国际书展。

2010年,作为中国作协首批定点深入生活的作家,杜文娟翻越喜马拉雅山脉,抵达藏西阿里,穿越千里羌塘无人区,对牧民、边防战士和援藏干部进行实地采访,完成了长篇纪实文学《阿里 阿里》。此书被翻译成英文版,参加了第44届伦敦书展和2015年美国书展。

可以说,是恩师的一句话重新点燃了她的文学理想,自从陈忠实先生说那句话的十几年里,她创作颇丰。她和我们聊天时说,吃了那么多的苦,就是要有一天能成为中国的杜文娟,而不是某个地方或部门的杜文娟。

在她的眼里,文学依然神圣,作家更需要情怀。在结业典礼上,她说:"作家在呈现和创造文学作品之外,责任与担当如影随形。作家应该成为自觉的文化传播和慈善者,让人间多一些温暖之光……生活也好,写作也好,只有自己做大、做强后,才不怕风大、雨大。不管遇到什么都敢往前走,才会有收获。"

最后,希望广大的文学爱好者,多阅读,善感知,勤动笔,在不久的将来,能在更高的平台上发表自己的作品,实现自己的文学理想。

不可模仿的杜拉斯

杜拉斯是不可模仿的,这种不可模仿不仅在于她的文字风格,其特立独行的生活方式亦然。因而,杜拉斯是一个从女性传统中出列的人。

的确,这样一个堪称当代法国骄傲的作家,一生厌恶忠贞、安逸和平庸的婚恋,只信仰激情。她的文字和爱情都是奇特的。她信奉要么没有,要么奇特的爱情观,亦如她笔下那些弹性而跳跃的文字,只视风格与独特为至高无上。

在网上搜索杜拉斯自少女时期到暮年岁月的照片,其容貌说不上美丽,但即便身着一件极其家常的衣衫也掩盖不了她独特的个性里溢出的那种灵异的光彩。因为,她的内心生活便是一条涌动不息的河流,往往现实生活中的一些盛大的出场和美衣华服在她的眼中都是不存在的。因为她的灵魂是向内然后飞升的。正如杜拉斯自己所说:"确实没有必要把美丽的衣装罩在自己的身上,因为我在写作。"

更多的时候,我在想:对于杜拉斯而言,才华就是她一件美丽的衣衫,而生命只是灵魂的载体。

世间的事情大抵如此:一个写作者往往是历经人世甘苦的人,生活对写作者来说应该是一种持续不断的写作源泉与教育。还是在小姑娘的时候,杜拉斯就对她的母亲说,她想写作。而她的母亲因贫困对此不屑一顾。好在这一理想,杜拉斯自己坚持住了,直到29岁时因写作《无耻之徒》而步入文坛。的确,在还没有名声大噪之前,谁都不像个作家。待到《广岛之恋》《长别离》等一系列作品问世后,杜拉斯冷静而简洁的叙述不禁让人感觉到:为梦想而生的杜拉斯,文字就是她的生命。

杜拉斯又是那样不可模仿的。她的小说的魅力在于她自传自叙的色彩、氛围和品质。她用感性的文字引导着世界文学的时尚。

杜拉斯说,文学是从书写自我痛苦开始的,但她却高傲得像一个自由女神。

在她一生的激情写作中,70岁时写作轰动世界文坛的《情人》,那种对生命的破碎的深刻体验,对绝望和苍凉的精微洞察,是那么轻易地就走进了读者的内心。近80岁时,她在《来自中国北方的情人》中将伤痛到绝望、无助到永不愿醒来表现得淋漓尽致,成为本书的核心。整部小说的激情被表现得丰富深邃,充满张力。在速度和力量间、随意和紧张里,杜拉斯展现着她特有的文本魅力。

杜拉斯,在爱与自由中永生。身为女作家的她有着独特的苍茫而永恒的美丽,她在文字中华贵。

文字里的月朗风清

对于一些网络炒作的东西,我向来都是冷硬地拒绝的。但一个偶然的机会,当一本《彼岸花》落入我的视线的那一刻,内心对安妮宝贝独具个人风格的文字便有了一种认可。

前些日子在网络中看到这样的评论,说安妮宝贝是女性作家写小说的"三个顶峰"之一:第一个是张爱玲,那个演尽末世繁华的女子;第二个是王安忆,那个纤细而精致的女子;最后一个就是安妮宝贝,这个一直处于漂泊状态,始终行走在路上的奇异女子。如此断言,我说不上认同,但她淡定而透彻的文字,读着读着就那么悄然走进了内心。

长久以来,我总认为,一个作者会过着他自己的生活,与任何人无关。然而,从安妮宝贝早期的作品《蔷薇岛屿》渐渐读到后来手边的这本《素年锦时》,以往的这种认识就渐渐有了一些改变。较之作者往日的颠沛流离,在这本有关清谈的书里,读者看到的是一种安稳与美好,心感慰藉。最初的安妮宝贝是以"生命是一场幻觉,烟花绽放了,我们离开了"这样清冷的笔调,诉说着自己历经生活与情感的双重漂泊的人生,而后来这本《素年锦时》就有了"烟火人间,饮食男女,春耕秋收,冬雪夏雨"的实实在在的世间情感与生活。这样的阅读渐渐让人心怀趋于平静。

较之以往颓废的文风,安妮宝贝后来的文字里渐渐有了一种从容与平和,让人感觉到她内心日渐积蓄的力量。看着这本有关清谈的书中的那句"阳光明亮,孩童嬉戏的笑声穿过悠长的弄堂",我便陡然生出一种世间的日常生活气息来。

那些早年的记忆里,关于母亲和姨母的对话,她这样写道:"记得小时候,母亲的妹妹来家住,和母亲总是天未亮醒来,躺在床上一言一语说话。谈话的内容无非关于父母、家里、孩子,说话声音轻而细密,在幽暗的天光里一直持续……我尚年少,在这样的声息里将醒未醒,觉得成年女子,有着格外饱满的俗世生活。"如此饱满呼之欲出的文字,让人动容。

而言及情感,那时将为人母的她这样认为:有些人和事的出现,是为了在我们的世界里打开一扇门,照亮一条通道,如同在梨花树下的小坐,清茶浅酌,花好月圆。爱着一个人,并且为之所爱,长路且行且远,心里有着单纯而有力的意愿。所谓的恋爱、婚姻,在最终的关系走向里,只有恩慈、承担和包容才能决定一切,直到最终懂得如何去尊重和爱慕一个男子。如果没有身体的激情,我们从灵魂的默契中得到安慰。这个不断行走与出发的女子,当一颗漂泊的心终于安定下来的时候,便以一种温和而透彻的方式来观照人生。正如她所言:"即使一个女子原本能尽力做到高处不胜寒的华丽,但能带给她安宁的,最终还是找到一个温厚纯良的男子,为爱的男人生一个孩子。"

她说到天分、天性时写道:"一个人要做到对自己的美、聪明、善良,完全不自知,才显贵重。一旦有自知,品就会自动下降一个层次,就仿佛栀子花不知道它自己有多香,兰花不知道它自己有多幽静。天分、天性,从来都不需要发言和解释。"而谈到沟通,她说一个人能保持沉默的权利和空间,这是一种骄傲。有效的对谈应是单纯的、朴素的,无须迂回转折的技巧。读着这样的文字,内心有一种历经岁月的深刻认同。

这样的文字,也让我忆及她博客中的那首《爱已如风》:我们无法给彼此一生那么长/他伸出手,看着我像一只鸟停下来,然后飞走/而我不知道自己可以飞到何处/我只是顺着风的方向漂泊/颠沛流离,而内心是寂静的/终于原谅和接受了一切时间的无常。

这个终于以成熟之姿傲视文坛的女子,文字间,那份月朗风清的自在,最终让阅读变得享受。

宋词的婉约

静夜里,想起宋词中简洁凄清的文字,婉约里蕴含着一切粗砺之中的精细,仿佛那个遥远的朝代的月的清辉都应和了一种古典纯粹之美,若琴瑟之韵律,隐隐地弹奏着那个遥远的时代曾经的绝响,让人感觉到宋朝的月都是夜沉睡的眸,眸里蕴藉着太多的怀想,让人用隔世的目光穿越。

宋词的婉约里有一种深透骨子的优雅,这种优雅反映在文字中,便有如一个个束发的男子或是一个个绾髻的女子,儒雅或温婉地在长袍宽袖与绣纱罗裙的随风轻扬中一脸鲜活地向我们走来。而那有着痛感的文字中那一个个不朽的灵魂,带给人的是一种似曾相识的生命感受。

北宋欧阳修在《诉衷情·眉意》的上阕中写道:"清晨帘幕卷轻霜,呵手试梅妆。都缘自有离恨,故画作远山长。"他用早起画眉来表达一个女子离愁的深远,寥寥几笔便勾勒出女子心头的一种凝重凄婉,如此清新疏淡的笔调里传递了无尽的伤感。然而,一个以精致的妆容来等待意中人的神情寥落的女子,即便是因为相思而揪心,也有一种丰美饱满的快乐吧。这样的阅读,竟让人感觉到那女子有如一只翩翩飞舞的白鹤,即便在满腹的愁绪中经历着痛苦的人生,那种痛感中也有一份极致的美,也带给人一种不同寻常的丰富的人生况味。

同样,温庭筠在《望江南·梳洗罢》里描绘了一个倚楼远眺的女子:"梳洗罢,独倚望江楼。过尽千帆皆不是,斜晖脉脉水悠悠。肠断白蘋洲。"女子难解相思苦,可眼前过尽的千帆都不是所盼之舟,让人看到了羞涩又懂得内敛节制的她内心深处的寂寞与无奈。漫漫人生之旅,情因遇故深,知音世所稀,每一个有着古典情怀的女子,也许心中都只容得下曾经的那一份美好的情感。无尽的等待中,那份浓愁,是离人心上秋。也许,这样的一个女子或许只适合独自抚琴自娱,在如泣如诉的琴声中释怀。静夜的阅读里,我想起那古旧的琴瑟,如今只是孤单地依在墙角,回味着曾经悦耳地弹奏它的那些灵巧的手指,一种真切而又苍茫恒远的美丽便呈现在我们眼前。

宋词就这样在一派婉约抑或豪放的风格里,在心灵与文字的天空中闪烁着。大文豪苏东坡胸襟磊落、旷怀达观的豪放风格里,也不乏空灵、含蓄之作。在一首《卜算子·黄州定慧院寓居作》里,他以"漏断人初静"衬托出"缥缈孤鸿影"的凄清,并用"拣尽寒枝不肯栖"来表达自己高洁的志趣,让读者惊叹苏学士历经多少世事变迁而笔下却无一点尘俗气。

而辛弃疾在《丑奴儿·书博山道中壁》里这样写道:"少年不识愁滋味,爱上层楼,爱上层楼。为赋新词强说愁。而今识尽愁滋味,欲说还休,欲说还休。却道天凉好个秋。"此时,词人在历经沧桑、尝尽了各种人生况味后,反而变得沉默寡言。他走过了年少轻狂的岁月,再也不轻易说出那些藏在心中的伤痛。

宋词就这样在文字构筑的亭台楼阁里诉说着种种人生体验。身处江湖,坚守天性也许是比较容易的,而在官场上需要的是另一种姿态:谦顺、机变、平庸化。好在有了宋词的存在,在文字的放达与婉约中,仕途坎坷的饱学之士,终究没有失去振翅而飞的力量,一个个真诚而闪光的灵魂在恒久的文字天空里翱翔。

这样想着,忽然一句"入世才人粲若花"跳入脑中,让人想起宋朝文字的天空里那些如花绽放的生命以及照耀她们内心的那一束纯净的火焰。我想起了严蕊《卜算子·不是爱风尘》中的那句"待到山花插满头,莫问奴归处",这是一种对自由生活的真切向往。在她为数不多的词作中,我们看到了一个聪慧、出类拔萃的女子真实自由的灵魂。她的心中没有豪门的权势,没有华丽的屋宇,受尽了磨难后也要依靠自己内心看不见的太阳而生存。她内心有一股凛然高贵的气质,让人仰慕、敬畏。她精于歌舞、书画、音乐,那颗受尽磨难的心像是埋藏了千年的莲子,历经沧海桑田,洞彻世事烟云,依然鲜活地从尘埃中开出花来。这样的生命就像蜡烛那样,在光芒与泪珠中慢慢地消耗,让人觉得恒久也依稀可辨。

说到宋词,易安居士李清照是一道绕不过去的风景。一个在诗词中可以与男人比肩的女中豪杰,她早期的词作其实是婉约而明快的,充满了生活的情趣。一首《如梦令·常记溪亭日暮》,表现出一种散淡平和的惬意的生活,让人觉得那个时期的词人梦都是伴着歌声开花的,心情舒畅的境遇和生活,让人能够感受到一种平实的快乐。而她中晚期的词作,在经历了颠沛流离的丧乱生活后,有一种让人心碎的美丽:"从来,知韵胜,难堪雨藉,不耐风柔。更谁家横笛,吹动浓愁。"命运给予她的所有的伤痕与疼痛,在词作中变成了珍珠,穿越时空,散发出久远的光芒。

更多的时候,阅读宋词适合在一种优雅的"非必丝与竹,山水有清音"的境界里完成。那种闪烁在文字的天空中的放达的气质,那样固执而长久地影响和提升着人们情感的品质。

当时间这柄利器,终于打磨去了人们大部分的锋芒、回归平实的生活中时,一支乐曲、一首词或是一道自然的风景,这些如此纯粹的东西,才让人感觉到心灵的内环境仍旧得到了很好的填充。那些心灵中接近永恒的东西,像海色,像山风,像宋词,曲折委婉而有韵味。

静 读 刘 年

立秋过后,收到刘年的新书《独坐菩萨岩》。

翻开,扉页上写着:这本书/收敛着我的挣扎/我的爱/我的理想国。再往后翻一页,是独特的签名:愿白纸保佑黑字——刘年共勉。刹那间,一种为文之人意韵相通的暖意便涌上心头。

目光触及"挣扎""理想国"这样的字眼,让人感到一种生命不能承受之重,会想到他的上一本诗集《为何生命苍凉如水》。

当下的这本散文集,大多是用诗的形式写成。读之,沉重的文字背后,亦有一种阅读形式上的轻松,让人喜欢。

他在自序里说,过年去菩萨岩"送亮",是一个重要的仪式。事毕,独坐在父亲的坟旁一两个小时不动、不想、不担心，就像多年前在父亲面前一样，拥有绝对的安全感。

说到父亲，他总是想起《第九交响曲》。他说，这音乐声一响起，他就觉得自己在北京十几平方米的出租屋里的旧桌子、酒瓶、电视机、茶罐都慢慢地出现了光芒。那光芒是微红的、温暖的，像是从梅里雪山上掠过来的，因为它是失聪而固执的老人贝多芬晚年所作。而这位失聪的老人，总让他联想到父亲。因为，他父亲也是一个聋人。

刘年的老实巴交的父亲是一个岩匠，是一个被命运蹂躏的知青。而有着父亲血脉的刘年，亦是一个曾被命运蹂躏的人。后来，他有幸遇见诗歌，是诗歌拯救了他。

被诗歌主宰的刘年，最初是一个与机械打交道的技术工人。然而，怀揣着诗心的他，对这份职业自始至终有着诸多的不适应。

回想起这份最初的职业，他写道："没去过地狱，若叫我设计地狱，会按水泥厂的厂房依样画葫芦。噪声大，粉尘多；碉堡一样，高耸坚固，阴暗肮脏；每个人都像牛头马面一样冷酷、暴躁。每次下班都疲惫不堪。"但他还是抽时间写点小诗，慢慢地发现，写诗有意想不到的快感，也是这些文字，让他在那些暗无天日的工厂里，继续怀揣着出人头地的梦想。最后，他心一横，辞了职，连工作关系和档案都不要了，然后两手空空地回老家，零零散散地以打零工维生。

结婚生子后，刘年的境况不尽如人意。他认为，正是断断续续的写作以及心中的那点诗性，才让他保留了最后的梦想和做人的底线。

再后来，为了妻子、孩子和面子，他一路奔波劳碌，委曲求全地在世俗中生活。他终于有了许多朋友，有了好的口碑，有了新的房子，有了存款。然而，一个深夜，他突然感到一阵莫名的悲哀，扪心自问，内心仍旧放不下的只有两个字：诗歌。

这本书记述了刘年在诗歌道路上成长的历程以及杂杂芜芜的生活里的各种心绪，同时，亦可看作是作者灵魂的一种安顿。

为了诗歌，他生活着，书写着。一路走一路写，直到北京的一次笔会上,一首《湘西》打动了云南一杂志的主编,逢人便背"好想做回土匪,独霸这方山水。赋税不准进来,风光不准出去"。主编说,若想从事文字工作,就去昆明找他,而刘年,一生都在等待和寻找这样的机会。

在云南待了几年,把诗歌当作信仰的他,在诗歌创作的道路上一直前行,在国内各大刊物上陆续发表作品。

2013年,走过千山万水后,刘年来到北京,成为《诗刊》的编辑。他喜欢当下的工作,同事、上司都是不错的诗人,不用客套、试探、虚伪和揣测,最重要的是,不用言不由衷。迟到了是因为睡了懒觉,不想参加饭局是因为想回去休息……这一切,皆符合他性情里的真。

下班后,回到十来平方米的出租屋内,在这份自由的时间里,他感觉:自由,美丽而浪漫;诗歌,温柔而体贴;想象力,没有边疆和海关。在过于简单的物质生活中,幸福就藏在自由的最里面,十五平方米的出租屋,也能成为他的万里江山。

后来,在编辑工作中,因为热爱诗歌,他会像沙里淘金一样,花很多精力去找那些他认为优秀的诗人和诗作。一次偶然浏览博客时,刘年发现并推出了草根诗人余秀华。这看似偶然,亦有必然在其中。因为爱才,因为悲悯,也因为,他曾在底层待过。

在那篇《诗歌,是人间的药》里,他说,诗人把手里的笔换成刀,就是侠客,诗人应当关心弱者和星空。然而,诗和禅一样,不可教,不可学,只可悟。当好几次在媒体视频中看到诗人余秀华摇摇晃晃地走出来的时候,我仿佛看到了她的背后就站着一手推出她的侠客——刘年。

这个把诗歌看作信仰的人认为:一个好的编辑,会给他带来一些光环和便利,只是这对于一个志在写好诗的人来说意义不大。后来,他辞掉了《诗刊》编辑一职,今年六月,他与诗友张二棍一起放马北疆,途经锡林郭勒、科尔沁、呼伦贝尔三大草原。然后,他独自骑摩托车去西藏、云南、贵州,因为沿途有他喜欢的风、阳光和雪,而且此行能到达一些未被水泥占领的山谷河滩,那些黄泥路、草路、沙路、田埂,让人倍感亲切。

有一年,在阿里,刘年一个人去冈仁波齐转山、朝圣。在这个有传说和神话守护的地方,尽管雪下得急,但一个人在路上,不用看别人的眼色,不用说话,只需深深地思考,进入自己的内心世界。他在山口的雪地上点燃香,跪下来,双手合十,只愿:在此恨过的人,会得到他的宽恕;不恨的人,会得到他的祈祷;而自己负过的人,则请允许他的忏悔。

雷平阳对刘年的评价是:当代诗人中最具有骑士精神的诗人。其诗歌有三个出发地:故乡、路上、现状。在云南时,他围绕三座雪山写;在北京,他还是围绕三座雪山不停地写。支撑他骑士精神的仍然是一个自我流放者、一个文学民工和一个重情重义的赤子的混合体。

他说,离时代越来越远,离内心越来越近。有诗歌的日子里,有一种从未有过的充实,写的时候大多以一种宽恕、爱和慈悲的情怀。他说,夜里用来写诗的时间,每一分每一秒都很纯净,似乎一点就燃。一点就燃,这该是怎样一种状态?

刘年不停地出发,他感觉对不住两个人:一是父亲,一是儿子。因为长年在外,他感到自己没有很好地尽到一个儿子和父亲的责任。

在那些走走停停里,那一首《大西北》很好地诠释了理由:"我的孤独,像阴山;我的忧虑,像祁连山;我的内疚,像白雪皑皑的贺兰山。只有一望无际的辽阔,才放得下。这是我一次次,落日一样,走向地平线的原因。"或许,背着背包在雪原上行走的刘年,就像一个背负着多重含义的汉字,在苍茫的白纸上奔突。

仿佛如他的诗中所言:"我的前世是一朵云,难怪,这一生,总也停不下来。"

一路书写、一路行走的他,除了诗歌,篮球是他的最爱。只是,在这项充满激情与韧性的运动里,时间流逝得更加明显。他眼睁睁地看着那个风雨里赤着脚打球的生龙活虎的少年,变成了一个动作迟缓、被别人嫌弃的中年胖子。

刘年说,自己特喜欢落日、荒原与雪,初见这几个词,便有一种伤感的诗意。读完他的这本《独坐菩萨岩》,我感叹一个如此内蕴丰厚的人,在最初挪动艰难的步子迈向远方之后,生命便有了一种常人难以企及的深度与广度。

合上书页,我总会回想起书中的那一句:"每一个诗人,都在用生命写一首叙事长诗。一天加一句,一年加一节。"

手捧这本书,又仿佛没读懂。

萧红笔下尘世的悲凉感

在近现代的乡土抒写中,萧红的文字应属上品。一部奇美惊世的《呼兰河传》,让我从年少读来,看多少遍仍觉不够。尤其是她笔下的那种尘世的悲凉感,让人感觉到仿佛多少年的光阴也没能把她心中的伤痛抹平。

纵观萧红的作品,大多是以艺术的形式观照与咀嚼自我的童年,无论是《蹲在洋车上》还是《家族以外的人》都是抒写童年生活里那种发自内心的隔膜与疏离感。而《小城三月》则是以独特的艺术感受力和表达才能,使小说具有了一种内在的意蕴与生命的质感。

一部《呼兰河传》,是美丽而忧伤的惊鸿一瞥的华彩乐章,同时也是寂寞而早悟的精灵——萧红,作为一个女人的曲折温婉的心曲。萧红颠沛流离、短促悲凉的一生,饱受被放逐的寂寞、孤独和痛苦,却用生花的妙笔,凭着个人的天赋和感觉而创作了介于小说、散文和诗之间的边缘文体《呼兰河传》。她以牧歌式的情调,勾勒出了二十世纪三十年代破碎的中国版图上一个叫呼兰小县的生活画卷,同时也阐释了她被家庭、爱情与社会放逐的一生。

萧红的一生,与命运抗争了一辈子,逃离呼兰河仅仅是一个开端,而这个行为最终成为萧红一生命运的一个隐喻。正如评论界所说:她来到这个世界,不是为了寻找答案,而是为了在一个没有答案的世界里找到一种生存方式。或许写作就是她内心生活的一种很好的宣泄,是一种回归灵魂的生存方式。自逃离呼兰河到近中年,她的一生由北向南经历了漫长的漂流,终于在千里之外的香港,在这个日常化、私人化、细节化的空间里,走到了尽头:"对临终的经验伴随着童年的记忆中花园的钟声。"她以一部《呼兰河传》作为生命的终结。

的确,孤独而寂寞的童年,是一泓汩汩不息的生命源泉。在《呼兰河传》中,有二伯是血缘关系中家族以外的人,而萧红自己则是精神上被排斥在家族以外的人。从她的作品中,我们看得出这个体验型、情绪型的作家,出生于一个地主家庭,在这样一个家庭里,"母亲并不十分爱我,但也总算是母亲",父亲则是"偶然打碎一只杯子,他就要骂到使人发抖的程度"。只有那曾经一度属于祖孙二人的美丽的后花园,祖父那双笑意盈盈的眼睛和他那老迈的、温柔的话语让萧红有了些许暂时的暖意。

在萧红的笔下,有二伯、冯歪嘴子、团圆小媳妇以及呼兰河精神上的盛举——跳大神、唱秧歌、放河灯、四月十八娘娘庙大会,构成了东北农村极富地方色彩的风俗画。生活在呼兰河的人们与生活抗争过,也渴望、向往光明,他们实实在在地感到寒凉就在他们身上。他们想击退寒凉,换来的却是悲哀。村民们只是愚昧的看客和闲话的发起、传播者,他们逆来顺受惯了,渐渐麻木不仁。小说读来不禁让人倍觉悲凉。而一生最为悲苦的、被鲁迅先生称为"当今中国最有前途女作家"的萧红,一生中的快乐时光只有那个有着祖父的童年的后花园了。再多的不甘,再多的希望,在幻灭后变成痛苦,最后也只能化作笔下的回忆了。

在日渐粗糙的生活里,每每会想起同时代女作家丁玲谈及萧红的那句话:"能够耐苦的,不依赖于别的力量,有才智、有气节而从事于写作的女友,是如此其寥寥啊。"人世匆匆,读着萧红的作品,她笔下那种把握和理解世情的独特方式,总是那样让人惊叹。

水 韵 江 南

三月的水帘间,我解读着江南。视线所到之处,犹如触及一幅由水润泽而写就的中国画。

在这种大自然的绘画可视语言中,水墨里仿佛都潜藏着一种柔美与温馨,烟雨中也流淌着诗与画的音乐。

我常常在一些有关江南风物的绘画中,徜徉于笔墨的浓淡里,去感受一种灵魂的撞击与怀想。更远处,耳边渐渐响起了清歌的唱和,又像是在茶道里唤醒人们内心纯良的天性。

此刻,飘散着细雨的江南,虽然少了塞北的大气与豪迈,却多了雅致与宁静。在烟锁重楼与小桥流水间,这一方山水亦是可以让人无限寄情的。如是,在盛产香草芝兰的楚地,有着屈原笔下的《九歌》中潇湘楚韵里尽显的迷离恍惚之美;如是,在铺着石板路的凤凰古城,有着沈从文的《湘行散记》中乡村风俗画般让无数人徜徉于沅水流域的畅想。一个个鲜明却有个性的贯穿到底的精神走向,让一份质感的生命不易飘忽游移。

水韵的江南,是适合浅唱低吟与月夜独酌的。那不需要言语也能表现出的独特韵味里,仿若一个美目盼兮的女子,懂得用眼睛说话,用微笑交流。

江南水乡盛产香草芝兰,也出商贾才子。那些建筑与宅第就是最好的史料的策源地,而宅第里一些年代久远、印象模糊的人或事,一切的一切都在历史与人物的更迭中渐行渐远了,所有的人生际遇仿佛都暗藏在命运千古一遇的契机里。

在历代留下的财富里,那种精神的强健与物质的壮硕让人感慨。

只是,我们今天难以逾越的不是山水,而是古人创造的艺术的高度,是那一份松散自由里的个性舒展。生命只是灵魂的载体,而古人要完成的不是生命的本身,而是一个因思想而闪光的灵魂。

《蜗居》里的影子

电视剧《蜗居》热播的时候,我从网上下载,周五晚开始看,一集接着一集看到周日。触景生情的片段、台词,像一面镜子,让许多人在其中照见了自己的影子。

城市蜗居者赤裸裸的生存现状,放在社会视野中进行探讨,直指都市老百姓生活中最真实的一面。剧中展示了一种在理想与现实间挣扎的都市白领的情爱与家庭生活的无奈与困惑。小说《蜗居》的作者六六说:"每一个写字楼里拥有一平方米隔间、月月还房贷、出门坐公交、中午吃盒饭的人,都能从中找到自己的影子。"这就是一个奋斗者从蜗居到房奴,然后被城市的岁月侵蚀,最终变得麻木的历程。

的确,二十一世纪的城市生活里,拥有一套属于自己的房子,仿佛成了这个时代白领们的终极梦想。至于青春年少时的理想与刚步入社会时对城市的那份最初的向往,便日复一日地被城市匆匆的人潮推得无影无踪,被生活磨砺得不剩些许了。生活与现实容不得自己有过多的想象。

海萍,名校毕业后,在那座城市里留下来的一刻,对生活是充满激情与想象的,的确很带劲也很忙碌地生活着,仿佛美好生活随时都在向自己招手。

然而,当两个有着高学历的知识分子,跟眼界只有三寸的小市民生活在一个小弄堂里,每日身处其中,甚至连具体的柴米油盐的生活细节都斤斤计较了,一切生活又回到了原型,眼前的一切又都变得太过现实了,现实得只剩下挣扎与疲惫。进而,借用剧中海萍的话说,幸福与房子有关,没有一所自己的房子就感觉特"漂泊"。即便是很带劲也很忙碌地生活着,也有一种百爪挠心、没有依靠的感觉。她有时会想:如果当初回到老家,与父母、孩子、爱人一起过安安稳稳的日子,那种生活,像电影里的慢镜头一样简单,有多好。

可是,见过这么大世面的海萍怎么回得去呢?老家是安逸的,但被安逸束缚了,你永远都不知道下一分、下一秒会发生什么。她不是曾告诫妹妹海藻说做人就要做城里人,不要做被很舒适的温水煮死的井底之蛙吗?其实,她的内心是喜欢所处城市的这种环境的,只是局促的蜗居生活连女儿都只好寄居在老家的父母那儿,不管是在世俗的目光还是在内心的选择里,她时时都意识到一所房子的必要。可是,当她有了一处按揭的房子,又意味着活在这个城市的成本变成了一串数字,每月"房贷6000、吃穿用度2500、交通费580",这是每天一睁开眼便要面对的现实,容不得你有半点的松懈。

人生是一座迷宫,海萍的城市生活里,像素琴吟风、短笛赏月的清音与雅韵始终不曾寻见。在快节奏的生活里,"每日身处其中,为生活而奔波劳碌着,辛辛苦苦,来不及细想,没有决断,就这样懵懵懂懂地被城市的高速运转推着走。仿佛没有未来,未来就在当下,在眼前"。夜色里,行走在大都市的水泥森林中,海萍会扪心自问:我的人生轨迹是不是有问题呀?城市里每个人都在为口粮拼命,所以把自己搞得不堪重负,那人生的意义又是什么呢?是在日子中承受痛苦,还是要享受欢乐呢?

或许正巧在看《蜗居》的人们,在现实中挣扎得太久也会在心底自问:什么才是值得争取的人生呢?那些最初的梦想又跑到哪里去了,眼下的生活意义又何在呢?而意义太重要了,它体现了一种生活态度里的真性情。

而此刻,在如豆的灯光下书写的我,忆及年少时的那个愿望:长大了,一定要找到一个城市,它要足够容得下自己的梦想。想到这些,善感的因子便缱绻在了个人的情怀里。生活在这样一个处于城乡接合部的小县城,半小时就能绕完一圈,或许有一种省去了出门坐公交、中午吃盒饭的蜗居者的生存艰辛的幸运,又或许,更多的也会生出种种有关地域所带来的生活局限的遗憾来。

生活本来如此,说什么好呢?或许正应了那句话:生活永远在别处。

视觉里的"上等情致"

对画家陈逸飞的视觉印象,是从《理发师》的作者凡一平这个档口介入的。

2006年早春,一个很偶然的机遇,广西作家凡一平来到我家乡的小镇上拍古旧的石板街。其间,大家在见面的饭局中热议《理发师》。我的一个年少的朋友与凡一平相熟已久,经她提议,凡一平是作者加编剧,自然少不了要稍微讲一些剧本和拍摄波折。

至于后来在他的自序里看到的其间几易其稿的艰辛及陈逸飞先生的英年早逝,他在饭局中却未曾提及。或许是应了那句话:心中的某些隐痛是不能轻易触碰的。

在他的作品集的自序里,还看到这样的话:"陈逸飞先生的去世,我无法不悲伤,因为他是我的朋友。以往我的悲伤,只和我失去的亲人有关,比如让我具备逆流而上性格的当船工的爷爷,还有启蒙我文学想象的满肚子故事的外婆。"如是,他的言说引领着我对陈逸飞的绘画、服装、杂志以及电影的种种视觉印象一路细细地品味起来。

之前也略知陈逸飞是"商人里最成功的艺术家,艺术家里最成功的商人",并以写实绘画和涉足影视、服装、广告及出版等视觉产业而闻名中外,他笔下的古镇周庄风景和仕女琴韵画作屡创油画拍卖纪录。

回来后,细细遍寻有关陈逸飞的绘画、影音与文字,感觉到他的作品里有一种淡淡的信仰。纵观他笔下的种种题材,不管是怀旧风格的水乡还是古典仕女、音乐人物,无不体现一种追求,即"运用西方的技巧,赋予作品中国的精神"。他让怀旧风靡艺术殿堂的同时,也被国际社会接受。美国评论家称他是"一个浪漫的写实主义者"。

这不由让我们一同回到他的童年和出生地。这位1946年出生于浙江镇海一个书香门第的大画家,童年时代,母亲经常带着他到教堂去做礼拜,由此对绘画、雕塑等艺术产生了浓厚的兴趣,这在后来他的画作中得到了充分的体现。

他出生在江南水乡,最终也是江南水乡的题材成就了他。古镇周庄在他的画笔下渲染得自然古朴、美不胜收。1983 年,哈默画廊的主人哈默博士在向世人推介陈逸飞时曾说:"他的画是接近诗的,因为他只是在指示而非肯定。"的确,无论是流露出强烈的怀旧气息的《故乡的回忆——双桥》还是《浔阳遗韵》,画面都弥漫着宁静与平和,写实主义中渗透着中国传统的美感。而一幅《玉堂春暖》流露的是悠闲慵懒的高雅古典气息。他对感伤情绪和怀旧格调以及对绘画技巧的把握是一流的,也是无与伦比的,有着浪漫现实主义的神来之笔。

这位毕业于上海美术学院,1980 年自费赴美攻读硕士学位,作品在国内多次获奖并被送往日、法、德等国展出的我国第一位与世界最具权威画廊签约的亚洲画家,在接受媒体采访时始终是平易近人的。他骨子里的善良和宠辱不惊随处体现着!

陈逸飞成长于上海,这个大城市给了他博大的文化胸怀和文化气势。而他的知识分子家庭,则培养了他的生活趣味和文化趣味,使他一开始就不平庸、不俗气,以至他终以"大美术"的理念,在电影、服饰艺术、出版等方面做出成就,他涉足的每一个领域都要鼓动生活艺术化、精致化,并且引领着人们生活方式的转变。

有人说,他是上海时尚界的一面旗帜。他用一个现代人的生活方式在做自己喜欢的事,而且在努力做到极致,并且在其中实现自己的价值。他任总策划的《青年视觉》以大型豪华和时尚封面引起出版界的瞩目,便是一个很好的例证。他以唯美主义的艺术风格来体现他的见解和品位。

也有媒体说,在《理发师》停拍后的再一次开机时,陈逸飞选择让陈坤来担任男主角,正是因为陈坤眼神中的忧伤和无助很像陈逸飞。然而,这样的评论似乎忽略了更为重要的一点,那就是一个人的自信。《理发师》在第一次开机后的停拍损失巨大,但仍然改变不了陈逸飞要把这部电影拍下去并且拍好的决心与自信。对于演员的选择,作为艺术家的他首先会在乎一个人的外形,因为这是一个直觉,是一个人的第一印象,当然在外形里面应该有自己的内涵、修养,当然还要有自信。这个自信要很得体,这一点,陈坤无疑是具备的。

后来,关于陈逸飞的英年早逝,凡一平曾在自序里做了好多个假设:假如我不写《理发师》,假如《理发师》不出现波折,这一不幸还会发生吗?然而,多少假设都不能挽回陈先生已逝去的生命了。

关于陈逸飞的病故,我曾在报刊上看到代理陈逸飞油画的世界顶级画廊——美国最具权威的现代艺术画廊玛勃洛画廊对陈逸飞的英年早逝深表震惊和遗憾,并通过记者传达了他们对这位华人艺术家的艺术成就的敬仰和肯定:"陈逸飞的去世不仅是中国,也是国际艺术界的损失!"

然而,他的艺术生命要比实际生命长得多,表现在西藏主题的画作里,也表现在他具有写实主义与怀旧气息的江南古镇的画作中。弥漫其中的沉静,或许可视作他生命的延续。在他的视觉里,"大雅大俗是一切艺术的最高境界"。

这也让我想起2006年夏天,在广州巧遇《理发师》在羊城的首映。大幅广告牌上写着"根据凡一平同名小说改编,视觉盛宴,逸飞绝响",后八个字很是醒目。身边一拨又一拨的人涌入影院,我致电凡一平表示祝贺。电话那头,除了一连说着谢谢,然后就是长久的沉默。这沉默里或许有着对陈逸飞深深的追忆和感恩以及对人生无常的慨叹吧。

人生一世,那样的落幕对于追求完美又谦和儒雅的大艺术家陈逸飞来说,也未尝不是一种大遗憾中的小欣慰了。

一本书、一座城、一个人

大凡说到沈从文，总会让人联想起关于一本书、一座城、一个人的故事。

沈从文，这个只上过三年小学，一不小心闯荡到了大城市，而后自学写作的现代文学大师，的确是文学界的传奇。他笔下那成功的乡土书写，终因一本《边城》，让湘西的凤凰古城名扬天下。那质朴的文字，使一本书、一座城、一个人成为天地间的永恒。

正如他在一篇文章里说道："一个人想证明他的存在，有两个方法：其一从事功上由另一人承认而证明；其一从内省上由自己感觉而证明。"他用的是第二种方法。他说自己走了一条近于一般中年人生活内敛以后所走的僻路。他说，这种生存在别人看来叫作"落后"，但那没关系。两千年前的庄周，也仿佛比当时的人落后一点。而那些善于辩论的策士，长于杀人的将帅，早已作古，到如今，你我读《秋水》时，仿佛面前还站有那个放荡不羁、面貌平常的中年人。或许，也就是庄周这种"落后"的精神成就了沈从文。如今，你我读《边城》时，沅水边也仿佛站立着一个清瘦而不朽的身影。

《边城》这颗流传恒久远的珠玉，以湘西民俗特色来作为小说的题材。沈从文在他的笔下构筑了一个柔情似水、质朴无华的世界，并以乡村生命形式的美丽，提出了他的人与自然"和谐共存"、本于自然、回归自然的哲学。读后，我久久徜徉于沅水流域的畅想之中。

也有人说，他的小说是中国现代小说的典范，抓住"乡下人情结来展开"。他的小说用"萧萧""翠翠""三三"之类如邻家小孩子的名字都是近乎完全自然的，遵从的是自然的人性的召唤。不管是俗到极致的乡间俚语，还是唯美含蓄的对话，一种自然的人性之美，在你我的阅读中渐次温婉呈现。无疑，这是一种成功的乡土书写。

正如他在一篇名为《小说的作者和读者》的演讲稿中写道:"美丽是在文字辞藻以外可以求得的东西。"

的确,《边城》那简单而平实的语言里,有一种相当的塑造力,沈从文就是用这种再普通不过却有相当塑造力的词语,将湘西民风淳朴而富有感染力的一面表现出来。而那种地道的乡土语言,又是那样平实而有韵味,它在沈从文的笔下真真切切地展示了一幅幅湘西的风情画卷。江南、水、岸、船,这些水乡特有的风景,以一副从容的姿态于沈从文的笔端流露出来,也是他引领读者进入的一个境地。在这个境地里,那些优美的风景、质朴的心灵、凄美的命运、高贵的人性在这里融汇并升华。

然而,他有不同于一般文人的高贵品质和独特审美追求,他的小说带有质朴的亲和力。他笔下的散文和小说一样,是他精心营构的艺术世界,一本《湘行散记》,构筑的那个湘西世界,处处闪烁着人性的光辉。

在他的《湘行散记》里,二十世纪三十年代的湘西,是一个相对比较古老的世界。他以纯朴的文风表现自然、民俗和人性之美。那一方山水都显得秀逸空灵,让人感觉那个湘西就是一幅诗情画意的乡村风俗画,充满牧歌情调和地方色彩。

如果说沈从文的"前半生"是一个在《现代评论》和《语丝》上频频发表作品的文学大师,那他的"后半生"就是一个著名的历史文物研究者。即便是在"文革"时期,他也能专注于对古代服饰的研究。服饰是日常事物里最能折射"那时那世"风格的东西,或许,这也正切合了沈从文那喜欢寂寞、清幽的环境的性格。又或许,这切合了他骨子里那种强烈的宿命意识。用他自己的话来说就是:"楚人的血液给我一种命定的悲剧性。"这种性格,让他在十年动乱时期,以一种自觉、睿智的大清醒和大沉默放弃书写,转而研究中国古代服饰。正因为如此,时代的风风雨雨在他的身上似乎没有留下太多的痕迹,命运的车轮也没有在他身上碾过太多的伤痕。

时代的变迁,不断地唤醒沉睡的记忆,让人想起他笔下的湘西凤凰——一个平和而带有野逸意味的边城。沱江穿城而过,青石板路上飘来村俗曲调的唱和,这座在民歌和民俗中渐渐老去的天人合一的古城,在桨声和月色流淌的传说和故事里,在极为日常的生活里复活着一种特有的诗意,在对悠闲、平和、宁静生活的那份向往中,叩响着一拨又一拨人的朝圣梦。如是,从某种意义上说,沈从文成了湘西的象征。

如今,他的笔下成就的凤凰古城,成了热热闹闹的旅游景点。挂满了红灯笼的一长溜廊沿下,如烟的薄雾在弥漫,百年沧桑里有着浓郁的民族风情。而今的那些沿江而建的吊脚楼前,捣衣的女人那木槌声是否敲碎那轮圆月中的宁静。仿佛间,那起身离去时的裙裾,一路在历史的烟尘中轻扬。

樋口一叶笔下的零度描写

对于樋口一叶作品的认识,是从她笔下的零度叙述开始的。那是一种少见的笔力老到的白描手法,也许正因为如此,才成就了这个日本明治时期最杰出的批判现实主义女作家樋口一叶吧。

不记得是在一年前还是两年前,那个冬夜里,自己是那样投入地一遍又一遍地反复读着《青梅竹马》《岔路》和《十三夜》。喜欢这个美丽、优雅、安静的日本女人干净的文字,仅那纯粹的悲伤喜悦、淡淡的哀愁、纯真的爱情、薄雾一般浮动的情愫以及红丝带、格子门等具有象征意义的物件,都在她细腻的笔触下,表现得淋漓尽致。

后来看了作者的生平,我才知道有着"当代的清少纳言"或"明治紫式部"之称的樋口一叶,早期作品中所描述的生活与她的现实生活相去甚远。她以虚构人生和想象人生的方式从事写作,这一点与我喜欢的杜拉斯截然不同。她的早期短篇小说《雪天》《琴声》《暗樱》,除了有模仿痕迹,尚未形成自己的风格,还带有浓厚的、纯洁的抒情色彩。

此后,在经历了贫民区的困顿生活,体味到了底层民众的疾苦后,樋口一叶摆脱了华丽的辞藻和缺乏内涵的女作家特有的脂粉气,创作风格随之发生了剧烈的变化,浓妆艳抹的冗词赘句消失了,取而代之的是简洁有力的肺腑之言。《十三夜》里的阿关为了父母兄弟和孩子对夫婿的隐忍,几笔下来,便那样让人怜惜。1894年至1896年是樋口一叶创作生涯的巅峰,后世文学评论者称之为"一叶的奇迹十四月"。在短短的时间内,一叶写出了《大年夜》《浊流》《青梅竹马》《岔路》和《十三夜》等一系列珠玑之作,顿时轰动文坛。

据说她的作品最初是周作人译过来的,而当代作家余华说到樋口一叶的作品时,称《青梅竹马》是他读到的最优美的爱情篇章。她深入人心的叙述有着阳光的温暖和夜晚的凉爽,的确是最精准有度的了。

平安时代——那份繁花压枝的美丽

我接触到日本平安时代的文学是在二十世纪九十年代末。感觉到平安时代的风雅才女们以群体的形式出现在日本文坛上,的确让那个樱花飘落的国度,有着一种繁花压枝的美丽。

初接触平安时代的紫式部、藤原道纲母、清少纳言、和泉式部这样一群在文字的天空里自由翱翔的女子们的作品,阅读中的确让人感到那一曲曲琐碎而美丽的长歌,暗淡了那些公卿将相的阴谋与刀光剑影,还原了一个活色生香的平安时代的文字魅力。然而,她们笔下的文字,除了带给我这种不寻常的阅读冲击力,还在心间生出一连串的疑问来:这些以日本人发明的假名来写作和歌、物语、日记及随笔的不安分的灵魂,她们度过的是怎样的一段岁月?这又是怎样的一群有闲之人?

也许,这些无一例外是中层贵族家庭的女儿,身处这样一个阶层的她们既不用为生活而奔波,也不会终日沉迷于上层生活的纸醉金迷中,才得以有闲情逸致来写作。在那个女子所受教育都源于家庭的时期,世代书香门第,为她们提供了更好的在家里由母亲、乳母或侍女、父兄教育、学习诗文的机会。同时，她们生活中所接触的身边的人与事，也提供给了她们一个了解社会的可能。因而，也只有她们才有能力去感受、反省、表现现实的种种情况。

在日本的和歌雅趣中产生的平安时代的文学，不管是和泉式部的热情还是紫式部的旁观式的嘲笑，抑或清少纳言的明净与妩媚，都有一种无与伦比的画面感与强烈的心灵碰撞。在阅读中，我渐渐觉得日本文坛上那一枝枝瑰丽的花朵，就那么自然地盛开在我们心灵的旷野。

一本《和泉式部日记》所记录的生活，竟是我们这个时代真正陌生的东西，却同样地震撼着浮华俗世的心灵。喜欢和泉式部笔下的情诗：渴望见到他/渴望被他见到/他若是每日早晨/我面对的镜子/就好了。的确，如果心爱之人仿若一面镜子陪伴左右，日日目光关注，那应该是女子难得的幸福吧。有着颇多争议的和泉式部，仅其诗中这种爱情之美和人性之美，便让人觉得她是值得肯定的。

而一部代表着日本文学成就的《源氏物语》，又是由怎样一个女子来写就呢？这个有着倜傥标高骨、玲珑傲气心的紫式部，这个相貌平常、外表柔弱、内心却强大而温暖且非常自信的女子，也许因为一直清醒地置身于叙事之外，与和泉式部相比，的确少了许多非议，却多了一份理性在其中。因而，她笔下的《源氏物语》所表现出来的种种宫廷生活，就很符合紫式部这个闻名遐迩的女人的第三人称叙事方式了。

清少纳言的《枕草子》，开日本随笔文学的先河。这本在枕边写或读的书，文字里那种素面朝天的明净与妩媚，让人在长短自由、格式却并不太在意的文字中，不经意地读着读着便一同去留意一朵花、一种表情以及衣着的颜色与深夜的鸟鸣这些"有意思"的事情。而后的多少个日子，就是这样的一本"枕边书"，随便翻翻，便也可消永夜。

细细读来，平安时代的才女们在文学上令人仰视的成就，以及在世界文学史上的地位，让人景仰。她们心中那激荡如大海又隐蔽如平湖的情状，也让人怜惜。而有关她们生平的文字中，带给我最强烈的感受的则是："她们的生命纯粹极了，仿佛就是一幅画、一首诗或者一架风琴。"如若时光被太过实在的俗务充塞了,也就没有什么诗意了。

也许,正是身处那个时期的一个特殊的阶层的那份闲适,加之那份领悟与聪慧,她们的文字才闪烁在了日本文学的天空,才以群体形式出现并震撼着文坛,从而形成了平安时代的文学主流,代表着日本历史上一个时期的文化。

那种纤细韵味的诗意

读川端康成的作品,仿佛亲临一场美术展。仅仅是书名《雪国》《针、玻璃和雾》《蓝的海,黑的海》,就让人想到《古今和歌集》、东洋画、花道、茶道这些具有日本美的传统意蕴之所在。

一部《伊豆的舞女》,仅其中那纤细的哀愁、旅行中的高中生与年少的舞女邂逅那真挚的友谊和彼此流露的淡淡的爱,便成了日本式爱情的经典。曾经有这样的评论:"川端的作品是轻灵的,写的大多是感觉,感觉细微到莫可名状,不太用什么故事来表现思想,但是读来却很有一种人生况味。"在川端康成的文字里,一种冷寂的艳丽,融合了日本文学的传统美与西方文学的人文理想主义的内涵。

我想,川端康成文字里的这种凄美感以及那细腻而敏锐的文风,与其身世与经历是有关的。看了一些关于川端的生平,幼失怙恃的他,8岁时祖母阿钟故去,12岁时姐姐早逝,16岁时祖父亦亡。骨肉至亲的相继离去,使得川端康成的整个童年少年是抑郁悲凉的,以致孤独忧郁伴其一生。这种经历同时也反映在了他的创作中。这种对死亡的体验给他留下的影响是一生的,因而他一边拒绝现实中的热量,一边在文字的世界里绘制着想象的热量。自始至终,一种孤儿的悲哀成为他创作的主流,直到最后深受佛教思想和虚无主义的影响。

在他的一些自传性作品中,回忆了青少年时期身为孤儿的体验,提到不知如何面对父母的相片，找不到阅读这些至亲者相片的途径、观点，甚至可以说身为人子竟找不到面对这些相片的"态度"，只是内心充满了困窘与愧疚。当别人提到他的父母，他根本不知该用何种情感去聆听，只希望他们赶快转变话题。那种尴尬，对于幼失怙恃的我来说，那种年少的心境是何其相似。这样的文字像针一样刺痛着我的眼睛与心灵。

让我们走进《伊豆的舞女》，走进那个旅行中的少年高中生偶遇巡回艺人一行并与年少的舞女邂逅的故事，川端康成将之化为艺术，呈现在读者面前，从而成为他文学创作生涯中的第一部经典。他的作品如其人一样富有抒情性，同时也追求着一种人生升华的美。

然而，川端康成的文学之美，是一种日本美学意蕴的深度和艺术表现的力度的重现，其间又透着纤细韵味的诗意。1968 年，他因《雪国》《古都》《千只鹤》而获得诺贝尔文学奖。一部《雪国》，没有曲折复杂的情节，也没有什么丰富深刻的社会主题，但那个叫岛村的舞蹈艺术研究家和艺妓驹子却是那么容易地嵌在了读者的心里。同时，一种日本底层女性形体和精神上的纯洁和美，以及作家深沉的虚无感也深深地撼动着我。这样，也就不难理解时任诺贝尔文学奖评委会主席的安德斯·奥斯特林在为获得诺贝尔文学奖的川端康成致授奖辞时强调的："在川端先生的叙事技巧里，可以发现一种具有纤细韵味的诗意……他高超的叙事性作品以非凡的敏锐表现了日本人的精神特质。"

谈到日本文学，川端康成在 1969 年的《日本文学之美》的开篇就评价了平安时代的女诗人和泉式部的一首短歌。川端康成说："再也没有什么歌能比得上和泉式部的歌那样妖艳地飘逸着感官的气息了。"而谈到这些上千年的文字时，他说："色调虽然淡薄，却也感染了我的心。"

也许，正是年少的经历、《源氏物语》以及平安时代的文学滋养，成就了他写作中一种内蕴的力量和笔下的那种纤细韵味的诗意。

那份惆怅的优雅

最初认识蔡文姬,是缘于幼时的那本小人书。封面上那个月夜抚琴的女子,那份惆怅中的优雅,很让我着迷。

就那么半猜半解地翻阅着图文,其时,根本弄不清汉代大才女是怎样一个概念。至于汉代大文学家、书法家蔡邕之女,在头脑中更是没有多大的印象。只有一个细节,总是不时让我隐隐忆起:大体是说她的父亲——精通音律的蔡邕有一天在家中抚琴,偶然间弦断了,而此时在另一个房间的蔡文姬便断定是第二根弦,后来为了考证这是否属于巧合,其父又故意弄断一根弦,蔡文姬又做出了准确的判断。从此,天资聪颖的女儿被其父誉为"断弦知音"。读到这里,我才想起文姬不过是她的字,而她姓名中的那个"琰"字,则往往被忽视,很有去查查字典的必要。字典里说,"琰"本身就是一种美玉。看来,这个"琰"字是文雅而不露声色的。

我渐渐开始读一些汉代的作品,了解到蔡邕很受曹操敬重,曹操在书法和文学上常向蔡邕讨教,两人是一对忘年交。蔡邕本人也确实是一位旷世奇才:他是汉代最后一个辞赋大家;他创造了"飞白体",是杰出的书法家;他家有藏书万余卷,是著名的藏书家。

生长在这样的家庭中,自小耳濡目染的蔡文姬博学能文,善诗赋与音律。那个时期的蔡琰留给我们的自然是一个有着闲情逸致,浑身散发着书香的女子。

然而,时局的变化、命运的风暴旋即席卷了整个蔡府。东汉末年,政治动荡、诸侯割据,董卓、李傕、郭汜先后作乱关中,匈奴则乘机南下劫掠中原。二十三岁的蔡文姬与许多被掳来的妇女一齐被带到匈奴。正值青春韶华,却离开故里,蔡文姬"俗殊心异兮身难处,嗜欲不同兮谁可与语"。此去十二年里,她嫁给了匈奴左贤王并生育了两个儿子,饱尝了异族异乡的痛苦。"胡风夜夜吹边月,故乡隔兮音尘绝"的风沙飞扬的茫茫大漠,凄美的新月下,总是有一个凄清的身影——一个汉族女子在吹着一管胡笳,曲调在月夜里如水流淌,诉说着内心无尽的惆怅。

幸而,曹操在平定北方后,念及与蔡邕的交情,携黄金千两、白璧一双,把蔡文姬从匈奴赎了回来。在云山万重、疾风千里的胡房地,蔡文姬何尝不是日日盼望"生仍冀得兮归桑梓,死当埋骨兮长已矣",可是其时"喜得生还兮逢圣君,嗟别稚子兮会无因",命运,就这样无端给予她一重又一重的苦难。当还乡的喜悦又被骨肉离别之痛所淹没时,于汉使的催促声中,去留两难的蔡文姬恍惚地登车而去。车辚辚马萧萧,十二年的点滴生活在她心头忆起,于是她创作出了叙述自己一生不幸遭遇的《胡笳十八拍》,却无意中感动了世界。

唐代诗人李颀对此发出这样的感慨:"胡人落泪沾边草,汉使断肠对归客。"在胡房蛮夷之地,匈奴人在蔡文姬去后,每于月明之夜摘芦叶吹笳,发出幽怨的声音。《胡笳十八拍》成为当地经久不衰的曲调。在匈奴人心中,蔡文姬即便回归了故里,她仍旧在大漠中永立着,身后猎猎的风沙仍不掩其华。

有着如此资质与修为的蔡文姬,作《胡笳十八拍》时心头是有着无限痛楚的,这种痛楚,来自生活的颠沛流离和命运的不济。满腹诗书、精通音律的大才女,她的自传体五言长篇叙事诗《悲愤诗》也因情真意切,自然成文,而在建安诗歌中别具一格。

几乎每一个有灵魂的生命,都难免会有深埋于心的痛楚。时间的意义是重大的,也是深远的。起初那些情感压抑后才情的真切流露与奔涌的随意之作,最后都成了典藏。无情的岁月给予了蔡文姬太多的悲痛,但时光的刻刀也从此雕琢出一个女人的丰韵与睿智。

远处,是黑色流动的夜。这样的夜里,想起蔡文姬和她摄人心魄的《胡笳十八拍》,那种骨子里的惆怅的优雅,仍旧有着穿透岁月风尘的美丽。

初冬，791 的一场视觉盛宴

看到"三分醉"书画展信息，是在 2015 年初冬，微信朋友圈里。

冬夜，看完小说《生命册》，仍然没有睡意。这部一个土地背负者心灵史诗般的小说，越到后面写得越精彩。看完了，合上书页，久久不能入睡。夜已深，打开手机浏览了一下朋友圈，两分钟后，朋友圈发来一个画展的信息，再一次让人精神振奋。掐指一算，的确好久没去看画展了，上一次看画展，还是五月的庐山之行。

这次画展所不同的竟然是文人画展出。文人画，最大的特点就在于为心灵而画，并且具有文学的气质与韵味，因而我很喜欢。此次题为"三分醉"的程维、万晓龙、廖杰书画展，由江西方圆空间画廊承办、本色文化艺术中心协办，规格更高，应该更值得期待。

通常，"文人画"追求的不是绘画技巧本身，而是"画外之意"。常言道：画内之境可描，而画外之境难求。因为"画外之境"需要丰富的学识、生活积淀才能达到。所以写小文字的我更欣赏文人画。

于是，我立马转发，以期更多的朋友能够看到这个消息，以便在这个冬日，能抽出时间去亲临一场视觉盛宴。

省作协副主席程维老师的画展是一定不能错过的，他是南昌文人书画院发起人之一，倡导的是"秉承黄庭坚、八大山人的文人书画血脉，以此接通王维、苏东坡的文化气场，意图变通古今、大化中外"的文人书画的写照与传承。程老师出版了文画集《画个人》。他是个早年就颇有成就而且非常低调的人，其长篇小说及散文集等作品被译为英、法、日等文字。其他两位书画家不熟悉，可也是创作颇丰。

冬日的午后，在 791 艺术街浓厚的文化氛围里，见到程老师时，正是画展开幕之际，他先是谦虚地对来宾表示感谢，继而颇有大家风范地与来宾合影。

走进展厅,人头攒动,满目皆是充满意趣的字画,而且早已有电视台记者在等候采访。几个书画家都是低调之人,把镜头留给了来宾。记者只好采访来宾,让大家谈谈关于此次书画展及文人画的感受。

对于绘画,我知之甚少,较之西洋画,我更喜欢中国画。

虽然上学时也喜欢凡·高、莫奈等西方印象派画作,但骨子里还是喜欢水墨画。

不管是人物,还是山水,在绘画领域,我始终觉得唯有中国画才得其精髓,尤其是水墨画中的文人画。

中国传统的"文人画",特别注重"境界"的营造,达到了一定的境界,也就达到了"气韵生动"的目的。而"境界",指的是书画家通过笔墨语言所创造的一种气象、一种意境、一种格调以及品赏者通过精神体验、主观感受而达到的精神高度。

程维的水墨画看似随意,却很好地表达了人对客观世界的幽微感受。他的画,也有一种丑拙之境。比如那幅《饮酒记》,仅两位高人对饮的酣醉中,就有"大巧若拙"在其中。率性而为,不讲技巧,或者将技巧的痕迹降到最低限度,看似稚拙,却反而有一种天真、质朴、豪爽之美。

比如他的《万人如海一身藏》,一个大汉,在人海里竟能静得那般端庄安逸。这种寂寞之境,也符合中国文人所走的道路,注定是寂寞之途。不管在朝在野,文人在心灵上往往是孤独寂寞的。艺术上的寂寞,指的是空灵悠远、静穆幽深的境界。

那幅《骑马去唐朝》却颇有萧散之境。萧散是中国古典美学中一个重要的概念。它所表现的形容、举止、神情、风格等,自然不拘束,闲散舒适。

而一幅《相见欢》源于他路遇一痴子,痴子逢人便笑,便作《相见欢》。那种笑里的云淡风轻,是文人心仪的境界。其实,书画之人何尝不是如痴如醉地投入笔墨之中呢?一幅《大音希声》,一人、一琴、一曲便足矣。简约之境,笔简意浓,笔简韵长,"多求简易而取清逸",也正是文人画的核心。

所有的这些作品,无不让人感到:画画与写作,在程维的文人画里达到了一个很好的结合与高度。

之后,看了嗜画入骨的廖杰画作,颇感于他笔下那些垂钓或畅饮。他说,自己的文人画,不求闻达,但为娱己。于文人眼中,画不过是做学问之余的事,偶一挥毫,则抒发胸臆。他说,纵观画史,大凡名家,皆以品格论高下,以胸襟定境界,又以学识增情趣。我画,故我在。

看完画展,归途中翻开《三分醉·第一回》,在程维老师文采斐然的《也是醉了——"三分醉"书画展小序》里,我看到了这样一段蛮有意思的文字:"碌碌吾辈,阳春召我以烟景,大块假我以文章,笔墨自娱,不向大巧,但求小拙,以为机趣七分,而手艺自评三分耳,供人三分笑时,我也醉三分。其间又云:或禅或道或江湖,无非纸上烟云。诚者斯言。"

这个冬日的 791 之行,不说奔波之苦,单一场视觉盛宴,就能带来别样的思考。

井冈山之行——那一片纯净而高远的天空

去井冈山的那几日是晴天,印象最深的除了一拨拨身着红军服的游人,便是头顶上那一片蓝得纯净而高远的天空了。

坐了整整六个小时的火车,而后又换乘汽车,一路奔赴,抵达山上时,已灯火阑珊。

当车窗外一路掠过"星星之火可以燎原"几个红色大字、掠过路边的小号雕塑、掠过"天下第一山"的标志时,内心便有点小激动,感觉到了,到了,快到了。可司机说,离目的地还有二十分钟的车程呢。也好,那就在这二十分钟里,对红色革命根据地尽情想象吧。可脑海里还没闪过几个来自影视镜头外的延伸想象,不觉间,车子就停在培训基地门口了。

夜色里的奔赴,井冈山朋友极尽地主之谊为一行人接风。那种自然、亲切、友好,让一行人着实感到宾至如归。

席间,同去的都是久仰大名却素未谋面的师长。平日里滴酒不沾的我,也主动而爽快地喝起了井冈山红米酒来。殊不知,此酒入口虽柔,但后劲很大,一杯还未见底,脸便像唱大戏的关公似的红了。其时,已是三分醉,再实诚之人,也不能再喝了。

第二天早早醒来,却觉得那三分醉恰到好处,那种感觉,如诗一般。晨练后,我与文艺精英们一起聆听国家一级编导、专家学者们的讲课,感觉那是一场视觉与审美的盛宴。

在编导老师的讲解与影像回顾里,我了解到艺术舞台亦有它独特的呈现方式。那些具有浓郁的地方风格、个性与地域文化的精品,其间不仅有歌、舞、说、唱,还有非常有趣的元素,可谓变化无处不在。要做到从头到尾不重复,编导的智慧就尤为重要了。一个编导的审美、艺术气质不同,舞台效果会很不一样。

第一次如此近距离地接触舞台编导艺术,几堂课下来,我感觉内心有种从未有过的丰盈。同时,我也感到,不仅文学要有开阔的视界和高远的要求,舞台艺术更是如此。

平日里,我写小文字,时间总是在生活、阅读、思考与书写中流逝。那些指尖流淌的文字,首先慰藉的是自己。而舞台、戏剧永远是观众第一。不仅节目的编排要有独立的个性和独特的眼光,道具的语言性和服装的语言性还要非常讲究、严谨,它要有一种现场感、生活感与环境感。不讲究,就是一种破坏。

那几日,学员们以海绵吸水的态势去渴求知识。大家边听讲,边提问,所提的问题都很专业、有深度,同时亦不乏自我独到的见解。

环顾文艺青年们如饥似渴学习的身影,忽然想到一个词"缤纷春色,花样年华"。那一刻,你会感觉到:其实,每个生命都醒着,只是,醒在各自的领域里。

如是,在内心里,我更愿意把那几日的文艺培训,看成是一次审美再教育。

一行人由系统内金牌主持王老师带队。身为领队,王老师有一种凝聚力与亲和力,所到之处,有他的身影在,气氛就非常活跃。具有这种气场的人,无疑拥有了一张独一无二的精神名片。

那几日,每天的培训课程都排得满满的,大家在教与学的互动中,很投入地沉浸其中。有时,晚上节目选题讨论要到十点左右才结束,甚至都没时间出去好好走走看看。

最后一天课程结束,晚饭后,大家相约去散步。井冈山的天空下,那些行走的山民,大多是革命先烈的后代。如今,他们做着旅游生意,卖水果、根雕和山货。生意有小有大,不过他们都淳朴、厚道,让人心生敬意。

大家一路有说有笑,恰巧有人在卖莲蓬,而且是那种刚刚采摘来、带根茎的。我们便很欣喜地停下来买上几个,然后,穿行在井冈山的夜色里边走边吃,很惬意地置身于这一处市井的热闹中。

一行人,除了我,个个都是金牌主持、十佳主持,言辞诙谐有趣,身上亦散发着一种青春又独特的魅力,那是一种类似阳光的味道。

路上,偶遇一对白发老人在公园边坐下歇息,老头很细心地为老太太揉肩。于这对操劳了一辈子的老人的相依相伴中,我看到了时光深处的深情与眷恋。

眼前,那平淡而真切的一幕,让浮世里的年轻人也感慨着:如若有一天,你老了,还能有个人和你相濡以沫,也不枉此生!

那夜的晚归中,行至半路,下起了零星的细雨。可半个月亮仍旧挂在天空,给人一种朦胧的意境之美。一行人在蒙蒙细雨中,感受那种"花未全开月未圆"的留白与空灵。忽然,我想起了白天课堂上老师讲过的话:艺术要有留白,要有遐想的空间,像中国画一样,要有含蓄的审美的预结构……如此种种,要用心思考,才有所得。

晨练时,内心不禁感慨:这几日山上的光景,真是恬静而美好啊!抬头间,天空纯净而高远。而那一刻,蓝天白云下,一群青春正好的文艺青年恰好在其间。

诗画入禅真

青云谱，一直是个文化情结牵引的所在。不仅仅是因为一直仰慕的八大山人那"诗画入禅真"般精练、放纵的笔墨，更主要是因为八大山人朱耷明朝遗孙的身份。

这位清初画坛"四僧"之一的明宁献王朱权九世孙，父祖皆擅长书画。他八岁能诗，十一岁能画青山绿水，少时能悬腕写米家小楷。早慧加上家庭的熏陶，朱耷的一生本可以顺风顺水地走上通途。然而，弱冠之年即遭变故，清军入关，命运百般捉弄，为躲避清朝的迫害，二十出头的他，便于介冈灯社落发为僧，三十六岁又于青云谱为道。他本想借隐居深山，过着世外桃源的田园生活，以实现自己向来"门前不必来车马，欲觅一个自在场头"的愿望。然而，现实却一直不断地骚扰着他，让其情感愤激郁结，无法自我排遣，于是其忽狂忽哑，潜藏玩世之态。一日，他忽于门上书一大大的"哑"字，从此对人不说一句话，却喜欢笑且更喜欢喝酒了。而其笔墨间，更加表现了他那倔强傲岸的性格。

曾在《水木清华图册》上看到这样的评价："八大山人有仙才，隐于书画，其画笔情纵恣，不泥成法，时有逸气，书法有晋唐风格。"在 2010 年初秋的一次青云谱朝圣中，我对于这个评价才有了真切的理解。

这个秋天去岱山，穿过梅湖径直来到定山桥畔的八大山人纪念馆。出租车司机告知，那座掩映在绿树丛中的青砖、灰瓦、白墙的三殿逐次递进、曲廊相通的道观便是青云谱了。待穿过上悬"青云谱"石匾的大门，继而看到二门上那"净明真境"与其手书"谈吐趣中皆合道，文辞妙处不离禅"的对联时，我才找到了一种现实中的对位。而刚刚经过的梅湖，太现代也太过景观化了，与先前的想象有着太大的出入，还是青砖、灰瓦、白墙与朱耷的仙才逸气较为搭调。

用心细品正厅里陈列着的八大山人的书画作品,那《墨荷图》《鸟石图》,让人感觉怪异晦涩的笔墨间隐含着痛苦。然而,其作品的幽深玄远却又有着一种宁静超脱的力量。画作里显现出的那种超凡的静穆,很容易就让人联想到他创作时那如秋月般明净的心境。

八大山人的画多用留白的手法,一条鱼、一棵树、一只鸟都可以构成一幅完整的图画。其画作透过一个"少"字,用宣纸使墨洇开,他用一种独创的飘逸、冷峻的画风,来表达其无法言说的情感,不禁让人想到郑板桥在题八大山人的画时称赞的那句"横涂竖抹千千幅,墨点无多泪点多"来。八大山人的画作的确是"以少少许胜多多许"的。那种以花鸟、山水为阔笔的大写意画法,其笔下的那些鱼、鸟,眼向天,充满倔强之气,创造了一种前所未有的花鸟造型。他画山水,多取荒寒萧疏之景,剩山残水,其意境荒凉寂寥。而这皆因缘物抒情,将物象人格化以寄托自己的感情。

为僧为道,皆非本意。六十岁后,朱耷弃僧还俗,号八大山人。而在他早年用过的许多号中,唯有"雪个",被世人一再提起。或许因为它所带来的一种与之命运相契合的冷逸之感吧。

八大山人的作品大多是表达其哭笑不得的心情。细看他笔下"八大山人"连起来写,类似"哭之笑之"。朝代更迭与江山易主后,为了逃避清政府的政治迫害,他颠沛流离,入寺入观。家国之痛,身世之悲,对其创作风格起到了决定性意义。于其沧桑的笔墨里,后人亦可以读出一种"无聊哭笑漫流传"之意。八大山人晚年的每一幅画均以隐痛寄意,心中的末路王孙不可消除的遗民情结,让他笔下的残荷、秃鹰仿佛都能让人看到满眼疼痛的骨骼与无以言说的缄默。画幅间,一种沉重,仿佛让观者也发不出声音来。

展厅里,八大山人的行、草,皆以秃笔作书,而风格流畅秀健,给人以典雅的美感。观赏了八大山人的书画,从侧门出,沿着修竹往前走几步,便顿感曲径通幽、别具意趣了。石子路与便桥回廊边设有亭子,坐下歇息,望见亭子边的八大山人塑像,仿佛隐隐透着一股仙才逸气;斜倚着八大山人铜像留影,笑靥里仍旧掩藏不住心头的那一抹酸楚。遍地荆棘的人世间,一个豪放、高雅、清贫并诙谐的大写意画家凄怆、隐秘、悲愤的一生不由让人心生喟叹。

　　回头搜索与八大山人相关的资料,惊喜于其作品不仅在2008年、2009年的艺术品投资市场相继创下了中国古代写意画的最高拍卖价格纪录,还在于这位明末清初的画家、书法家是中国画史的高峰,而且在三百年后的当今仍旧被世人称为"东方现代绘画之父"。其让世人侧目的减笔作画,笔下的每一种夸张变形都极尽艺术幻化,仿佛有超越具体感受的永恒精神在其中。细细端详这位与明清画坛正统背离的个性派画家的作品,真可谓"愈减愈远,愈淡愈真,画中有诗,诗中有禅"。其画启迪着三百年来的"扬州画派"、齐白石、张大千、李苦禅等一代又一代画家,艺术生命力经久不衰。

　　静静地行走于青云谱的竹林、石子路与便桥回廊间,我体会得出一种出世与幽深。眼前的塑像,仿佛送来风中的低语:一个如此坦诚而透彻的生命,那样悄然而又繁盛地走过。

你照亮了我的世界

——后记

　　二十世纪九十年代,当我一脸茫然地走进县城供电公司大门的时候,我的另一部分同学却满怀欣喜地走向大学校园,去迎接诗与远方。

　　这样的命运安排,对于当时高考失利的我来说,无所谓幸与不幸,也无所谓悲喜。对未来,我也没有太多的期待。然而,多年以后,当我以时光逆流的方式回望它,隐约有一束光,在岁月的深处,照亮了我那迢迢的来路,也照亮了我的世界。

　　初入职时,我这个豆芽菜般单薄的姑娘在不同岗位间变换,弹指间,便过去了六七年。直到昔日同学来访,猛然惊觉：时间过得真快。而我,除了完成人生角色的转换,由一个初出校门的女孩,变成了一位妻子、母亲,更多的是在锅碗瓢盆这些尘世的俗务间蹉跎岁月。我的好些同学都已经取得了中专、大专或者本科文凭,一个个看起来精神抖擞。我这才感觉,在生活的杂杂芜芜之外,得有点精神上的追求,才会让自己的灵魂有滋有味。

　　接下来的日子,工作之余,我以更多的阅读来充实自己。由于对文字的热爱,读得多了,便尝试写点小感悟。之后,由于一个偶然的机会,我开始在单位从事新闻宣传工作。作为一个文字爱好者,能把爱好与工作结合起来,还要奢求什么呢？本着对这份工作的热爱,在一次次新闻采访回来后,我的心久久难以平静,总想着如何才能更加生动准确地以一个独到的视角去写好他们,如何才能更好地把我们电力工人这种爱岗敬业的感人场面与为老百姓排忧解难的事迹宣传出去。有时,哪怕是一篇简短的稿子,都要思索再三、反复修改。有时,我也会感到力不从心,觉得新闻报道工作，真是一件苦差事。

在新一轮农网改造的电网建设中，我奔赴山区一线采访。在一次次实地采访中，我体会到了亲临一线的重要性。一名电力新闻工作者，只有充分把自己融入电力职工的生产、生活中，只有亲历了那些感人的场面，只有用首先感动了自己的东西作为题材，笔下流淌出来的文字才能更好地去感动与鼓舞他人，发挥一个新闻工作者应有的精神动力和舆论支持。

一路心怀梦想地倔强走来，有时看着办公室橱窗里的那一摞奖状，我会呆呆地立在那里。回首来路，感慨、感伤与感动一齐涌上心头，那是一种难以言说的复杂滋味。而那一张张泛黄的奖状，也串联着我那一个又一个的昨天，它清晰地构成了我的过往，也呈现了当下的我。

写新闻报道之余，我也写行走与感悟的小文。文集中收入的这些作品，大多是工作之余写就，发表于电力文学副刊。文集取名为《散落乡间的小令》，乍一看，似有一种闲适里的古意。小令，原为散曲的一种，本属五十八字以内的短词。而身为小女子的我，源于喜欢"小令"一词，便把闲时所写的一星半点的小文字，如一首首小令般拾掇起来结成小册，本意旨在集民间语言俚俗与文人的典雅于一体，也不知，行文里做到了没有。

说到文学，它关乎人的尊严和精神世界。作家的尊严在哪里？那就是用作品说话。而文学的宗旨，是通过对作为人存在的境况和质量的多维探索，从而让人在心中对真、善、美怀有敬意。

近年来，国网江西省电力有限公司在进一步打造电力文学精品，推动电力职工文学创作向更高层次、更高水平迈进的思想引领下，大力繁荣职工文学创作，培育优秀的职工文化，并成立了职工文学创作工作室，拥有一支优秀的职工作家队伍。

在省公司工会每年举办的电力职工文学采风活动、深入基层采访及选题立项评选活动中，大家在相互学习中不断提高。在"为电网放歌，为职工书写"的创作导向下，大家秉承要创作就要有生活的积累，深入一线采访、深入生活的宗旨,创作了一系列组诗:《为了那一盏灯》《一个巡线工的四季》《奔向雪域高原》等,并发表于《中国电力报》《国家电网报》及电力文学刊物《脊梁》上,展现了基层员工的精神风貌。

诚然,文学创作不能脱离时代。生活在时代大潮里,人与人的境遇,不外乎时间、空间、成长、生活意义、生命价值等。而一个写作者的品位、学识、艺术修养,影响着今天,也影响着未来更年轻的稚嫩的心灵。

感谢省电力公司工会,感谢省电力公司职工文学创作工作室的这方沃土。我将致力于创作出更好的电力职工文学精品,来回报这一路走来的培养与鼓励!